너에게 속한 것

너에게 속한 것

WHAT BELONGS TO YOU

가스 그린웰 장편소설

Garth Greenwell

강동혁 옮김

문학동네

일러두기

1. 주석은 모두 옮긴이주다.

2. 본문 중 고딕체는 원서에서 이탤릭체로, 볼드체는 대문자로 강조한 부분이다.

3. 장편소설과 기타 단행본은 『 』, 시와 희곡 등의 작품명은 「 」, 연속간행물, 방송 프로그램명, 곡명 등은 〈 〉로 구분했다.

앨런 피어슨과 맥스 프리먼을 위해

그리고 루이스 무뇨스를 위해

차례

I
미트코

사소한 것이기는 해도 미트코 B와의 첫 만남이 배신으로 끝났다는 사실을 그때의 나는 경고로 받아들였어야 했다. 그랬다면 그를 향한 욕망이 완전히 해결되지는 못해도 줄어들기는 했을 것이다. 그러나 우리가 처음 만난 국립문화의전당 화장실 같은 곳에서 경고란 공기와도 같은, 어디에나 있고 빠져나갈 수 없는 요소라 그곳에 서식하는 사람들의 일부가 되고, 따라서 우리를 그리로 끌어들이는 욕망의 본질이 되어버린다. 나는 계단을 내려가면서부터 그의 목소리를 들을 수 있었다. 그 목소리는 미트코의 다른 모든 것이 그렇듯 지하에만 갇혀 있기에는 너무 컸고 10월 중순이지만 전혀 가을답지 않던, 도시 곳곳의 덩굴에 걸린 잘 익은 포도알이 아직도 입안에서 뜨뜻하게 터지던 그날의 환한 오후로 다시 기어올라가려는 듯 흘러넘쳤다. 귀엣말보다 목소리를 높여서는 안 된다는 불문율이 있는 공간에서 누군가 그토록 자유롭게 이야기하는 소리가 들리다니 놀라운 일이었다. 나는 계단 밑에서 늙은 여인에게 50스토틴키를 내밀었다. 그녀가 요금을 받는 부스 안에서 나를 올려다보았다. 동전을 받는 표정을 읽기 어려웠다. 그녀는 다른 손으로 계절과 상관없이 이곳에 항상 도는 한기를 막으려는 듯 숄을 꽉 잡았다. 복도 끝에 이르러서야 나는 두번째 목소리를 들었다. 첫번째 목소리처럼 높은 목소리가 아니라 낮게 중얼거리며 대답하는 소리였다. 목소리가 들리는 곳은 화장실의 세 칸 중 두번째였는데, 물소리가 함께 들렸다면 손 씻는 남자들의 목소리라고 생각할 법했다. 가장 바깥쪽 칸에 멈춰 선 나는 벽거울에 모습을 비춰 보며, 한마디도 알아듣지 못할 그들의 대화에 귀기울였다. 그곳에 남자들이 서 있는 이유는 하나밖에 없었다. NDK(문화의전당의 다른 이름이다)의 화장실은 잘 숨겨져 있었고 이런 쪽으로 유명하기도 해서 다른 용도로는 거의 쓰이지 않았다. 하지만 화장실로 들어가보니 이런 설명은 내 관심을 끈 남자의 태도와 전혀 어울리지 않는 듯했다. 그는 다정하고 자신만만해 보였으며, 대단히 은밀한 그곳에서 어떠한 거리낌도 없는 듯했다.

그는 키가 크고 날씬했으나 어깨가 넓었고, 남성성 과잉에 범죄자 분위기를 풍기는 소피아의 몇몇 청년들 사이에서 유행하는 짧게 깎은 군인 머리 스타일을 하고 있었다. 그와 함께 있는 남자는 거의 눈에 띄지 않는 인물로, 키가 더 작았고 예의발랐으며 탈색한 금발에 청재킷 차림으로 주머니에서 절대로 손을 빼지 않았다. 누가 봐도 친근하게 나를 돌아본 사람은 둘 중 덩치가 더 큰 쪽이었다. 그에게는 포식자 같은 태도도, 두려움도 없었다. 놀란 나는 나도 모르게 미소로 응답했다. 그는 공들여 온갖 말을 쏟아놓으며 내게 인사를 건넸지만 나는 당황해 고개를 저을 수밖에 없었고,* 머리가 멍해지도록 연습했던 몇 마디 말을 더듬더듬 사과 겸 변명으로 건네면서 그가 내민 커다란 손을 잡았다. 내가 외국인이라는 것을 알아챈 그는 더욱 활짝 미소 지으며 깨진 앞니를 드러냈다. (나중에 알게 된 것이지만) 그는 멍하니 시간을 보낼 때면 검지로 그 치아의 울퉁불퉁한 모서리를 강박적으로 만지작거리곤 했다. 한 팔 정도 떨어져 있었는데도 그에게서 술냄새가 났다. 숨결보다는 옷과 머리카락에서 뿜어져나오는 냄새였다. 아무리 일탈이 허용되는 공간이라지만 이처럼 금기시되는 장소에서 그가 자유로울 수 있었던 이유가 비로소 설명되었다. 골똘하기는 해도 위협적이지는 않은 눈빛에 깃든 이

* 불가리아에서는 고개를 끄덕이는 것이 부정, 좌우로 젓는 것이 긍정을 의미한다.

상하리만치 순진한 모습도. 그는 고개를 한쪽으로 기울이며 다시 말을 건넸다. 우리는 불가리아어와 영어, 독일어가 섞인 혼종 언어로 내가 미국인이며 이 도시에 온 지 몇 주가 지났고, 최소 일 년 동안 머물 예정이며, 아메리칸칼리지의 교사이고, 나의 이름은 그의 언어로 발음하기가 거의 불가능하다는 것을 확인했다.

더듬더듬 대화를 이어나가는 동안 우리는 만남이 이루어진 이 이상한 장소나 이곳의 거의 유일한 쓰임새에 관해서는 이야기하지 않았다. 그래서 나는 그에게 말을 건네면서도 수수께끼에 휩싸인 그의 존재나 그의 목적에 대해 불편함과 욕망이 반씩 뒤섞인 불안을 느꼈다. 그곳에는 두 사람 외에 또다른 남자도 있었다. 그는 우리를 뚫어지게 보면서도 다가오거나 말을 건네지는 않고 가장 안쪽 칸막이를 몇 차례 드나들었다. 한참이 지나 우리가 자기소개를 끝내고 그 남자가 칸막이에 다시 들어가 문을 닫았을 때, 미트코는(이때쯤 나는 그의 이름을 알고 있었다) 남자를 가리키고 내게 무척 의미심장한 표정을 지으면서 이스카, 하고 싶대, 라고 말하더니 의미가 확실한 저속한 손동작을 했다. 미트코와 그가 브라트 미라고 부른, 내가 들어온 다음부터 한마디도 하지 않았던 그의 일행이 둘 다 이 손동작에 웃으며 그 농담에 끌어들이려는 듯 나를 쳐다보았다. 나 역시 칸막이 안에서 귀기울이는 남자만큼이나 그들이 조롱하는 대상임이 분명한데도. 나는 그들과 한패가 되고 싶은 생각이 너무 강해서 거의 아무 생각 없이 미소 지으며 고개를 좌우로 저었다. 여기서는 동의 혹은 찬성, 그리고 세상의 천박함에 대한 놀라움을 동시에 의미하는 동작이었다. 하지만 나는 그들이 주고받는 눈길을 통해 그들과 어울리려는 이 노력이 우리를 오히려 멀어지게 했을 뿐임을 알게 됐다. 입지를 되찾고 싶었던 나는 머릿속에서 필요한 음절들을 짜맞추느라 잠시 침묵을 지킨 뒤(지금도 이미 배운 사람이 아니면 아무도 굳이 배우려 하지 않는 언어를 유창하게 말하는 나를 보고 사람들이 후바보하고 프라빌노하다며 놀라긴 하지만, 이제 아무리 노력해도 그런 단어들이 떠오르지 않는 경우가 꽤 있다), 미트코에게 축축한 기운이 감도는 이 싸늘한 공간에서 뭘 하고 있느냐고 물었다. 우리 머리 위의 공간은 여전히 여름 같았다. 광장에는 빛과 사람들이 가득했고 그중 몇몇은 스케이트보드나 롤러스케이트를 타고 있었으며 또 몇몇은 화려하게 묘기를 부리며 자전거를 타고 있었다. 그들 모두가 이 남자들과 같은 나이대였다.

미트코는 자기 친구를, 실제로는 형제가 아닌데도 그가 형제라고 부르는 사람을 돌아보았다. 그러자 친구가 화장실 입구 문 쪽으로 갔고 미트코는 뒷주머니에서 지갑을 꺼냈다. 그러고는 지갑을 열어 그 안에서 잡지에서 찢어낸 여러 번 접은, 반질반질

한 종이로 싼 작고 네모난 꾸러미를 꺼냈다. 미트코는 두 손을 조금씩 떨며 안에 들어 있는 풀풀 날리는 가루가 우리가 밟고 선 더럽고 축축한 공간에 떨어지지 않도록 균형을 잡으면서 종이를 조심스럽게 펼쳤다. 물론 나는 그가 무엇을 보여줄지 알고 있었다. 내가 놀란 건 단지 그가 가지고 있는 양이 너무 적기 때문이었다. 겨우 부스러진 잎사귀 한 줌이라니. 그는 그 가루가 10레바어치라면서 우리 셋이, 그러니까 자기랑 자기 친구랑 내가 함께 피우면 된다고 덧붙였다. 나는 거절했지만 미트코는 실망하지 않은 듯했다. 그냥 다시 종이를 접어서 주머니에 넣었을 뿐이다. 내 걱정과 달리 그는 자리를 떠나지도 않았다. 나는 그가 머물기를 바랐다. 너무도 드문드문, 그것도 오 분이나 십 분밖에 이어지지 않은 우리의 대화로 보았을 때 내가 그에게 점점 강하게 느끼는 욕망이 충족될 가능성이 있으리라고는 상상하기 어려웠지만 말이다. 그는 아주 우호적이었지만 나와 대화를 나눌 때는 이상하게 내게서 물러나려는 것처럼 보였다. 우리는 둘 다 성적인 제안을 회피했고 그럴수록 그는 점점 더 손에 넣을 수 없는 존재로 보였다. 그가 아름다워서만이 아니었다. 나는 그가 아름답다고 생각했지만, 그에게는 더더욱 접근을 어렵게 만드는 어떤 특징이, 자신을 갉아먹는 의심이나 존재에 대한 결벽성에서 자유로운 일종의 온전한 확신이 있었다. 실제로는 그렇지 않은 게 아주 분명한데도 그에게서는 세상의 호의를 어느 정도 자신에게 주어진 권리처럼 그냥 받아들이는 듯한 느낌이 났다. 미트코는 그가 작은 꾸러미를 숨긴 뒤에도 우리와 합류하지 않고 있던 친구를 바라보았다. 한번 더 눈길을 주고받은 뒤 미트코의 친구가 우리를 등지고 섰다. 내가 느끼기에는 이제 문을 지키기 위해서라기보다 우리의 사생활을 지켜주기 위해서인 듯했다. 미트코는 다시 나를 보았다. 여전히 친절했지만 새로운 강렬함이 깃든 눈길이었다. 그가 고개를 약간 기울이고 한 손을 자기 사타구니 쪽으로 움직였다. 물론 흥분을 억제할 수 없었던 나는 눈길을 그리로 내릴 수밖에 없었다. 나와 다시 눈을 마주쳤을 때 미트코도 그 흥분을 본 게 분명했다. 그는 다른 손의 첫 세 손가락을 문질러 돈을 의미하는 보편적인 동작을 해 보였다. 그의 유혹 방식에는 아무것도 없었다. 욕망이 전혀 드러나지 않았다. 그가 제안한 것은 거래였다. 나는 반사적으로, 아무 망설임 없이 싫다고 대답했다. 이번에도 그는 조금도 실망한 기색을 드러내지 않았다. 나는 이런 식의 제안에 늘 같은 대답을 해왔다(내가 자주 다니던 곳에서는 이런 제안을 피할 수 없었다). 도덕적 신념 때문이라기보다는 자존심 때문이었다. 시간이 흐르며 나 자신이 성적 대상의 한 범주에서 다른 범주로 이동하고 있다는 것을 깨닫는 요즘에는 그 자존심이 약해져가고 있었지만. 나는 거절의 말을 내뱉는 동시에 후회했다. 미트코가 어깨를 으쓱하더니 사타구니에서 손을 내리고, 이 모든 것이 농담이었다는 듯 미소 지었던 것이다. 마침내 돌아선 미트코가 친구와 떠나려고 고개를 끄덕이며 작별인사를 한 그때 나는 차카이 차카이 차카이, 잠깐 잠깐 잠깐, 하고 외쳤다. 나는 그 말을 빠르게 반복했다. 어느 날 오후에 들어본, 떠돌이 개가 찻길로 어정어정 걸어가려 하자 교차로의 웬 노파가 썼던 것과 똑같은 말투였다. 미트코는 즉시 돌아섰다. 이미 거래가 이루어졌다는 듯 온순한 태도였다. 어쩌면 미트코의 머릿속에서는 거래가 이루어질 것이 진작에 확실했는지도 몰랐다. 내가 느끼는 압도적인 흥분에 대한 통제력을 조금이나마 발휘해보고자 그가 제시한 상품을 의심하는 척하기는 했지만, 사실은 내 머릿속에서도 마찬가지였다. 나는 그의 사타구니를 내려다보고 다시 눈을 들며 콜코 티 에, 얼마나 크냐고 말했다. 내가 들어가는 인터넷 채팅방에서 으레 던지는, 표준적인 첫 문구였다. 미트코는 아무 대답도 하지 않고 미소 짓더니 칸막이로 들어가 바지 단추를 풀었다. 나는 머뭇거리는 시늉조차 모두 그만두었다. 그가 얼마를 원하든 값을 치르게 되리라는 사실을 깨달았으니까. 나는 그가 제시한 상품을 곧장 차지하려는 것처럼 손을 내밀며 그에게 한걸음 다가갔다. 나는 욕망을 즉시 들켜버리는 편이라 협상이나 흥정에는 예전부터 젬병이었다. 그러나 미트코는 다시 단추를 채우고 한 손을 들어 나를 막았다. 나는 그가 원하는 것이 돈이라고 생각했지만 아니었다. 그는 잠깐 기다리라면서 나를 빙 돌아서 온통 금이 가고 얼룩진 자기磁器 세면대로 갔다. 그러더니 내가 앞서 술기운 때문이라고 생각했던, 나중에는 그와는 떼놓고 생각하기 힘든 특징임을 알게 된 몸에 밴 천진한 태도로, 청바지에서 기다란 성기를 꺼내 세면대 쪽으로 몸을 기울여 그것을 씻었다. 그는 피부를 뒤로 젖히더니 차갑게만 나오는 물이 닿자 몸을 움찔했다. 그가 만족하기까지는 시간이 어느 정도 걸렸다. 그의 가난이나 그가 살아가는 보잘것없는 환경을 생각해봤을 때 이후로도 줄곧 나를 놀라게 했던 까다로운 성미가 처음으로 드러난 순간이었다.

미트코가 돌아오자 나는 그에게 내가 원하는 행위의 가격을 물었다. 가격은 10레바였는데 지갑을 열자 20레바 지폐뿐이었고, 미트코는 그 지폐를 한 장 달라고 우겨댔다. 솔직히 아무 상관 없었다. 10레바 정도의 차이는 내게 아무 의미 없었다. 나는 그 두 배의 두 배도 낼 수 있었다. 딱히 내가 부유해서라기보다는 그의 몸이 한없이 귀해 보였기에. 몇 장을 주든 이깟 더러운 지폐로 그 몸을 가질 수 있다니, 아주 간단한 교환만으로 손을 뻗어 그 몸을 만지고 손아귀에 넣을 수 있다니 놀라울 지경이었다. 나는 그가 입고 있는 꽉 끼는 셔츠 아래로 두 손을 넣었다. 그는 부드럽게 나를 밀어내며 단추를 하나씩 풀어 옷을 벗고 등뒤의 화장실 칸막이 고리에 조심스럽게 걸었다. 그는 내 생각보다 날씬했고 몸의 윤곽은 덜 선명했으며 상반신의 털은 까끌까끌하게 면도한 상태였다. 나는 미트코가 소년처럼 내 눈앞에 벌거벗고 서 있던 그때 처음으로 그가 얼마나 어린지 깨닫게 되었다(나중에 알게 된 바로 그는 스물세 살이었다). 그는 술 취한 남자들이 할 법한, 과장되게 예의바른 태도로 다시 나를 손짓해 불렀다. 흥분한 상태에서도 나는 그 동작이 마찬가지로 과장된 분노가 폭발하기 직전에 나오는 것이라는 생각을 떨칠 수 없었다. 그때 미트코가 몸을 숙이더니 내 입에 자기 입을 갖다대고 사정없이, 아낌없는 키스를 퍼부어 나를 놀라게 했다. 내가 유도한 행동은 아니었지만 나는 그 접촉을 환영하며 술로 소독된 그의 혀를 열정적으로 빨아댔다. 나는 그가 실제로는 느끼지 않는 어떤 욕망을 연기하는 중이라는 걸 알고 있었다. 사실 나는 그가 욕망을 느낄 수 없을 만큼 취해 있었다고 생각한다. 하지만 그렇게 치면 우리의 모든 포옹에는 연극적인 면이 있다는 것이 내 생각이다. 우리는 우리가 인지하는 것, 혹은 투사하는 것에 비추어 우리 반응을 가늠한다. 언제나 우리의 욕망이 너무 과하거나 불충분하다고 느끼고 그 느낌에 따라 반응을 조절하는 것이다. 나도 그가 보이는 열정이 나 자신의 열정, 꾸밈이라곤 없는 열정에 대한 진짜 반응이라고 믿는 척 연기하고 있었다. 이런 생각을 느끼기라도 한 듯 그는 나를 더 꽉 끌어안았다. 그때 나는 강하다 못해 거의 압도적이기까지 한 술냄새 너머에서 처음으로 그의 체취를 맡았다. 이후로 미트코의 체취는 내가 그에게서 얻는 기쁨의 가장 큰 원천이 되었으며, 나는 그와 만날 때마다 그 쾌락을 (그의 목과 사타구니, 두 팔 아래에서) 찾았다. 그 체취에 나의 생각이 멎었다. 나는 미트코의 한 손을 그의 머리 위로 들어올리고, 입맞춤하던 입술을 떼어내 얼굴을 그의 겨드랑이에 바짝 대고서(미트코가 겨드랑이도 면도했기에 혀에 닿는 살갗이 거칠었다), 불충분한 자원으로부터 꼭 필요한 영양분을 얻으려는 듯 그의 체취를 빨아댔다. 그런 다음 나는 무릎을 꿇고 그를 내 입에 받아들였다.

몇 분 뒤였다. 내게 빚진 것을 갚으려면, 내 손에서 더러워진 20레바짜리 지폐를 받으면서 생긴 의무를 다하려면 아직 멀었는데 미트코가 이상하게 큰 소리를 내더니 몸에 힘을 주고 칸막이 양옆에 두 손바닥을 납작하게 붙였다. 형편없는 오르가슴 연기, 아니 거의 연기라고도 볼 수 없는 것이었다. 더군다나 그는 내가 빨아주는 몇 분 동안 아무 반응도 보이지 않았다. 차카이. 나는 그가 몸을 빼내자 버팅기며 말했다. 이스캄 오슈테, 더 하고 싶어. 하지만 그는 사정을 봐주지 않았다. 그는 내게 미소 지으며 물러나라고 손짓했다. 등뒤에 조심스럽게 걸어둔 셔츠를 입으면서도 여전히 예의바른 태도였다. 나는 하릴없이, 여전히 무릎을 꿇은 채 그를 지켜보았다. 친구를 부르면서 그는 또다시 브라트미라고 했다. 그러자 친구가 바깥에서 큰 소리로 대답했다. 어쩌면 미트코는 화난 나를 보고 자신이 혼자가 아니라는 것을 일깨워주고 싶었는지도 모른다. 그는 몸에 제대로 맞도록 두 손으로 상체를 쓸어내려 옷 주름을 펴면서, 빚을 정말로 다 갚았다고 느끼는 듯 가식 없는 미소를 지었다. 그러고는 문을 열고 나간 뒤 등뒤로 당겨서 닫았다. 나는 무릎을 꿇은 채로 그의 피부에서 나던 수돗물의 금속성 맛을 여전히 느끼면서 점점 화가 치솟다가, 그의 부재로 내 기쁨이 줄어들지 않았다는 사실을 깨달았다. 그의 분명한 배신행위는(서명을 한 것도 아니고 말로 표현한 것도 아니지만 우리는 계약을 했다) 바지에 얼룩이 진 채 무릎을 꿇고 혼자 남겨진 이 순간에도 그의 존재를 더욱 생생하게 만들어주었고, 나는 얼마든지 자유롭게 상상하며 그를 내가 원하는 존재로 만들 수 있게 되었다. 그렇게 미트코의 부재는 우리의 만남을 더욱 세련된 것으로 만들었다.

이후 나는 몇 주 동안 계속해서 미트코를 찾았고, 세 번인가 네 번쯤 만난 뒤에는 그를 내 아파트로 초대하기로 했다. 관객들 없이 미트코를 오롯이 차지하고 싶었다. NDK에서는 관객들을 너무 자주 마주쳤고, 남자들이 칸막이 밖을 서성이거나 칸막이 벽에 귀를 바싹 붙이고 있기도 했다. 선택받지 못했다는 걸 알게 되면 나도 그렇게 했고 말이다. 미트코와 더 많은 시간을 더욱 은밀하게 보내고 싶었지만, 한편으로는 마음이 불편하기도 했고 거의 모르는 사람이나 다름없는 그를 내 집에 들인다는 게 얼마나 어리석은 일인지도 알고 있었다. 나는 화장실에서 처음 만난 뒤 나더러 문화의전당 본관 큰 카페에서 함께 커피를 마시자고 했던 남자의 경고를 떠올렸다. 이런 어린애들은 믿을 수 없어요. 그가 말했다. 녀석들은 당신에 대해 알게 될 거고 당신 동료와 친구들에게 당신 정체를 알릴 거예요. 당신을 털어먹을 거라고요. 실제로 나는 그렇게 털려본 적이 있었다. 한번은 도둑질이 성공했고 한번은 그 어린 녀석이 내 주머니에서 손을 뺄 때 내가 그 손을 잡았다. 그 가엾은 녀석은 휘둥그레진 눈으로 나를 보더니 도망쳤다. 하지만 남자의 나머지 경고는 내게 아무 영향을 주지 못했다. 나는 정체가 폭로된다 한들 잃을 것이 거의 없었으니까. 내게 배신당했다고 느낄 사람은 없었고, 굳이 숨기지도 않은 비밀을 누가 말한다고 해서 망가질 것도 없었다. 나는 뭘 잘 숨겨본 적이 한 번도 없었고, 내 천성 자체가 고백하는 쪽이 더 잘 어울렸다. 미트코와 나는 이미 섹스한 사이였다. 내가 지하 화장실로 돌아가 미트코에게 우리집으로 가자고 제안하기로 한 것은 나중의 일로, 11월이 되어 덩굴에 매달린 포도알들은 이미 쪼그라들었지만 벤치는 햇빛을 받아 여전히 따뜻하던 때였다. 우리는 다음날 저녁으로 날짜를 잡았고, 나는 이때 처음 미트코 앞에서 핸드폰을 꺼내 그의 번호를 받았다. 핸드폰을 보자 미트코는 눈을 반짝였다. 그러더니 내게서 핸드폰을 홱 낚아채 이미 손에 넣은 뒤에야 모제 리, 좀 볼게요, 하고 말했다. 나는 그가 핸드폰의 다양한 기능을 살피고 화면을 넘겨보는 모습을 지켜보면서 앞서 받은 경고를 떠올렸다.

하지만 그런 우려에도 나는 포기하지 않았다. 다음날 오후, 수업을 마친 뒤 나는 서둘러 시내로 갔다. 우리는 다시 NDK에서 만났다. 그는 입구에서 가장 멀리 떨어진 벽에 다른 남자 서너 명과 모여 있었다. 그들에게 다가가지 않고 어색한 태도로 문간에 서 있었을 뿐인데도 내가 나타나자 그들은 흩어졌다. 나를 등지고 있던 미트코는 돌아서서 미소 지으며 내게 손을 내밀었고, 친구들이(그들이 미트코의 친구가 맞다면 말이지만) 없는 화장실 밖 위층 광장으로 나를 이끌었다. 그에게는 늘 너무 작아 보이던 화장실에서 나와 긴 계단을 올라가면서 미트코의 골격과 목소리, 다정함이 축축한 벽타일에 완전히 에워싸였고, 나는 앞서 예상했던 흥분 외에도 전혀 기대하지 못한 행복을 느꼈다. 카크 시. 나는 NDK의 공원을 가로질러가면서 그렇게 물었다. 잘 지냈느냐고. 미트코는 손마디가 까져서 벌건 속살이 드러난 오른손을 보여주었다. 상처가 아직 아물지 않은 상태였다. 미트코는 저 밑에서 다른 남자와 싸움이 붙었다고 말했다. 나는 들어도 싸움이 난 이유를 알 수 없었지만 말이다. 나는 그의 손을 잠시 감싸쥐고, 그를 사나우면서도 상처 입은 존재로 만드는 그 작은 상처들을 들여다보며 그에게 약을 발라주는 모습을 상상했다. 그 자리에 연고를 문지르고 입술을 가져다대는 내 모습을. 하지만 그건 그때까지의 우리 만남과는 아무 관련이 없는 부드러움이었고, 미트코가 허공에 빠르게 주먹질을 하면서 싸움을 재현하고 있는 순간에는 특히 어울리지 않았다. 우리는 바실레프스키 대로를 따라 걸어갔다. 미트코의 긴 다리는 인도를 게걸스럽게 집어삼키는 듯했고 나는 그를 따라잡느라 허둥거렸다. 그는 가는 내내 입을 쉬지 않았지만 내가 이해할 수 있는 말은 일부에 불과했다. 처음으로 나는 그에게 어디에 사는지 물었다. 그는 에스 프리야텔리라고, 친구들하고 같이 산다고 대답했다. 프리야텔리라는 말은 미트코가 자주 쓰는 단어였는데, 나는 그 단어를 어떻게 번역해야 할지 전혀 알 수 없었다. 미트코는 이 단어를 평범한 뜻으로만 쓴 게 아니라 자기 고객들을 부를 때도 썼으니까. (라즈비라슈 리, 알아들어요? 라는 말로 자주 끊기며) 줄줄이 이어지는 그의 이야기를 이해하려고 애쓰는 가운데, 나는 미트코가 가끔은 그 친구들과 함께 자고 가끔은 날이 밝을 때까지 거리를 배회하는 식으로 이곳저곳을 전전하면서 지낸다는 사실을 분명히 알게 되었다. 날씨가 나쁘면 그는 친구가 열쇠를 준 작은 다락방에 갈 수 있었는데(에드나 만사르다, 그는 두 손으로 지붕 모양을 만들어 보이며 말했다), 그곳엔 매트리스는 있었으나 난방이나 수도가 들어오지 않았다.

미트코는 이런 이야기를 하는 것이 불편한 듯, 내가 그를 발견한 곳이 그가 하루 대부분을 보내는 NDK이긴 했지만 우리가 함께 보낼 저녁을 위해 자기 몸을 아껴두었다는 말로 화제를 돌렸다. 그는 이 말을 하면서 곁눈으로 나를 보았고(라즈비라슈 리?) 나는 흥분감에 얼굴이 붉어지는 것을 느꼈다. 미트코도 들뜬 것 같았다. 에너지로 가득차 앞으로 나아가는 듯했다. 바실레프스키 대로를 따라 그라프이그나티에프 대로로 가는 길에 수없이 많은 곁길과 골목길을 가로지르면서, 나는 몇 번이나 거듭 차카이 차카이 차카이라고 말하며 그의 팔을 잡고 잡아당겨 다가오는 자동차를 피하도록 해야 했다. 그라프이그나티에프 대로에 접어들자 미트코는 수많은 전자제품 매장과 전당포 앞에 멈춰 서서 쇼윈도에 전시된 제품들을 꼼꼼히 살펴보았다. 나는 그가 이런 핸드폰이나 태블릿에 대해 너무도 많은 걸 알고 있어서 깜짝 놀랐다. 미트코의 혼잣말에는 누가 건네줄 때마다 받은 광고 전단이나 안내책자에서 얻은 게 분명한 정보들, 그러니까 다양한 장치의 스펙과 픽셀과 메모리카드와 배터리 수명에 관한 영어 단어들이 중간중간 끼어들었다. 나는 그를 재촉하려 해보았다. 집에 가고 싶어서 조바심이 나기도 했고, 그의 행동에서 점점 더 어떤 실마리가 보이는 듯해 불편하기도 했다. 미트코가 지금 쓰는 핸드폰보다 좋은 모델을 쓰고 싶다는 티를 내면서, 지금 쓰는 것도 어떤 친구한테 받은 선물이라고 말했을 때는 특히 그랬다. 그날 저녁 미트코와의 대화에서는 이 포다루크, 선물이라는 단어가 거듭 등장했다. 내가 보기에는 미트코가 가진 거의 모든 물건에 그 단어가 적용되는 듯했다.

마침내 우리는 그라프이그나티에프 대로의 끝에 이르렀다. 소피아 중심부를 휘감는 작은 강, 사실 하수로보다 조금 나은 정도의 개울에 다가가면서 미트코는 차카이 말코, 잠깐 기다려, 라고 말하고 인도에서 벗어나 풀이 듬성듬성 돋아 있는 강둑으로 갔다. 나는 몇 발짝 더 걷다가 그를 돌아보았다. 둑에 서서 강물에다 소변을 보는 그의 모습은 거의 보이지 않았지만 말이다(우리가 걷는 동안 가을밤이 찾아와 이제는 날이 어두워져 있었다). 소피아에서 가장 붐비는 그 거리에는 지나다니는 자동차도 많았는데 미트코는 행인들이 전혀 신경쓰이지 않는 듯했다. 그는 내가 자기를 보는 걸 알아채고 혀를 빼물며 손에 든 성기를 흔들어 물 위로 높은 호선을 그리도록 오줌을 날려보냈다. 다가오는 자동차 불빛에 소변이 반짝거렸다. 너무도 순진한 행동, 어린애 같은 불경함이 가득한 행동이었기에 나는 어느새 그를 마주보며 멍청하게 미소 지었다. 내 마음은 호의로 가득했고, 그 느낌은 지하철역과 우리의 짧은 통근길로 나를 붕붕 띄워보냈다. 소피아에는 지하철 노선이 하나밖에 없었다(계획된 노선은 더 많았고, 도시 곳곳에는 동네마다 엄청나게 큰 참호들이 파여 있었지만). 러시아워 때는 소피아 사람 전원이 닫히기 직전의 문을 통해 삼켜지기도 하고 토해지기도 하며 이리저리 지하를 오가는 것처럼 보였다. 믈라도스트*행 열차에는 자리가 없었다. 미트코와 나는 서로 떨어져 있다가 결국 밀려드는 몸뚱이들 속에서 약간의 거리를 두고 섰다. 미트코는 문 위마다 걸려 있는 노선도를 자세히 살펴보면서 우리가 지나갈 때마다 역에 불이 밝혀지는 모습을 지켜보았다. 그러나 그는 내가 아직 그 자리에 있는지 확인하려는 듯, 혹은 내 관심이 여전히 자기에게 붙박여 있는지 확인하려는 듯 이따금 나를 힐끗 돌아보았다. 그때 보이는 눈빛은 순진하지 않았다, 조금도. 그 눈빛은 나만을 향하는 눈빛, 어떤 약속으로 가득한 눈빛이었고 그 눈빛의 열기 속에서 다시 한번 기쁨과 당혹, 너무도 격렬한 흥분에 사로잡힌 나는 눈을 돌릴 수밖에 없었다.

우리는 지하철 종착역인 믈라도스트1역에서 내려 다른 승객들과 함께 안드레이사하로프 대로로 흘러나왔다. 나는 미트코가 이 지역을 잘 알고 있다는 데 놀랐다. 자신이 어디에 있는지 알자마자 그는 블로코베라는, 대로 양옆을 따라 늘어선 끔찍한 소련식 아파트단지를 가리키며 자기 프리야텔리 중 한 명이 저곳에 산다고 말했다. 함께 시간을 보낼 때면 늘 그랬듯, 나는 그의 이

* 소피아 최대 규모 업무지구가 있는 중심 번화가.

야기를 파편적으로밖에 알아듣지 못한다는 사실에 답답해졌다. 내 불가리아어 실력이 형편없기 때문이기도 했고, 미트코가 계속 일종의 암호를 써서 말하는 바람에 그가 설명하는 인간관계의 성격이나 그 관계가 그렇게 끝나버린 이유를 정확히 이해하기 어려웠기 때문이다. 투명함(혹은 투명하게 보이는 겉모습)과 신비로움을 이렇게 잘 뒤섞는 사람을 만나본 적이 없는 내게 미트코는 지나치게 노출된 동시에 그 무엇으로도 뚫을 수 없는 방어막 뒤에 숨겨진 것처럼 보였다. 내가 사는 아파트로 걸어가는 동안 우리는 말이 없었다. 아마 둘 다 그곳에서 우리를 기다리고 있는 일을 생각하고 있었을 것이다. 비교적 번화해서 이웃의 다른 거리와 구분되는 우리 동네에 이르자 미트코는 술과 담배를 사겠다며 가게로 들어갔다. 나도 자주 들르는 곳이었다. 그곳에서 일하는 사람들이 나를 알았다. 우리가 함께 있는 모습을 보면 그들이 뭐라고 생각할지 상상하자 나는 마음이 불편해졌다. 미트코가 먼저 들어가 양손 손바닥으로 유리 계산대를 짚었다. 그 바람에 가게 주인이 움찔했다. 그런 다음 미트코는 허리를 숙여 계산대 뒤 벽에 진열된 더 비싼 술들을 둘러보았다. 그는 술병 몇 개를 유심히 보다가, 라벨을 읽어봐야겠으니 내려서 보여달라고 몇 번씩이나 요구해 가게 주인의 화를 돋우며 술 몇 병을 자세히 살펴보았다. 미트코는 가장 비싼 진과 함께 마실 싸구려

오렌지 탄산음료를 고르더니, 내 손에서 비닐봉지를 받아들고 계단으로 세 층을 올라 내 아파트로 들어갔다. 나는 학교에서 구해준 괜찮은 투룸 아파트에서 살았다. 미트코가 나를 그 집 주인으로 생각한다는 게 분명해지자 나는 이 사실을 전달하려고 노력했다. 나도 그리 형편이 넉넉지 않다는 현실을 확실히 해두고 싶어서 그만한 돈은 없다고 말했다. 하지만 그 말을 듣는 미트코는 시큰둥해 보였다. 아예 내 말을 믿지 않는 것 같았다. 그래도 형은 미국인이잖아. 그는 그렇게 말했다. 미국인들은 다 돈이 있지. 나는 학교 선생일 뿐이라고, 돈을 별로 못 번다고 반박했다. 하긴 미트코가 그렇게 생각하는 것도 어찌 보면 당연한 일이기는 했다. 그는 내 노트북과 핸드폰, 아이팟을 보았으니까. 이런 물건은 미국에서는 딱히 부의 상징이라고는 할 수 없는, 편의를 위한 물건들이었지만 이곳에서는 상당한 사치품으로 여겨졌다.

미트코는 자기가 산 술과 음료수병이 담긴 비닐봉지를 부엌 조리대에 올려놓고 그 위쪽 찬장을 열어 유리잔을 찾았다. 나는 그의 등뒤로 다가가 셔츠 밑으로 두 손을 넣고 목에 입술을 댔지만, 미트코는 어깨를 으쓱하면서 나를 떨쳐냈다. 그럴 시간은 충분히 있으니 일단 술을 좀 마시고 싶다고 했다. 그는 진을 섞은 탄산음료를 담은 커다란 유리잔을 들고, 이곳의 모든 아파트에 달려 있는 작은 발코니 문을 열었다. 그러고는 발코니에 서서 술을 마시며 잠시 내가 사는 거리를 내다보았다. 그 거리에는 아마 한 번도 이름이 붙은 적이 없을 것이다. 믈라도스트의 작은 거리 중에는 이름이 있는 거리가 하나도 없었다. 믈라도스트 중심부에서는 불가리아의 역사 전체가, 이 나라가 거둔 승리와 패배, 수많은 치욕과 작은 나라의 작은 자부심이 거리와 광장의 이름을 통해 재현되어 있었지만 말이다. 이곳 믈라도스트에서는 지도에 각각 번호가 표시된 거대한 탑, 블로코베들로 위치를 표시했다. 나는 거리를 바라보는 미트코에게 직업이 무엇이었는지 물었다. 무슨 이유에서든 프리야텔리에게 의지하게 되기 전에는 뭘 했느냐는 뜻이었다. 미트코는 담배를 피우고 있었다. 그래서 발코니에 나간 것이다. 밤이 지날수록 이런 배려는 사라져갈 테고, 다음날 아침이면 나는 조그맣게 쌓여 있는 회색 담뱃재를 바닥에서 닦아내게 되겠지만. 그는 대체로 손동작을 써서 공사장에서 일했다는 뜻을 전했다. 그는 상처난 두 손으로 자기 직업 특유의 동작을 흉내냈다. 높은 들보에 올라가 바람에 맞서 균형을 잡으며 몇 걸음 걷는 흉내까지 냈다. 나는 잠시 후에야 이상하게 친숙해 보이던 이런 동작들을 알아보았다. 그건 내가 어렸을 때 아버지가 우리를 웃기려고 하던 동작이었다. 아버지는 그런 몸짓과 함께 켄터키 농장에서 막 올라와 여름 한철 동안 시카고의 건설현장에서 일한 이야기를 해주었다. 아버지는 그렇게 로스쿨

학비를 벌었다. 그렇게 내 인생을 포함한 다른 것들을 샀다.

미트코는 자기가 바르나 출신이라고 말했다. 바르나는 흑해 해안의 아름다운 항구도시였다. 전 세계 많은 나라들처럼 불가리아가 갑자기, 아무 전조도 없이 무너져내리기 직전에 잠깐 누렸던 놀라운 경제 호황기에는 이 나라의 중심지이기도 했다. 좋은 시절도 있었다고, 미트코는 말했다. 그때는 돈을 꽤 잘 벌었어. 그는 별안간 서두르며 발코니에서 노트북을 놔둔 탁자로 나를 끌고 갔다. 그러고는 내 노트북을 열더니 노트북의 관리 상태를 보고 실망한 듯 툴툴거렸다. 노트북 화면이 먼지로 얼룩덜룩했다. 므루센, 더러워. 그는 그렇게 말했다. 나중에 내 요구에 답할 때도 같은 말투를 썼다. 놀리는 것 같기도 하고 못마땅해하는 것 같기도 하지만, 자기 힘으로 고치거나 이용할 수 있는 잘못을 발견했을 때의 인내심이 느껴지기도 하는 말투. 그는 일어나 부엌 조리대로 가서 찬장 두 개를 열어보고, 세번째 찬장을 열었다. 그제야 나는 미트코가 무엇을 찾는지 깨닫고 개수대 밑에서 세제를 가져다주었다. 그는 술을(커다란 유리잔이 거의 비어 있었다) 옆 탁자에 올려놓은 뒤 노트북을 거의 끌어안다시피 자기 무릎에 내려놓고 세제에 적신 티슈로 화면을 닦기 시작했다. 굳이 그것을 닦아야 할 때면 두서없이 서두르던 나와는 달리 충분히 시간을 들여서, 나로서는 한 번도 필요하다고 생각해본 적 없는 철저함으로. 그는 거의 화면만큼이나 더러웠던 키보드로 관심을 돌렸고, 그다음에는 노트북을 닫고 다섯번째인가 여섯번째 티슈로 알루미늄 겉면을 닦아냈다. 세가, 이제 됐어. 그는 만족스러운 듯 그렇게 말하고 노트북을 다시 원래 자리에 올려놓았다. 그는 내게 무언가 해줄 수 있다는 사실을 기뻐했다. 그는 다시 노트북을 열고 불가리아 웹사이트에 접속했다. 내가 알기로는 게이 남성들 사이에서 인기 있는 성인용 SNS 사이트였다. 그는 내게 자기 프로필 사진들을 보여주고 싶어하며 화면에 가득차도록 사진을 확대했다. 이 년 전 사진이야. 내가 사진 속 젊은 남자를 바라보자 그가 말했다. 그는 비토샤 대로에서 그곳에 즐비한 명품점 쇼핑백을 들고 서서, 카메라를 든 누군가에게 깨지지 않은 치아를 드러내며 환하게 미소 짓고 있었다. 나는 사진 속 남자와 내 옆의 남자, 그 둘의 얼굴이 얼마나 다른지 보고 놀라고 말았다. 사진 속 남자는 치아만 멀쩡한 게 아니라 머리도 밀지 않은 상태였다. 그의 머리카락은 풍성하고 밝은 갈색으로 지극히 평범한 스타일이었다. 거칠거나 위협적인 면이 전혀 없었다. 착한 아이, 내가 교편을 잡은 명문 학교의 어느 교실에 있을 법한 아이처럼 보였다. 두 사람이, 이 창창한 십대 소년과 내 옆의 남자가 같은 사람일 가능성은 거의 없어 보였다. 그렇게 짧은 시간 안에 이토록 심한 차이가 생기다니. 나는 나도 모르게 화면과 미트코를 계속해서 번갈아 보았다. 어느 얼굴이 더 진실에 가까운 얼굴인지, 어떻게 그가 그 얼굴을 잃거나 얻었는지 궁금했다.

봐. 미트코는 내가 보기에는 별로 특별한 것도 없는 옷 브랜드를 줄줄 읊으면서 손가락으로 화면을 가리켰다. 청바지, 재킷, 버튼다운셔츠, 허리띠, 선글라스. 화면에 보이지는 않았지만 그는 그날 신은 신발도 기억하고 있었다. 그 신발이 특별한 신발이었을지도 모르고 그날이 특별한 날이었을지도 몰랐다. 후바비. 그가 말했다. 끝내준다 혹은 멋지다는 뜻의 단어였다. 그러더니 자기 옷깃을 만지작거리며 므루센이라고 말했다. 미트코는 불쾌한 셔츠를 벗어버리고 맨가슴을 드러낸 채 다시 화면을 보았다. 나는 앞으로 몸을 기울여(나는 그의 옆에 앉아 있었다) 그의 어깨에 입을 맞추었다. 정숙한 입맞춤이었다. 아마 내가 그에게 느끼는 슬픔을 표현하는 입맞춤이었을 것이다. 그가 상체를 드러내고 곁에 앉아 있는 그때 내가 느낀 것이 슬픔만은 아니었지만. 그는 활짝 웃으며 나를 보았다. 사진 속과 똑같거나 거의 똑같은 미소였다. 그러나 두 미소는 전혀 닮아 보이지 않았다. 한 미소는 깨진 치아, 그가 겪은 어떤 일의 증거로 인해 바뀌어버렸다. 그렇게 철저하게 바뀌었다는 것이 충격적일 정도로. 그는 내 쪽으로 고개를 기울였지만, 내가 기대한 대로 입맞춤을 하려는 것은 아니었다. 대신 그는 빠르고도 놀랍게, 장난스러우면서도 유혹하는 기색은 전혀 없이 내 코끝을 핥더니 하던 일로 돌아갔다. 사진이 많았다. 바뀌는 장면들 속에 똑같은 젊은이가 담겨 있었다. 여기서는 해변에, 저기서는 산속에. 그는 어느 사진 속에서든 무척 자랑스럽게 여기는 평상복을, 유복한 미국 청년들의 제복 같은 옷을 입고 있었다. 교외에 끝없이 이어지는 쇼핑몰의, 그 끝없는 선반마다 놓인 옷들을.

그러다 미트코가 아무것도 입지 않은 사진들이 나왔다. 그는 방금 전 보여준 사랑스럽고 천진한 동작과는 어우러지기 힘든, 에로틱함을 과시하는 자세로 각도를 잡고 있었다. 어떤 사진에서는 침대에 모로 누워 카메라를 마주보고 기다란 몸을 완전히 쭉 펴고 있었다. 그는 발기해 있었으며 한 손으로 성기를 잡아 렌즈를 향해 들어 보이고 있었다. 그의 성기가 사진의 초점이자 중심이었다. 이 사진에서 그는 미소 짓지 않았다. 진지한 표정이었다. 이런 사이트에 올라오는 사진은 거의 늘 그랬다. 나는 밤새도록 스크롤을 내리며 이런 사진들을 살펴본 적이 몇 번 있었다. 그때 나는 한번 클릭할 때마다 참신한 무언가가 있으리라 기대하고 그 기대를 배반당하면서 기대감과 지루함이 묘하게 뒤섞인 감정을 느꼈다. 미소는 없었지만 미트코의 시선에 어떤 강렬함이 깃들어 있어서 나는 이 카메라 또한 어떤 중요한 인물이, 그의 시선을 이끌어내는 누군가가 들고 있었으리라 확신했다.

사진의 효과는(화면을 스크롤하며 사진들을 살펴보고 있었다면 나는 미트코에게 시선을 빼앗긴 채 이 사진에 머물렀을 것이다) 확실히 그 시선에서 비롯되는 것이었다. 그 시선은 이런 페이지들을 훑어보고 있을 남자 중 누구를 위한 것도 아니었지만, 우리는 그 시선에 대한 소유권을 주장할 수 있었다. 나는 지금 그 소유권을 주장할 생각이었다. 나는 미트코를 돌아보며 내 손을 그의 허벅지 안쪽에 대고, 다시 한번 허리를 숙여 그의 목에 입을 맞추었다. 사진들 때문에 흥분한 나는 그를 노트북에서 떼어놓고 싶었다. 차카이. 그가 말했다. 이마메 브레메, 시간은 충분해. 다른 걸 보여주고 싶어. 그는 다른 사진을 클릭했다. 나는 내 생각이 맞았다는 걸 알았다. 카메라 뒤에 누군가 있었다. 미트코와 키나 체격이 비슷하고, 머리와 옷 스타일도 같은 젊은 남자였다. 둘 다 옷을 완전히 입고 있었지만 오히려 그래서 둘의 포옹이 더 에로틱해 보였다. 두 사람의 관심은 온전히 서로에게 쏠려 있었다. 이제는 카메라 뒤에 아무도 없었다. 카메라를 들고 있는 사람은 미트코였다. 그는 한쪽 팔을 어색하게 우리 쪽으로, 나와 함께 그를 바라보고 있는 또다른 미트코에게로 뻗고 있었다. 다른 팔은 소년을 감싸고 있었는데, 그 소년은 두 팔로 그를 꽉 끌어안고 있었다. 그들의 욕망과 절박함, 서로에 대한 허기는 균형이 맞는 듯했다. 이 입맞춤은 연극적인 부분이라곤 하나도 없는,

전적으로 진실한 것이라고 생각하고 싶은 충동이 들게 했다. 그러나 내게 접근을 허락해준 바로 그 렌즈가 둘의 포옹을 연출된 자세로 만들었다. 둘의 관객이 그저 이론적으로만 존재한다 해도, 그 관객이 일 년 혹은 한 시간 뒤의 그들 자신뿐이라 해도, 서로를 꼭 끌어안은 둘의 모습은 그 열정과는 상관없이 연출된 것이었다.

여기에서 미트코, 그러니까 내 옆에 앉아 있던 미트코는 다시 채워 온 유리잔을 입에 대고 술을 길게 한 모금 마시더니 담배로 얼룩지고(므루센) 노동으로 납작해진, 우아하지 않으며 손마디에는 새로운 상처가 여전히 생생하게 남아 있는 굵다란 손가락으로 화면을 짚었다. 줄리엔. 그가 말했다. 그게 남자의 이름이었다. 그러더니 미트코는 그가 자신의 첫번째 프리야텔이라고 말했다. 이번에는 단어의 뜻이 분명했다. 그는 미트코의 첫번째 남자친구였다. 이어서 미트코는 그가 자신의 첫사랑이었다고 말했다. 사진은 더 많았다. 사진 속의 두 사람은 늘 단둘이었고, 둘 중 하나가 어색한 각도로 카메라를 잡고 있었다. 그들은, 사진 속의 이 소년들은 너무 어렸다. 사실 어린애나 마찬가지였다. 그들은 서로에게 열정을 느끼고 있었지만, 그것과는 별개로 뭔가가 지속되지 않으리라는 걸 알고서 그 순간을 기록하는 듯했다. 물론 그들의 작은 마을에는 둘이 함께 있을 때 어떤 존재가 되는지 목격한 사람이 아무도 없었다. 가족도, 친구도, 심지어 거리를 지나다니는 낯선 사람도. 실외에서 찍은 사진은 한 장도 없었으니까. 그 모든 열기에도 결국 끝나고 만 저 포옹에서 살아남은 것은 이 사진들, 그가 지금 스크롤하고 있는 디지털 기억들 외에 아무것도 없었다. 지금 이 사람은 어디에 있느냐고, 내가 미트코에게 물었다. 말캉한 기분에 휩싸였기 때문이기도 했고, 미트코와 훨씬 더 친밀해질 기회를 얻고 싶기 때문이기도 했다. 미트코는 대답하면서도 나를 돌아보지 않고 이 이미지, 저 이미지를 클릭하며 멍하니 손으로 가슴을 쓸었다. 미트코는 그가 학교 선생이었고, 외국으로 공부하러 떠났으며, 지금은 프랑스에 살고 있다고 말했다. 그럴 만한 재능이나 방법이 있는 사람이라면 거의 모두가 그랬듯(이건 내 생각이다), 이 나라에서 도망쳤다고. 그러니까 화면에서 한데 엉켜 있는 두 남자 중 한 명은 재능이나 수단이, 혹은 둘 모두가 있었기에 기회를 건졌고, 다른 하나는 그대로 이곳에 머물다가 어찌어찌 미래가 창창한 소년에서 우리 집에 초대된 사실상 노숙자로 변해버린 것이고.

미트코는 내 슬픔을 느끼고 공유하고 그 슬픔에 목소리를 내주고 싶은 것처럼 새로운 페이지를 열었다. 그 페이지는 짧은 동영상을 올리는 불가리아 사이트로, 거의 모든 것을 찾을 수 있는 곳이었다. 저작권법이 아무 의미도 없는 사이트였다. 어떤 노래가 있어. 미트코가 말했다. 들려주고 싶어. 그러더니 나로서는 한 번도 들어본 적 없고 지금도 잘 떠오르지 않는 사람의 이름을 검색엔진에 입력했다. 그러자 놀랄 만큼 많은 동영상이 떴다. 미트코는 몇 페이지를 훑어내리며 줄리엔과 함께 들었던 노래, 그들이 함께 듣고 좋아했던 노래의 동영상을 찾아나갔다. 섬네일 이미지마다 부드러운 빛을 받으며 기도라도 하듯 두 손으로 마이크를 잡고 있는 연약한 여자가 담겨 있었다. 모든 동영상이 같은 콘서트에서 찍힌 건지, 아니면 여자가 사진마다 입고 있는 바닥까지 끌리는 단순한 디자인의 흰 가운이 일종의 상징인 건지 알 수 없었다. 미트코는 원하던 동영상을 찾았다. 동영상이 시작되자 그가 내게 자기만의 역사로 접근할 권한을 부여하고 있다고, 따라서 내가 갈망하던 그와의 친밀함도 허락하고 있다는 생각이 들었으며 그의 과거와 깊이 연결된 이 동영상이 우리의 언어장벽을 넘나드는 친밀함의 통로를 허락할지 모른다는 생각에 감동받았다. 동시에 나는 일종의 공허한 아름다움을 발산하는 그 여자를 보면서 속이 다 들여다보이는, 교묘한 구석이라고는 없는 그 인위성에 점점 혐오감을 느꼈다. 그녀는 목이 막힌 사람처럼 속삭이며 노래를 불렀다. 우아하고도 사진에 찍힐 것을 의식하는 듯한 절망의 극한을 보여주었다. 특별히 비극적인 소절을 다 부르고 나서는, 내가 보기에는 연습한 게 뻔한 눈물을 터뜨리며 패배자라도 된 것처럼 마이크를 내렸다. 카메라는 이따금 가수의 어깨와 높이를 맞추었다(이 동영상은 전문적으로 공들여 만든 콘서트 영상이었다). 수천 명의 팬들이 어둠 속에 쭉 늘어서 있는 모습을 바라보는 가수의 시점을 동영상을 보는 사람에게도 공유해, 시청자가 그녀에게 더 큰 공감을 느끼도록 강요하는 것이었다. 그녀의 눈물을 본 팬들은 일종의 황홀경에 빠져 절망과 기쁨이 뒤섞인 소리를 집단적으로 냈다. 아, 이제야 의미 있는 삶이 나타났어, 우리를 우리 자신으로부터 해방시켜주는 진짜 삶이 말이야, 하고 말하는 듯한 소리.

나는 이런 생각에 잠겨 미트코와 나누던 순간에서 멀어졌다. 그러자 나 역시 속아서, 꼬임을 당해서 결국 거래일 뿐인 우리의 관계에 전혀 적절하지 않은 감상을 품게 된 듯한 기분이 들었다. 미트코는 계속해서 부드러운 시선으로 화면을 보고 있었지만, 이제 그 표정이 인위적이고 계산적이며 교활한 것으로 보이는 나는 일어서서 그의 어깨에 두 손을 얹고 다시 한번 목으로 고개를 숙였다. 하이데, 가자. 나는 그를 맛보고 그의 어깨를 당기면서 말했다. 처음에 미트코는 다시 나를 밀어내려 했다. 천천히 해도 된다고, 밤은 길다고. 그는 이곳을 그날 하룻밤을 보낼 장소로 생각하고 있었다. 그동안 욕망이 사그라들자마자 혐오감을 느끼고 호의를 거두어버리던 남자들을 경험해온 게 틀림없었다.

하지만 나는 고집을 꺾지 않았다. 무언가를 주장하고 싶었다. 그날 밤의 주도권을 잡고 싶었다. 잔인하게 표현하자면 내가 구매하기로 계약한 상품을 끝끝내 차지하고 싶었다. 내가 원한 건 뭔가 짐승 같은 것이었다. 내가 물러서지 않으리라는 걸 알아챈 미트코는 고분고분해졌다. 심지어 열정적으로 변했다. 의자에서 일어나 내 목을 감싸안더니, 폴짝 뛰어 두 다리로 나를 감았다. 이전에는 그의 몸무게를 한 번도 느껴본 적이 없었다. 섹스할 때 그는 늘 서 있었으니까. 부엌에서 침대로 데려가며 나는 그가 너무도 가벼워 놀랐다. 나는 그를 내려놓았고, 그는 환영하듯 두 팔을 양옆으로 뻗고 몸을 쭉 폈다. 내가 취하고자 했던 새로운 냉혹한 태도는 무너져내렸다. 이제는 내가 고분고분한 쪽이 되었다. 사실 그 고분고분함이야말로 내가 돈을 주고 산 것이었지만. 방은 어두웠으나 나는 복도와 창문을 통해 들어오는 불빛으로, 네온 간판과 가로등의 빛으로 그를 볼 수 있었다. 막상 허락을 받고 나니 그를 만지기가 망설여지기라도 하듯 나는 움직이지 않고 그를 빤히 바라보았다. 미트코는 내게, 아니면 내 얼굴에서 보인 무언가를 향해 미소 짓더니 팔을 뻗어 나를 자기 입 쪽으로 끌어당겼다. 탄산음료를 마신 그의 입은 달콤했다. 그는 내 목에서 손을 떼지 않았다. 입을 맞추고 내 얼굴을 떼어내더니 내 머리를 아래로 눌렀다. 그는 이미 딱딱해져 있었다. 입맞춤에 나만큼이나 반응한 것이다. 하지만 결국 나는 그리 고분고분하게 굴지 않았다. 나는 고개를 흔들어 빼낸 다음, 전에 상상했던 것처럼 그의 손을, 상처 입은 그의 손을 양손으로 잡고 입술로 가져갔다. 그는 나를 보며 다시 미소 짓더니 이런 지연이 어리둥절한 듯 고개를 살짝 갸웃했다. 하지만 나도 오래 머뭇거리지는 않았다. 내가 그의 성기로 입을 내리자 그는 두 다리를 쫙 벌렸다. 나는 가득찬 컵의 윗부분을 잡듯 그의 엉덩이를 두 손으로 잡았다.

거래가 완료되자마자 내가 나가라고 할지 모른다는, 그러니까 내가 그를 도시 중심부로 돌려보내 거리를 떠돌아다니게 할지도 모른다는 미트코의 걱정은(하긴 이것도 미트코가 그런 걱정을 했을 때의 얘기지만) 엉뚱한 것이었다. 나는 그가 머물러주기를 바랐다. 나는 그의 곁에 누워서, 이제는 욕망 없이, 그러나 더욱 부드럽게 그를 어루만지고 싶었다. 그래서 그가 탈출하고 싶어서 안달난 사람처럼 침대에서 뛰어내리자 나는 실망감을, 심지어 아픔을 느꼈다. 됐지. 그가 물었다. 브시츠코 리 에 나레드. 그는 벌거벗은 채 거실로 나갔다. 내가 다시 옷을 입는 동안 그는 다시 노트북 앞으로 돌아갔다. 나는 진을 따르는 소리와 키보드를 두드리는 소리, 그다음에는 스카이프가 열릴 때 나는, 점점 울려퍼지는 특유의 알림음을 들었다. 나는 미트코에게 갔다가 그가 인터넷으로 다른 젊은 남자들과 수없이 많은 음성통화와 영상통화를, 여러 번의 기나긴 대화를 나누는 모습을 지켜보았다. 나는 미트코의 뒤쪽, 조금 떨어진 곳에 의자를 두고 앉았다. 거기서는 화면에 잡히지 않은 채로 스크린을 볼 수 있었다. 상대 남자들은 모두 어두운 방에서 숨죽여 말하는 것 같았다. 나는 그 이유가 옆방에 잠들어 있는(새벽 한두 시쯤 되는 늦은 시간이었다) 가족들을 깨우지 않기 위해서임을 알아차렸다. 그들 대부분은 오직 얼굴로만 존재했다. 전구 하나가 드리운 작고 둥근 빛으로는 얼굴밖에 보이지 않았으니까. 그들은 애정을 담아, 친숙하게 미트코에게 인사했다. 나중에는 나도 미트코가 이들 대부분을 실물로 만나본 적이 없다는 사실, 이들의 우정은 이런 식의 유체이탈된 만남으로만 국한된다는 사실을 알게 되었지만. 그들이 하는 얘기를 들어보니 모두 소피아가 아닌 곳에 살았고, 그중 다수는 작은 읍이나 마을에 살았다. 나는 그 남자들의 말을 들으면서 그들이 형성한 공동체의 기묘함, 그토록 제한되어 있으면서도 생기 넘치는 모습에 충격을 받았다. 미트코는 이 대화 저 대화를 옮겨다니며 말을 하는 동시에 키보드를 두드렸다. 자주 새로운 초대장이 왔고 그때마다 화면이 밝아졌다. 나는 그들의 대화를 따라갈 수 없었다. 거의 아무것도 이해하지 못했다. 나는 지쳤고, 시간이 지나자 지루해졌다. 가끔은 문득 정신을 되찾기도 했다. 흘러나온 단어나 말투로 미트코가 내 이야기를 한다는 걸 알아차릴 때였다. 나는 이해하지도, 참여하지도 못하는 대화의 대상이 된다는 사실에 무력감을 느꼈다. 미트코는 한두 차례 내가 동영상 안에 담기도록 화면을 기울이며 나를 소개해주려 했다. 그러면 낯모르는 사람과 나는 어색하게 미소 짓고 손을 흔들었다. 서로에게 할말이 한마디도 없었다. 밤이 길어지면서 나는 점점 수치스러워졌다. 점점 더 내가 조롱이나 비웃음의 대상이 되고 있다는 생각이 들었다. 게다가 미트코의 열정에서 배제된다는 것이 씁쓸하게 느껴졌고, 그가 다른 남자들에게 아낌없이 쏟는 관심에 질투가 났다. 이 씁쓸함을 더욱 키우기 위해서였는지 떨쳐내기 위해서였는지 아니면 그냥 지루해서였는지 잘 모르겠지만 나는 책장에서 시집 한 권을 꺼내 무릎에 펼쳐놓았다. 내가 고른 책은 카바피스*의 얇은 시집으로, 그 책을 고른 까닭은 그 안에서 이 저녁을 구원해줄, 점점 더럽게 느껴지는 이 저녁에 황금을 씌워줄 무언가를 찾을 수 있을 거라고 기대했기 때문이었다. 하지만 글을 읽기에는 너무 지쳐 있었던 나는 아무 의미없이 책장만 넘겨댔다. 지금 잠자리에 들었다가는 일어났을 때 아파트가 털려 있는 걸 보게 될까봐, 미트코가 내 노트북과 핸드

* 그리스 시인 콘스탄티노스 페트루 카바피스(1863~1933).

폰을, 그에게는 탐나는 물건이지만 그걸 방치하는(미트코는 그렇게 느꼈을 게 틀림없었다) 나는 가질 자격조차 없는 물건들을 가져갈까봐 걱정스러웠다. 시집에서 아무런 위로도 찾지 못하고 책장을 넘기던 나는 미트코의 대화 분위기가 바뀌었음을 알아챘다. 그는 더이상 애정어린 목소리가 아니라 도발적인 목소리로 말하고 있었다. 그의 프리야텔리도 이제는 삼십대 후반이나 사십대, 미트코보다 나이가 많은 사람들로 바뀌어 있었다. 내 귀에 들린 흘러나온 몇몇 단어들을 통해 그들이 시나리오를 짜고 가격을 협상하고 있다는 것이, 미트코가 한 주 계획을 세우고 있다는 사실이 분명해졌다.

그중에는 다른 남자들보다도 나이가 많은 남자가 하나 있었다. 미트코와 그의 대화는 더 길게 이어졌다. 그는 체격이 좋고 머리가 벗어지는 중이었다. 그가 줄담배를 피우며 앉아 있는 방의 단조로운 불빛 때문에 까칠한 수염이 난 얼굴이 축 늘어지고 핼쑥해 보였다. 그는 불가리아에서 두번째로 큰 도시, 2차세계대전 때 폭격을 당하지 않은 덕분에 아름다운 시내 중심가가 그대로 남아 있는 플로브디프에 살았다. 나는 둘의 이야기를, 그들이 나누는 이야기 자체보다는 그 말투와 억양을 들으면서 그 도시를 처음 방문했던 때를 떠올렸다. 플로브디프는 내가 소피아를 벗어나 처음 가본 도시였다. 전형적인 민족부흥운동양식의 건축물을 처음 본 것도 그곳에서였다. 플로브티프의 건축양식은 믈라도스트의 잿빛과는 너무도 다른, 정교한 목조 구조물과 도저히 억누를 수 없는 기쁨을 표현하는 듯한 밝은 파스텔 색조가 특징이었다. 플로브디프는 로마처럼 일곱 언덕 위에 지어진 도시였다. 그 언덕 중 하나는 공산주의시대에 파괴되고 채굴됐지만, 지금까지도 많은 불가리아인들이 그 도시를 그렇게 설명했다. 당시 채굴된 돌은 현재 인도가 교차되는 곳 광장의 판석으로 쓰였다. 남은 언덕 중 한 곳에는 소련 군인 조각상이 서 있었는데, 지역민들은 그 조각상을 알료샤라고 불렀다. 주변에는 경사면을 따라 커다란 공원이 있고, 그 공원의 각 층은 광장이나 도시의 경관 전체를 볼 수 있는 전망대로 이어졌다. 공원의 한쪽 면은 관리가 잘되어 있었다. 계단도 널찍했고 길도 잘 보수됐으며 연인이나 가족, 주말에 운동하는 사람들이 자주 들렀다. 사회의 공적인 삶이 과시되는 공간이었다. 하지만 플로브디프에 처음 들러 뭘 잘 모르던 시절, 나는 친구와 함께 언덕 반대편으로 올라갔다. 이쪽은 거의 버려진 것처럼 보였다. 이쪽 면에도 계단과 광장은 있었지만, 판석이 발밑에서 움직이거나 부스러졌다. 우리는 균형을 잡느라 자주 나뭇가지나 덤불을 붙들어야 했고, 한두 번은 아예 땅을 짚으며 주저앉았다. 그러나 올라가면서 보니 이쪽 길도 완전히 버려진 것은 아니라는 게 분명해졌다. 우리는 잠시 멈춰 도시를 내려다보고 걸어온 길을 돌아보다가 아래쪽 전망대 어느 곳에 있는 한 남자를 보았다. 그가 숨어 있었기 때문인지, 아니면 우리가 나름대로 애를 쓰느라 주의를 기울이지 않았기 때문인지, 올라올 때는 보지 못한 사람이었다. 그는 한쪽 손에 비닐봉지를 들고 있다가 때때로 그 봉지를 얼굴로 가져가서 코와 입을 집어넣고 크게, 굶주린 것처럼 숨을 들이쉬었다. 멀리서도 그의 어깨가 들썩이는 것이 보였다. 그는 마치 흐느끼는 것처럼 어깨를 떨었다. 얼굴에서 봉투를 내릴 때는 자세가 부드러워져 있었다. 그의 몸 전체가 힘이 풀려 움츠러들었다. 그는 발을 딛고 있기가 불안정한 듯 약간 휘청거리더니, 허리를 펴고 녹슨 난간으로 다가가 도시를 향해 두 팔을 쭉 뻗었다. 갈망이나 황홀경, 슬픔이 배어나는 그 동작이 지금까지도 내 머릿속에 남아 있다. 순간 남자가 양손으로 난간을 잡더니 그 너머로 허리를 숙이고 대단히 침착한 태도로 아래쪽 덤불에 구토를 했다. 우리는 위로 올라가다가 땅딸막하고 단단한 구조물들과 맞닥뜨렸다. 나뭇가지와 뿌리의 침습으로 천천히 해체되는 중인 그 구조물은 거의 뼈대만 있거나, 간간이 벽 하나만 남아 있기도 했다. 하지만 우리가 숨을 고르려고 다시 한번 멈추었던 어느 전망대에 줄지어 늘어선 구조물들은 문과 창문이 없을 뿐 콘크리트 껍데기는 대체로 온전하게 남아 있는 듯했다. 너무 어두워서 안쪽이 잘 보이지는 않았지만, 그 구조물들은 바위에 파묻힌 채로 뒤쪽 멀리까지 이어져 있는 것 같았다. 마치 벌집이나 광산, 작은 방들로 이루어진 그물망처럼. 나는 거기 서 있다가 그리 멀지 않은 곳에 남자 셋이 서 있는 걸 발견했는데, 그들은 우리가 가까워지자 숨었다가 비로소 그늘에서 나오는 게 틀림없었다. 그들은 서로 떨어져서 외따로 서 있었다. 중년에 여윈 체형이었고, 각자 오그린 손으로 담뱃불을 감싼 채 꺼지지 않도록 지키고 있었다. 한번도 우리를 알은체하거나 우리 쪽을 보지 않았지만, 공기에는 전류가 잔뜩 흐르는 듯했으며 나는 손짓 한 번이면 그 중 한 명과 그 작은 방으로 들어갈 수 있으리라는 걸 알았다. 일행이 없었다면 실제로 그랬을 것이다(나 자신도 그 전류로 웅웅 울리고 있었으니까).

내가 미트코의 고객인지 친구인지에게 관심을 갖게 된 건 이 전류를 생각나게 하는 무언가, 미트코와 이야기를 나누었던 다른 남자들에게서는 듣지 못한 어떤 음색이 있어서였다. 그는 미트코를 기쁘게 해주려고 안달이 난 듯했다. 그런 열정이 두려움과 뒤섞여 있었다. 그리고 내가 보기에 미트코는 자신이 휘두르는 그런 힘을 즐기는 것 같았다. 다른 사람이 그를 기쁘게 해주려고 노력하게 만들고, 한편으로는 그 기쁨을 자제하도록 하는 힘. 줄 게 있어. 나는 남자가 이렇게 말하는 것을 들었다. 포다루

크라는 말도 들렸다. 미트코가 사랑하는 단어이자 남자가 핸드폰을 카메라 쪽으로 들어올리며 말한 단어. 아직 상자에 들어 있는 그 핸드폰은 그라프이그나티에프 대로에서 미트코가 무척 탐욕스럽게 바라보던 모델 중 하나였다. 그러자 미트코는 자신을 기쁘게 해줄 기회를 그 남자에게 허락했다. 남자를 보며 미소 짓고 고맙다고 인사하면서, 그의 선물을 스트라호텐이라고 불렀다. 굉장하다는 뜻의 이 단어의 어원은 영어에서와 마찬가지로 두려움을 나타냈다. 와서 받아 가야 해. 남자는 그렇게 말했고 미트코는 알겠다고, 다음날 버스를 타고 플로브디프로 가겠다고 했다. 나는 피곤한 몸으로 그 자리에 앉아 있으면서 남자와 그가 줄 값비싼 선물이 있는 곳으로 갈 미트코의 차표를 내 돈으로 사주게 되리라는 걸 깨달았다. 어쩌다가 내가, 공짜로 얻을 수 없는 것을 얻어내고자 상대가 요구하는 걸 모두 줘버리는 어둠 속의 남자 중 한 명이 됐는지 의아해졌다. 미트코는 이미 나를 그 남자에게 소개해준 터였다. 그는 우리가 서로 인사할 수 있도록 화면을 기울였고, 우리는 머뭇거리면서 인사를 나눴다. 상대 남자는 약간 적대감을 보이기도 했다. 아마 그건 내가 그보다 젊었고 (아직은, 당분간은) 더 매력적이었기 때문일 것이다. 어쩌면 그냥 내가 아직 미트코를 소유하고 있기 때문일지도 몰랐다. 미트코는 내게 감탄하라는 듯, 아니 그보다는 내게 무언가를 가르쳐주려는 듯 남자에게 다시 포다루크를 들어보라고 말했다. 그날 밤 미트코는 아직 내 것이었다. 우리의 유령 계약에 따라 그가 내게 묶인 시간은 아직 남아 있었다. 그 시간이 다하기 전까지는 상대방 남자가 자기 것이라고 믿고 있는 욕망을, 그의 화려한 선물에 주어져야 할 보상을 내가 즐길 수 있었다. 나는 미트코를 소유하고 있는 사람으로서 일종의 질투심을 느꼈다. 내 소유권은 그저 일시적이고 사실상 아예 소유권이라고도 할 수 없는 것이었지만. 다음날 아침 플로브디프의 다른 남자에게로, 이토록 쉽게 미트코를 꾀어낸 자에게로 그를 보내야 한다고 생각하니 벌써 입맛이 썼다.

피곤함이 이제는 일종의 불안이 되었다. 나는 읽지도 않고 무릎에 올려둔 책을 계속 폈다 덮었다 했다. 나는 그 시집에서 새로운 것은 하나도 찾아내지 못했다. 구역질나는 욕망에서 고결함 비슷한 것을 추려낼 수가 없었다. 어두운 방에서의 불미스러운 만남이나 지금 내가 보내는 이 저녁시간의 수상쩍은 거래도 진정한 빛으로 타오를 수 있다는 느낌, 언제든 순식간에 형이상학이 될 것처럼 이상향에 몸을 문질러대는 그 느낌이 생겨나지 않았다. 나는 책을 치웠다. 미트코도 피곤해하는 게 보였다. 그는 지치기도 했고 눈에 띄게 취해 있기도 했다. 우리가 사 온 술을 거의 3분의 2나 비운 뒤였으니까. 플로브디프의 남자에게 작별인사를 하고, 이제야 자러 가야겠다며 일어서는 그의 발걸음이 휘청거렸다. 자고 일어날 때까지는 세 시간이 남아 있었다. 그때가 되면 미트코는 편안한 버스에 올라 플로브디프까지 두어 시간쯤 짧은 여행을 떠날 테고, 나는 학생들을 가르치러 갈 것이다. 미트코를 따라 화장실까지 가서, (여전히 벌거벗은 채) 소변을 보는 그의 등뒤에 서 있는 지금 이 순간의 열기와 비굴함과 욕구를 박박 문질러 닦아낸 얼굴로 교탁 앞에 서겠지. 나는 여위고 탄탄한 그의 가슴과 배를 문질렀다. 내 손의 피부에 짧고 빳빳한 털이 잠깐씩 스쳤다. 계속해, 괜찮아. 그렇게 허락하거나 부추기는 듯한 미트코의 말을 듣고 내 손은 더 아래로 내려갔다. 나는 조심조심 그의 성기 아랫부분을 잡고 기둥을 손으로 감쌌다. 손가락 아래로 액체가 묵직하고도 다급하게 흘러가는 것이 느껴졌다. 나 자신의 다급함도 느껴졌다. 나는 딱딱해진 내 성기를 그의 몸에 대고 눌렀다. 그는 머리를 뒤로 기울여 자기 얼굴을 내 얼굴에 대고 (까끌까끌한 수염이 나 있어 거칠한) 그 얼굴을 내 얼굴의 부드러운 살갗에 문질렀다. 나는 소변을 다 본 그의 성기가 딱딱해지는 것을 느꼈다. 그의 피부를 조심스럽게 젖히고 마지막 소변을 털어주면서, 나는 갈망으로 숨이 멎을 것만 같았다. 전에는 한 번도 누군가를 그런 식으로 만져본 적이 없었다. 단 한 번도 누군가에게 이런 봉사를 해준 적이 없었다. 미트코는 나를 돌아보며 입을 맞추었다. 깊게, 탐색하듯이, 나를 갖고 싶다는 듯. 동시에 그는 나를 밀쳐 복도를 지나 침실로 이끌었다. 나를 밀치면서 동시에 지지대로 사용하기도 했다. 그렇게 그는 아까 나와 함께 누워 있던 넓은 침대로 나를 밀쳤다. 우리는 그 침대에 함께 누웠다. 그는 나를 두 팔로 감싸안고 바싹 끌어당겼다. 팔만이 아니라 두 다리로도 나를 감았다. 두 팔과 두 다리로 나를 꽉 끌어안았다. 그가 나를 너무 세게 끌어안았기에 내가 들이마신 공기는 그를 이미 한 번 거친 공기뿐이었다. 당연히 술냄새도 났지만 내게서 너무도 동물적인 반응을 끌어내는 체취도 느껴졌다. 나는 그 냄새에 불이 붙었다(나는 머릿속에 불이 밝혀지는 광경을, 집안의 스위치가 일제히 켜지는 광경을 상상했다). 그는 나를 감싼 해저생물 같은 모습으로 누워서, 내가 움찔거리거나 반쯤 잠이 깨면 나를 다시 끌어안았다. 나는 평소와 달리 단잠을 잤다. 거의 아무런 방해도 받지 않는 깊은 잠. 나는 그가 사랑하는 사람, 혹은 그의 아이처럼 안겨 있었다. 아니, 이렇게 말해야 할지도 모르겠다. 나는 그의 포로나 먹잇감처럼 안겨 있었다.

얼마 전 나는 피린산맥에 있는 블라고에브그라드에서 주말을 보냈다. 학생들의 보호자 자격으로 수리언어학회에 참석했던 것이다. 나는 수리언어학 분야에 별 관심이 없었고 전문성은 더 없었다. 학생들이 강의를 듣는 동안 나는 호텔 근처의 숲이 울창한 아름다운 공원을 오랫동안 탐험할 수 있었다. 그 공원은 작은 강을 따라 3킬로미터쯤 이어져 도시 중심부의 보행자 전용 광장으로 통했으며, 광장은 천박한 새 건물들, 그러니까 강을 내려다보는 값비싼 아파트들 때문에 여기저기 흠집이 나기는 했어도 소련 시절 건축물에 거의 유린당하지 않은 인간적인 건물들의 안식처 역할을 하고 있었다. 때는 봄이었다. 아스미라는, 벤치와 테이블 위쪽으로 포도덩굴이 기어오를 수 있도록 만들어진 나무

격자 구조물은 아직 마르고 시든 덩굴 때문에 여전히 헐벗은 채였다. 그 덩굴들이야 겨울의 자취처럼 나무 지지대에 매달려 있었지만, 해가 바뀌면서 풍경 자체는 한껏 푸르러졌다. 나무들은 새로 난 잎사귀와 한 번도 본 적 없는 꽃들로, 활짝 핀 꽃과 봉오리와 반쯤 핀 꽃들로 화사했다. 화려한 취기에 젖어 있는 것만 같았다. 우리가 묵는 호텔은 사람들이 대충 산의 경사면을 따라 주거지를 만들려고 했지만 별로 성공적이지 못했던 듯한 마을 가장자리에 있었다. 공들여 깎은 호텔 잔디밭을 조금 지나자 울창한 숲과 덤불이 나왔고, 거기서 더 올라가자 극적인 절벽이 보였다. 내가 아침에 자주 시간을 보내던 강변 공원의 깎아지른 듯 거대한 낭떠러지와 강 사이 오솔길에도 일종의 낭만적인 야성이 깃들어 있었다. 강은 작았지만, 물살이 산봉우리에서부터 놀라운 속도로 쏟아져내리며 이미 깨져 있는 강바닥 바위들에 부딪혀 우렁찬 소리를 냈다. 그 길을 따라 걸으니 나 자신으로부터 빠져나가는 듯한, 환희에 찬 기분이 들었다. 이 세상의 뽐내는 듯한 아름다움에 충격을 받아 잠시 멍해진 것이다. 공기에는 움직임이 가득했다. 나비, 낮에도 날아다니는 나방, 햇빛 속에 무지갯빛을 띠며 걸려 있는, 취한 듯 반짝이는 아주 작은 하루살이가 가벼운 산들바람에 아무 힘도 쓰지 못하고 이리저리 떠밀려 다녔다. 풀과 나무는 세차게 숨을 내뿜듯 씨주머니를 터뜨렸다.

아주 작은 씨앗들은 저마다 낙하산이나 우산 같은 털 오라기를 타고 날아갔다. 나는 이처럼 땅에 씨앗이 뿌려지는 모습을 지켜보며 휘트먼을 떠올렸다. 지금은 수리언어학 강의를 듣고 있는 학생들, 마을에서 저녁을 먹는 동안 내게 그 강의 내용을 전해주며 시와 운율, 압운의 구조, 우리의 쾌감에 이런 수학적인 요소들이 주는 영향에 관한 주장에 내가 어떤 반응을 보이리라고 상상했는지 이야기해줄 학생들에게 나는 얼마 전 휘트먼의 시를 가르쳤다. 나는 늘 휘트먼 시의 몇몇 구절이 그 정념에서나 고삐 풀린 관능성에 있어서 과장되었다고 느껴왔다. 학생들은 그런 구절들을 사랑했고 매년 웃으며 환영했지만, 나는 그 구절들이 당황스러웠다. 하지만 블라고에브그라드의 오솔길에 서서 눈처럼 내리는 씨앗을 지켜보고 있을 때 내게 떠오른 것은, 그 순간을 규정하고 더욱 풍요롭게 만들어준 것은 바로 그 구절들이었다. 부드럽게 간질이는 바람의 성기, 이 세상의 번식 욕구. 그런 것들이 아니면 대체 그 씨앗을 뭐라고 표현할 수 있을까? 나는 내가 그 구절을 제대로 이해하지 못하고 늘 형편없이 읽어왔다는 사실을 깨달았다. 그 구절들은 전혀 과장된 것이 아니었다. 오히려 정확했다. 그리고 나는 잠시 세상 앞에 벌거벗고 싶다는 휘트먼의 욕망, 그의 말을 빌리자면 세상과 접촉하고픈 광기를 이해했다. 심지어는 그 욕망이 직접 느껴지기도 했다. 비록

시 특유의 청아한 소리에 이르지 못하는 삶, 어색함과 흘려버린 기회로 이루어져 있지만 어쩌면 견딜 만했던 삶, 어느 정도 내가 선택했고 계속해서 선택해온 삶에서는 그런 욕망이 전혀 광기가 아니었지만 말이다.

나는 나무로 된 작은 육교를 건너다가 잠시 멈춰 서 휘도는 물을 바라보았다. 나를 그 물 위에 떠 있게 해주는 구조물의 진동을 느꼈다. 그러다가 나는 물이 남겨준 좁은 땅 위, 굽어진 강에 따뜻하게 안겨 있는 작은 카페를 발견했다. 사실 거의 판잣집이나 마찬가지였지만 깨끗하고 관리가 잘되어 있었다. 카페 옆 물가에는 소풍용 테이블들이 위험하게 자리잡고 있었다. 이미 주인이 있는 테이블이 많아서 나는 강과 조금 거리를 두고 앉을 수밖에 없었다. 그곳에서도 어린 시절부터 줄곧 내 마음을 가라앉혀주곤 하던 물소리를 들을 수 있었다. 따뜻한 우유를 섞은 커피를 홀짝이면서 다른 테이블을 돌아보았더니, 축제 분위기에 휩싸인 대규모 단체 손님으로 붐비고 있었다. 나는 그주 주말에 무슨 명절 같은 것이 있다는 사실을 떠올렸다. 이곳에는 그런 명절이 너무 많아서 일일이 기억하기가 힘들었다. 아이들이 물가에서 공과 막대기, 소리와 불빛이 나오는 플라스틱 총을 가지고 놀고 있었다. 나는 채점을 하려고 가져온 과제들을 내버려두고 아이들을 지켜보다가 서너 살쯤 되어 보이는 좀더 어린 아이가 다른 아이들과 거리를 두고 서 있는 것을 보았다. 그 여자애는 물가에 바짝 붙어 있었는데 바로 뒤에는 아버지로 보이는 남자가 웅크리고 있었다. 내가 지켜보는 내내 소녀는 뒤에 있는 남자의 팔에 허리를 의지한 채 가파른 강둑 너머로 위험하게(사실 위험한 건 아무것도 없었지만) 몸을 숙이고 60~90센티미터쯤 아래에서 몰아치는 물을 내려다보았다. 아이는 몸을 앞으로 숙였다가 획 일으키기를 반복했다. 자세를 되찾을 때마다 즐거운 듯 웃었다. 네번째인가 다섯번째로 이런 동작을 했을 때는 아이가 전보다 멀리 몸을 숙이는 바람에 남자가 팔을 몸에서 최대한 멀리 뻗어야만 했다. 이번에 아이는 웃지 않았다. 놀란 것 같았다. 이렇게까지 멀리 몸을 내미는 위험을 감수하다니 자신의 대담함에 그만 용기를 잃은 듯했다. 아버지의 팔에 안겨 있었으니 전혀 위험하지 않은 행동이었지만 말이다. 아이는 몸을 뒤로 홱 젖혀 아버지의 품에 안기더니, 두 팔을 위로 뻗어 그의 목을 꽉 안고 머리를 아래로 당겨서(그럴 필요까지는 없었던 것 같지만) 자기 얼굴 가까이 끌어안았다. 아이는 아버지의 몸이 자신을 감싼 그때에야 비로소 웃었다. 나로서는 납득하기 어려운, 이 세상 어딘가에 자기 집이 있다는 확신으로 가득찬 것처럼 보이는 기쁨이었다. 그들은 오랫동안 끌어안고 있었다. 공공장소에서는 잘 볼 수 없는 신체 접촉, 어쩌면 부모와 아주 어린 아이들 사이에서만 가능한 접촉일 것이다. 절대적인 소유를 확신하는 친밀함. 어쩌면 이것이야말로 전혀 연극적이지 않은 포옹이라는 생각이 들었다. 감명받은 사람은 나뿐만이 아니었다. 다른 사람들도 두 부녀를 지켜보는 모습이 눈에 들어왔다. 그들은 아련하게 미소를 지었고, 어쩌면 내가 그랬듯 조금은 울적해졌을지도 모르겠다. 우리 자신은 그런 포옹에서 배제되었다는 생각에, 또 그런 포옹은 너무도 빠르게 사라져버린다는 생각에. 아이가 자랄수록 그런 포옹에는 다른 의미들이 생기게 된다. 그런 포옹 자체가 허용할 수 없는 것이 되어버린다. 몇 년만 지나면 지금 이곳에서 우리의 마음을 따뜻하게 해주었던 바로 그 접촉이 못마땅함과 걱정, 결국은 비웃음을 자아내게 된다. 나는 그때 남자와 그의 아이가 포옹을 풀고 물가를 떠나는 모습을 보면서 이렇게 생각했다. 자아를 온전히 인식하는 바로 그 순간 우리가 경험하는 것은 작별이라고, 남은 평생 회복하고자 애쓰게 될 상실이라고. 남자와 아이는 테이블로 돌아갔다. 소녀가 앞장서서 여자에게 달려갔고, 여자는 허리를 숙여 아이를 무릎 위로 안아올리더니 살짝 간지럽혔다. 그애의 웃음소리가 물소리 너머로 들려왔다. 잠깐이지만 그때는 내가 그토록 자주 느껴온 혼란을 설명하느라 스스로 늘어놓던 이야기도 말이 되는 것 같았다. 그리고 미트코에게 안겨 잠들었던 몇 시간 동안은 바로 그 혼란이 누그러들었다. 그와의 포옹은 블라고에브그라드 강가의 아이와 아버지를 지켜보며 내가 머릿속에서나마 다시 경험한 포옹이었으니까.

내가 과제를 채점하며 아침을 보낸 그날은 바르나에서 미트코와 마지막으로 만난 지 두 달이 지났을 때였고, 바르나에서의 만남도 석 달의 침묵 끝에 이루어진 것이었다. 플라도스트에서 함께 밤을 보내고 나서, 결국 우리는 서로를 알고 지낸 여러 달 동안 그날 밤을 포함해 겨우 두 밤을 함께 보낸 셈인데, 미트코는 몇 주 동안 며칠에 한 번씩 내 아파트에 나타났다. 그는 언제나 친절하고 열정적이었으며, 늘 어떤 부탁을 해왔다. 거리 쪽 공동 현관과 연결된, 다른 사람은 절대 누르지 않는 초인종이 울리는 소리를 들을 때마다 나는 두 가지 상반되는 욕망으로 찢기는 듯한 기분이 들었다. 한편에는 고독한 일상(글쓰기와 책)에 대한 욕망이 있었고, 다른 한편에는 미트코의 존재가 가져다주는 전율과 그로 인한 일상의 완전한 붕괴에 대한 욕망이 있었다. 하지만 이런 방문이 몇 주나 이어진 다음에는 일상의 붕괴도 그만하면 충분하다고 느껴졌고, 그의 요구에 화가 나기 시작했다. 미트코의 부탁은 결코 지나친 적이 없었지만(담배 살 돈을 달라거나 핸드폰 선불요금을 충전해달라는 식이었고, 한번은 신발을 사게 40레바를 달라고 한 적도 있었다), 절대로 끝나지 않을 것처럼 보였다. 다만 미트코의 방문을 금지했던 바로 그날 저녁에도 내

심장은 언제나 그랬듯 그가 왔다는 사실을 알리는 초인종소리에 두근거렸다. 내가 문을 열자 미트코는 다정하게 굴었다. 상태도 멀쩡해 보였다. 하지만 나는 그의 상태가 걱정되었다. 평소 지나치게 깔끔하던 그의 옷이 더러워져 있었다. 그가 나를 지나쳐 걸어갈 때는 목욕한 지 며칠이 지난 것 같은 냄새가 났다. 우리는 함께 소파에 앉았고, 미트코는 내게 반갑게 미소 지었으며, 나는 그의 가슴에 머리를 얹은 채 그 시큼한 냄새를 들이마셨다. 그때 문 두드리는 소리가 났다. 나는 위층에 사는 친구이자 나처럼 아메리칸칼리지에서 학생들을 가르치는 C와 저녁을 먹기로 한 약속을 잊어버렸고, C가 근처 레스토랑으로 가는 길에 나를 데리러 온 것이었다. 미트코는 그를 반가워했다. 어느 날 우리집에 들렀을 때 C를 보고 홀딱 반한 것이 분명했다. 하긴 C를 만난 거의 모든 사람이 그랬다. C는 굳이 애쓰지 않고도 사람의 환심을 사는 매력을 가지고 있었지만 다른 사람들의 욕구나 욕망에는 전적으로 무심했다. 그래서 그는 남들의 구애를 이끌어내면서도 늘 한 발짝 물러나는 것처럼 보였다. 미트코는 그에게서 거의 눈을 떼지 않았고 기회만 있으면 그에게 손을 댔다. 손길은 매번 활기차고 친절했다. 서로 말이 통하지 않을 때 미트코가 쓰는 신체적 언어로, 유혹하는 기색은 전혀 없었다. 하지만 C가 허락하거나 욕망하는 티를 조금이라도 내는 순간 그 손길이 성적인 열기를 띠게 될 건 분명했다.

저녁시간에 미트코는 먹을 수 있는 것보다 훨씬 많은 음식을 주문했다. 먹을 것, 마실 것, 그리고 담배. 늘 그런 식이었다. 나는 통역을 해주다가 금세 지쳐버렸고 우리는 침묵에 빠졌다. 이따금 미트코가 기습적으로 대화를 걸며 그 침묵을 끊어버렸는데, 그의 말은 거의 전부 나를 거쳐 C에게로 향했다. 그러니까 어쩌면, 내가 갑자기 미트코에게 프리야텔리와 함께하는 삶이 마음에 드는지 물은 것은 질투 때문이었는지도 모르겠다. 나는 방금 한 말 그대로 퉁명스럽게 질문을 던졌다. 네*. 미트코도 똑같이 무뚝뚝하게 대답했다. 불쾌한 이야기, 특히 그의 과거나 현재 상황에 이르게 된 과정에 관한 이야기가 나올 때면 보통 보이는 과묵한 태도였다. 나는 미트코를 더욱 압박했다. 그렇게 한 동기가 잔인함이었는지 재미였는지 걱정이었는지는 알 수 없었다. 나는 내 더듬거리는 불가리아어조차 따라가지 못하는 친구가 그 자리에 있다는 사실은 완전히 무시한 채 미트코에게 그럼 왜 이런 식으로 사는 편을 택했느냐고 물었다. 나는 그 질문이 세상 물정 모르는 순진한 질문이거나 그보다도 못난 질문이라는 사실을 알고 있었다. 그건 부당한 질문이었다. 그 질문은 선택의 자유가

* 'Ne'. 불가리아어로 '아니'라는 의미.

있음을 전제한 것이었고, 그런 전제에는 미트코에 대한 평가가 숨어 있었다. 그런 평가를 하는 건 주제넘는 일이었고. 수드바. 미트코가 말했다. 운명. 그 한마디가 모든 선택과 결과를 단번에 일축해버리는 역할을 맡았다. 미트코는 바르나에 일자리가 없었다고 했다. 소피아에는 일자리가 있었지만 그에게 기회가 없었다고도 했다. 그는 고용주에게 알려줄 만한 주소가 없었고, 주소가 없으니 일자리를 구할 방법도 없었다고. 그게 우리 대화의 끝이었다. 그 대화가 남은 저녁시간을 채색했다. 미트코는 더이상 빈정거리지 않았고(나는 내내 그 빈정거림에 애증이 엇갈리는 태도를 보였고 그는 눈에 띄게 혼란스러워했다), 다른 면에서도 기분이 가라앉아 있었다. 그건 나도 마찬가지였다. 나는 내가 끼친 피해를 복원하고 싶었다. 동시에 내가 견딜 수 있는 것 이상으로 복잡해진, 뒤얽힌 관계로부터 벗어날 수 있다는 가능성에 안도감을 느꼈다. 내가 보기에 미트코를 충분히 가여워하면서도 나 자신이 자유로워질 수 있는 태도란 존재하지 않았고, 그래서 나는 열의와 거리감 사이에서 흔들렸다. 미트코와의 관계에서 특히 예민하게 드러나긴 했어도 이런 양가성은 일상적인 관계든 깊은 관계든 내 모든 관계의 특징이었다. 나는 미트코와 함께 테이블에서 일어서면서 그에게 지하철역까지 데려다주겠다고 말했다. 최소한 이번 한 번은 그와 섹스하지 않으리라는 뜻을 명확히 밝힌 것이다. 나는 이 점을 명확하게 밝힐 수 있어서, 내게 그 점을 명확하게 밝힐 능력이 있다는 걸 알게 되어서 안도감을 느꼈으나 나 자신에 대해서든, 미트코에 대해서든 여전히 불편함을 느꼈다. 역까지 걸어가는 내내 분위기는 무거웠다. 나는 C에게도 같이 가자고 했다. C라면 내가 결심을 굳히는 데 도움이 될 것 같았고, 미트코를 떠나보낼 때 혼자 있고 싶지 않기도 했다. 하지만 C는 우리 뒤로 몇 발짝 떨어져 걸으며 거리를 유지했다. 결국 나는 미트코에게 괜찮은지 물었다. 더는 그의 침묵을 견딜 수가 없었다. 그는 내게서 시선을 돌려 대로의 자동차들을 보더니 이스캄 다 지베야 노르말노, 난 정상적인 인생을 살고 싶어, 라고 말했다. 나는 끔찍한 슬픔과 탈출하고 싶은 욕망 사이에 마음이 나뉜 채로 잠시 침묵을 지켰다. 그러다가 미트코의 얼굴을 바라보면서, 나는 네 고객이 되고 싶지 않아, 라고 말했다. 그는 놀라서 나를 돌아보며, 형은 고객이 아냐, 친구지, 라고 말했다. 그러나 나는 손을 내저어 이런 항의를 물리쳤다. 네가 너무 좋아. 내가 말했다. 서툴지만 허심탄회하게. 널 그렇게 많이 좋아하는 건 나한테 좋지 않아. 우리는 그때쯤 역에 도착해 있었고, 미트코는 당황한 듯 나를 바라보며 잠시 서 있었다. 내가 한 말을 어떻게 이해해야 할지 잘 모르는 듯했다. 아마 내가 그에게 보여준 여러 얼굴 중 어느 것이 진짜인지 궁금했을 것이다. 그가 익히 알고 있는 욕망의 얼굴인지, 갑자기 그에게 문을 닫아버린 이 새로운 얼굴인지. 그러더니 미트코는 굳이 이해할 가치가 없다고 생각한 듯 어깨를 으쓱하고 손을 내밀어, 차비로 쓸 10레바짜리 지폐를 달라고 했다.

석 달 동안 미트코는 흔적조차 보이지 않았다. 그동안 미트코가 내 작별인사를 진지하게 받아들였다는 사실에 대한 놀라움은 걱정으로 이어졌고 결국은 불가피한 갈망이 되었다. 그가 땡 하는 소리와 함께 스카이프에 나타난 것은 2월 말의 어느 주말 오후였다. 그전까지 미트코는 스카이프에서 계속 부재중이었다. NDK에서도 마찬가지였다. 내가 미트코를 찾고 싶어서, 너무도 빠르고 성급하게(이제는 그렇게 생각됐다) 놓아버린 우리 관계의 끈을 다시 잇고 싶어서 헤매던 거리에서도 그랬고. 내가 키보드를 한 번 누르자마자 화면은 후회할 겨를도 주지 않고 미트코의 영상으로 가득차 나를 놀라게 했다. 그가 없는 긴 시간을 겪고 나니 이제는 그의 모습이 다시 소중하게 느껴졌다. 미트코는 자기 화면을 들여다보고 있었다. 처음에는 무언가에 집중한 것처럼 보이던 얼굴이 미소와 함께 문득 누그러지며 생기를 띠었다. 오랜만에 나를 다시 만나게 되어 진심으로 웃음이 나는 듯했다. 나는 그와 이야기를 나누는 내내 그 모습을 삼켜버릴 듯 응시하며 마음속에 담았다. 그 모습을 거의 잊고 있었다니 놀라웠다. 미트코는 내 아파트에서 함께 보낸 그날 밤에 자기 사진을 수십 장이나 찍게 해주었고, 나는 그가 없는 여러 달 동안 그 사진들을 자주 들여다보았는데도 말이다. 하긴 지금 나는 그의 움직임을 볼 수 있었다. 사진으로 담기에는 너무 빠른 동작들, 미트코의 살아 있는 이야기를. 나는 조금의 애증도 남지 않은 갈망으로 가득찼다. 그는 지난번 봤을 때보다 나아 보였다. 옷은 깨끗했고 머리는 새로 밀었다. 그래서 그가 지난 십 주가량을 바르나의 병원에서 보냈다는 소식은 충격적이었다. 미트코는 일종의 간질환으로 입원했었다고 했다. 내 불가리아어 실력이 형편없어서였는지, 그가 내게 말을 사렸기 때문인지는 모르겠지만 자세한 사정은 알 수 없었다. 미트코는 단지 병원에서 느꼈던 끔찍한 지루함에 관해서만 이야기했다. 병원에서 그는 꼼짝없이 침대에 누워 있었다. 컴퓨터도 없고 딴생각을 하게 해줄 TV조차 없었다. 그의 병실에 설치된 TV는 계속 동전을 넣어야만 나왔으니까. 심심풀이로 책이나 잡지를 볼 수도 없었다. 미트코는 키릴문자 읽는 걸 어려워했다. 7학년 때 학교를 중퇴한 후로 인터넷 채팅방에서 사용하는 라틴문자를 더 편하게 느꼈다. 내가 미트코의 심부름으로 그가 원하는 무언가—담배나 술, 그가 몹시 좋아하는 사탕 같은 것—를 사러 잠깐 나갔다 돌아와보니 미트코가 노트북에 설정된 키릴문자를 입력하지도, 설정을 변경하지도 못한 채 답답해서 신음하고 있던 어느 날, 미트코는 눈에 띄게 부끄러워하며 이 사실을 내게 고백했다. 병문안을 온 사람은 미트코의 어머니와 할머니, 그리고 나는 NDK에서 한 번 만난 이후로 마주친 적이 없지만 미트코가 브라트 미라고 부르는 소년뿐이었다.

근데 지금은 괜찮아. 미트코는 그렇게 말했다. 나쁘지 않아. 하지만 그는 한 달 후 다시 병원으로 돌아가야 했다. 이번에도 저번만큼 오래 입원해야 할지도 몰랐다. 나는 미트코가 무척 혈기 왕성했는데도 아픈 모습을 자주 보였다는 사실이 떠올랐다. 그는 감기에 자주 걸렸고, 몇 주 동안이나 귓병에 시달렸으며, 가끔은 헤르페스 때문에 입술이 흉해지기도 했다. 나는 그가 술을 마신다는 사실과 그가 하는 일에 따르는 위험에 대해 생각했고, 잠깐은 그를 필사적으로 구원하고 싶은 마음이 들기도 했다. 무엇으로부터 구해야 하는지, 또 어떻게 구해야 하는지는 잘 알 수 없었지만. 나는 그게 터무니없는 욕망이라는 것을 알고 있었다. 그를 구하려면 내가 원하지 않는 관계를 상상해야 했고, 게다가 미트코는 구원받고 싶다는 욕망을 표현한 적도 없었으니까. 지금 미트코는 PC방에 있었다(뒤쪽으로 누가 지나가는 게 자주 보였다). 그는 나와 이야기하면서 점점 더 키보드를 많이 사용했다. 미트코가 생각하기에 너무 유혹적이어서 소리 내 말할 수 없는 내용을 텍스트로 입력해야 했던 것이다. 이런 상황은 미트코가 의도한 효과를 일으켰다. 그가 자리에서 일어나더니 스트레칭하는 척 내게 자기 몸을 보여줬을 때, 그가 청바지의 양쪽 주머니에 손을 넣어 사타구니가 두드러지도록 접힌 부분을 팽팽하게 당겼을 때는 거의 견디기 힘들 정도였다. 대화가 끝날 때쯤 나는 주말에 바르나에 가겠다고 했다. 나 자신도 놀랄 일이었다. 미트코는 그 제안을 신나서 받아들였다. 주말 내내 형이랑 같이 있을게. 그가 말했다. 약속. 훈데르트 프로첸.

이후 며칠 동안 나는 미트코에게서 수많은 이메일을 받았다. 그가 여러 호텔에 들러보며 방값이나 바다와 얼마나 가까운지에 관한 정보를 내게 전해주었던 것이다. 날이 갈수록 나는 거의 미트코를 갈망하는 만큼 바다를 갈망하게 되었다. 육지에 둘러싸인 소피아에서 너무 많은 시간을 보낸 탓이었다. 소피아에서 해변으로 가는 비좁은 버스에 앉아 일곱 시간을 보내면서 내가 곱씹었던 것은 미트코보다도 바다였다. 날이 흐렸다. 추웠고, 봄보다는 겨울에 가까웠다. 모두의 옷에는 마르테니치라는, 3월 1일에 주고받는 빨간색과 흰색 실 꾸러미가 핀으로 꽂혀 있었다. 여기 사람들은 그런 풍습으로 새봄을 재촉할 수 있다고 믿었다. 내 가방도 같은 실 꾸러미로 뒤덮여 있었다. 학생들이 하루종일 내게 건강과 부와 행복을 빌어주며 근사한 이벤트와 함께 달아준 것들이었다. 하지만 그 실타래는 아무 마법도 부리지 못했다. 가는 내내 하늘에서 때로는 비가, 또 때로는 눈이 가볍게 내렸다. 나는 날씨 때문에, 지나가는 풍경 때문에 우울해졌다. 곳곳에서 인간의 손길이 아름다운 풍경을 망쳐놓고 있었다. 버스는 공산주의시대까지 거슬러올라가는 게 틀림없는 고속도로를 달려갔는데, 이때 지나친 땅딸막한 콘크리트 건물들은 상당수가 무너져내리는 중이었다. 아마 내가 방금 떠나온 도시에 있는, 거의 비슷하지만 좀더 큰 건물들 때문에 버려진 듯했다. 나는 이 건물들에서 미학적 충동이 완전히 배제되었다는 사실에 놀랐다. 그 건물들은 내가 들렀던 산속 마을의 건물과는 가난을 제외하면 모든 것이 너무도 달랐다. 산속 마을에서는 거의 모든 주거지가 거의 반항적으로 예술적 충동을 보여주는 듯했으니까.

저녁이 되면서 풍경이 점점 어두워지다가 사라졌다. 창문에는 나 자신의 얼굴만이 비쳤다. 나는 버스를 타고 가면서 글을 읽지 못하는 사람이었으므로, 불편한 여행길에 내가 심심풀이로 할 수 있는 거라곤 중앙 통로를 따라 쭉 늘어선 작은 화면을 쳐다보는 일밖에 없었다. 이 화면들에서는 미국의 저예산 액션영화 한 편이 계속 나왔다. 소리가 나지 않았고 자막도 너무 빨리 지나가서 읽을 수 없었지만 계속 그 화면을 볼 수밖에 없었다. 끔찍한 영화였다. 일종의 복수극. 모든 컷이 뻔했다. 장면이 이어질수록 폭력은 점점 잔인해졌고 고문도 기괴하게 변해갔다. 그러면서 내 흥분도 고조되었다. 나만 그런 것도 아니었다. 어느 순간 한 여자가 헛숨을 들이키며 화면에서 눈을 떼는 모습이 보였다. 나는 버스에 타고 있는 거의 모든 사람이 충격에 얼어붙어 있다는 걸 알게 되었다. 그 영화가 우리를 한데 묶었다. 우리 모두에게 같은 것을 느끼도록 만들었다. 그래서 우리는 뭐랄까, 일시적으로 한몸이 됐다. 나는 인간에게 감정을 일으킨다는 게 얼마나 쉬운 일인지 생각했다. 그런 감정에는 거의 아무 근거가, 사실상 아무 근거가 없는데도 말이다. 영화의 절정, 그러니까 살육이 일어나고 원한을 정리하는 마지막 장면에 이르러서는 통로 건너편의 한 늙은 남자가 숨죽인 목소리로 체스티토, 잘했어, 라고 말했다. 겨우 들릴 정도의 소리였지만 마치 나 자신이 그 말을 한 것처럼 느껴졌다.

바르나에 가까워지자 나는 도시의 불빛에 이끌려 다시 창가로, 빗줄기가 죽죽 그어진 유리 너머의 흐릿한 세상으로 관심을 돌렸다. 버스는 도시 중앙 광장에, 혹은 중앙 광장처럼 보이는 곳 언저리에 멈춰 섰다. 그곳은 터미널이 아니라 주유소 옆의 공터였다. 거기에 미트코가 우산도 쓰지 않고, 내리는 비 때문에 어깨를 구부정하게 움츠리고 서 있었다. 나는 누구보다도 먼저 버스에서 내려 그에게 뛰어갔다. 신나는 마음을 주체할 수 없었다. 가방을 옆자리에 두고 내리는 바람에 미트코가 도로 가져오라고 나를 돌려보내야 했을 정도였다. 우리 둘은 신난 내 모습과 건망증을 놓고 웃었다. 미트코는 꾸짖는 동시에 마냥 귀엽다는 듯 고개를 저음으로써 이번에도 우리 계약조건을 넘어서는 서비스를 해주었다. 그는 내게서 가방을 받아들더니, 내가 직접 들고 가도 된다는 말에도 씩씩함을 과시하면서 자기가 가방을 들겠다고 우겼다. 그러더니 나를 줄지어 선 택시 쪽으로 안내했다. 그는 여행이 어땠는지, 배가 고픈지, 바로 호텔에 가고 싶은지 아니면 먼저 관광을 좀 하고 싶은지 물었다. 물론 그는 이런 질문에 대한 내 대답을 이미 알고 있었다. 미트코는 차를 타고 조금만 가면 자기가 고른 호텔이 나온다고 했다. 바다랑 아주 가까워. 멋진 곳이야. 조금 고색창연하기는 했지만 실제로 멋진 곳이었다. 중앙 광장에서 뻗어나온 좁은 거리에 있는 호텔은 낡은 건물 두 채가 정원을 에워싼 형태였고 바다까지 인도가 이어져 있었다. 직원은 늙은 남자 한 명뿐이었다. 그는 건물에 연결된, 유리로 둘러싸인 현관 부스에서 나와 우리를 맞아주었다. 그와 미트코는 따뜻하게 악수했고 나는 둘의 관계가 궁금해졌다. 미트코가 남자들을 데리고 이곳에 자주 오는 건지, 이 둘 사이에 무슨 약속이라도 되어 있는 건지. 일층에 있는 우리 방은 초라하지만 널찍했는데, 거리를 마주보는 커다란 창문이 달려 있었으며 외풍을 막을 만한 시설은 부족했다. 한쪽 벽에 스탠드형 라디에이터가 놓여 있어서 미트코가 다가가 스위치를 켰다. 나를 기다리느라 뼛속까지 한기가 든 게 틀림없었다. 그는 라디에이터 위에 앉아 있다가 라디에이터가 따뜻해지자 기분좋은 한숨을 내쉬었다. 그렇게 그 자리에 앉은 채로 벽 앞의 낡은 TV로 손을 뻗어 몇 안 되는 채널을 휙휙 넘기다가, 발칸 지역의 대중가요 뮤직비디오를 틀어주는 채널에서 멈췄다. 그는 들쭉날쭉한 노래 리듬에 맞춰 고개를 이리저리 흔들며 내 아이팟을 만지작거렸다. 내가 숙소에 도착해 침대 옆 탁자에 내려놓자마자 가져간 것이었다. 미트코는 잠시 후에야 그 아이팟이 소피아에서 그를 홀렸던 물건이 아니라는 사실을 깨달았고, 내가 그 아이팟은 도둑맞았다고, 어떤 남자를 만났는데 그가 가져갔다고 말해주자 안됐다는 듯 고개를 저었다. 다 그렇지, 하는 식으로. 그러더니 그의 표정이 딱딱하게 굳었다. 내가 소피아에 가면 우리 같이 그 자식을 찾자. 형은 나한테 그놈이 누군지만 알려줘. 내가 처리할게. 사모다 고 비드야 이 도 탐. 무슨 병인지는 모르겠지만 그 병도 미트코의 싸움박질을 막지는 못한 게 분명했다. 나는 미트코가 그런 싸움을 즐긴다는 생각이 들었다. 이제 보니 왼쪽 눈 위에, 아직 피부가 벌어져 있는 것으로 보아 겨우 하루이틀 정도 된 듯한 상처가 보였다. 나는 천천히 쉬면서 물건들을 정리하려고 했지만 미트코의 존재감을 견딜 수 없었다. 나는 미트코에게 다가가 그를 어루만졌고, 그는 내 목에 손을 얹더니 나를 아래로 누르며 바지 단추를 풀고 자기 물건을 꺼냈다. 다른 손으로는 여전히 내 아이팟을 꽉 쥐고 있었다. 내가 자리에서 일어나 팔을 잡고 그를 침대로 끌고 간 다음에야 아이팟을 내려놓고 몸을 더 내주었다. 하지만 그에게서는 여전히 거리감이 느껴졌다. 그는 계속 TV를 힐끗거렸고, 내가 무슨 문제라도 있느냐고 묻자 그냥 어깨를 으쓱하고는 그날 오후에 이미 섹스를 했다고 대답했다. 그건 계약위반 같았다. 내게 항의할 만한 진짜 근거 같은 건 전혀 없었지만. 나는 미트코에게서 물러났다. 그의 옆에 누워 생각에 잠겼다. 전에도 나는 순간의 열기라는 작은 극장을 벗어나는 순간 욕망이 얼마나 무력하게 변하는지, 꾸며낸 환영마저도 받지 못하는 욕망이 얼마나 우스꽝스러워지는지에 대해서 생각해볼 만한 상황을 겪은 적이 있었다. 지금 내 곁의 미트코는 벌거벗고 있었다. 두 팔을 머리에 괴고 몸을 쭉 뻗은 채였다. 하지만 그는 나를 건

드리지 않았고 내 손길에도 반응을 보이지 않았다. 성기는 반만 딱딱해진 채로 그의 배 위에 놓여 있었다. 그는 내게 접근을 허락했지만 사실은 그 자리에 없었다. 결국 나는 눈을 감은 채 옆으로 물러났고, 어렵사리 스스로를 억누르며 우리 몸이 닿은 부분에서 느껴지는 그의 온기에 집중했다.

다음날 아침, 나는 일찍 일어나 혼자 산책을 나섰다. 막 해가 떠오르는 중이었다. 소금기를 머금은 바람은 차갑고 상쾌했다. 미트코가 바다와 가까운 호텔을 잡았다고 했는데, 정말이지 우리 호텔이 있는 거리에서 중앙 광장 쪽으로 방향을 틀자 해안 정원의 입구 기둥 사이로 수평선이 웅장하게 펼쳐지며 숨이 멎을 듯했다. 나는 그 거대한 공원에서 금방 길을 잃어버렸다. 바다로 다가가는 것 같다가도 갑자기 다른 쪽으로 방향을 틀어버리는 오솔길들을 헤매고 다녔다. 아침의 고요함도, 이 장소를 설계할 때 고려한 것만 같은 외로움도 마음에 들었다. 아니, 내 마음에 든 것은 오히려 공원이 고독함과 유쾌함을 재료로 만들어낸 리듬일지도 몰랐다. 갑자기 광장에 자리를 내어주는 나무가 우거진 좁은 오솔길, 바다가 내려다보이는 광장 전망대에 모여 있는 벤치, 끝없이 펼쳐진 잿빛 바다를 가르며 끊임없이 날아가는 갈매기들. 어제 황폐한 경치를 보고 난 터라 아름다움을 염두에 두고 설계한 것이 분명한 이런 장소에 왔다는 사실이 감동적으로 느껴졌다. 아무 목적 없이 만들어진 게 분명한 오솔길의 배치는 그 자체로 버스를 타고 지나오며 본 건물들의 노골적인 효용성을 나무라는 듯했다. 공원은 해방 직후에 지어진 곳이었다. 나는 그곳을 돌아다니다가 오솔길을 따라 여기저기 배치된 혁명가들과 작가들의 조각상을 마주쳤다. 나도 그중 몇몇 사람의 이름은 알고 있었지만, 그렇다고 그들의 사연까지 자세히 알진 못했다. 그렇기에 나는 보통 때라면 곁들여졌어야 할 승리와 패배에 관한 이야기로부터 자유로운 채로, 과거에 관한 유난히 음악적인 설명 속을 거니는 것만 같은 기분이 들었다. 어둡고 풀이 소용돌이처럼 웃자란 곳에는 이 공원에서 이루어지는 다른 삶, 비밀과 유희를 나타내는 표지들도 보였다. 담배꽁초와 빈병, 가끔은 늘어나고 말라버린 콘돔도 보였다. 그런 것들은 지난여름에 남겨진 것이 틀림없었다. 그때 이 오솔길에서 축제가 벌어졌을 것이다. 유럽 전역에서 온 피서객들, 밤과 열기와 언제나 그곳에 있는 바다로 끓어오르는 아름다운 젊은이들이 이곳에 가득했을 테니까.

그렇게 한참을 헤매고 다니느라 시간이 늦어지자 이제는 바다가 못 견디게 보고 싶었다. 정원의 전망대에서 아래쪽 해변으로 이어지는 계단을 내려가보았지만, 그 계단은 누구도 안전하게 지나가지 못하게 막으려는 듯 부스러져내리고 황폐한 모습으로 끊겨 있었다. 나는 시간이 흐르고 있다는 사실을 의식하고 있었다. 자고 일어나 내가 사라졌음을 알게 될 미트코에게로 돌아가야 한다는 사실도 알고 있었다. 마침내 정원에서 내려가는 길을 찾았지만, 바다 쪽으로 난 그 길이 끝없이 이어지는 공사장과 식당, 카지노, 디스코텍 단지로 막혀 있는 것을 보자 실망스러웠다. 비수기라서 그 모든 곳이 문을 닫은 채 널빤지를 덧대놓은 상태였다. 바닷바람을 막기 위해서, 그리고 아마 널빤지를 그래피티로 뒤덮은 약탈자들의 손으로부터 가게를 보호하기 위해서였을 것이다. 그러나 막상 이렇게 연결된 단지를 넘어가는 길을, 아직 해변에 이르렀다고 할 수는 없지만 해안 도로로 통하는 길을 실제로 찾아냈을 때도 나는 오래 머물지 않고 금방 발걸음을 돌렸다. 바다에서 불어오는 바람, 내 접근을 막던 숲이나 건물의 방해를 받지 않는 그 바람이 너무 사나워서 오랫동안 마주볼 수가 없었다. 게다가 나는 이제 건물들의 다른 면을 보고 있었는데, 그걸 보니 어떤 매력이 느껴지기도 했다. 그 건물들은 지나치게 화려했으며 놀이공원에서나 볼 법한 건물 정면이 널빤지를 덧댄 창문 위로 높이 솟아 있었다. 나는 어느 식당에서 희미하게 라디오 소리가 나는 것을 들었지만, 그 소리를 빼면 인간이 존재한다는 흔적은 하나도 없었다. 목소리도, 움직임도. 그저 지붕 위에서 어찌어찌 살 곳을 찾은 고양이들만이 별 관심은 없으면서 경계하는 태도로 나를 지켜보고 있을 뿐이었다. 거리 전체에 으스스한 느낌이 감돌았다. 꼭 몇 년 동안 버려져 있던 것만 같았다. 이유는 모르겠지만 널빤지로 막아놓지 않은 식당이 있기에 나는 그 식당의 목제 테라스로 다가가 모래와 소금이 끼어 있는 유리창을 들여다보았다. 식당과 아이들을 위한 공간, 놀이방이 함께 있는 곳이었다. 인물 모형과 미국 만화 캐릭터 모양을 한, 동전을 넣으면 움직이는 탈것들이 보였다. 그 모든 것이 비닐로 덮여 있어서, 이미 유리 때문에 흐려진 모습이 더욱 흐려져 기괴하게 뒤틀려 보였다. 내 어린 시절과도 관련 있는 그것들을 바라보는 잠깐 동안 그 인형들은 일종의 고통스러운 삶을 살아가는 것처럼 보였다. 무슨 유행병에 걸려 격리된 환자나 비닐 속에서 숨막혀 죽어가는 아기들처럼.

호텔로 돌아가니 미트코가 깨어 있었다. 내가 없어도 전혀 당황하지 않고 빈둥거리며 TV를 보는 중이었다. 그래도 내가 어디에 갔었는지 알고 싶어했고, 카메라를 가져가 내가 찍은 사진들을 훑어보았다. 그는 자기가 공원을 속속들이 알고 있다고 했다. 화면에 나오는 풍경을 하나하나 다 알아볼 수 있다며 화면 바깥에 무엇이 있는지 내게 설명해줌으로써 그 지식을 증명해 보였다. 그날 오후 늦게 미트코는 나를 도시 중심부로 데려가 거리와 광장을 지나치며 소피아에 있는 것을 작은 모형으로 만들어둔 듯한 랜드마크들을 가리켜 보였다. 소피아에서와 똑같은 애국자들을 기리는 기념비, 역사박물관, 고고학박물관, 민족박물관, 로마 유적, 꽃봉오리 같은 돔 지붕의 대성당. 사방에 갈매기들이 있었다. 사람 손을 탈 대로 탄 녀석들은 고양이처럼 호기심이 많았다. 녀석들이 우는 소리가 광장에 가득했다. 미트코가 배가 고프다고 해서 우리는 노점상에 멈춰 섰다. 치즈 페이스트리와 소시지, 다양한 사탕을 파는 빵집이었다. 우리는 거리에 서서 음식을 먹었다. 오페라하우스 건물 한쪽 벽면을 따라 작은 보행자용 광장이 있었다. 얼마 뒤에는 갈매기 한 마리가 우리에게 다가왔다. 그 녀석은 일부러 우리 앞을 종종거리고 다니고 울면서 부리의 이음매를 움찔거리고 날개를 쳐들었다. 다 먹을 수 없을 만큼 많은 음식을 주문했던 미트코는 녀석에게 빵 한 조각을 던져주었고, 갈매기는 날개를 치며 공중에서 그 조각을 받아 재빨리 삼키고는 같은 요구를 반복했다. 곧 갈매기 네다섯 마리가 다가와서 폴짝폴짝 뛰며 울어댔다. 문을 여는 듯한 소리가 사방에 가득했다. 갈매기를 보자 기분이 좋아졌다. 미트코는 마지막 한 조각까지 새들에게 던져주면서 내게도 즐거움을 주었고, 그런 다음에는 더이상 남은 게 없다며 사과하듯 두 손을 들었다. 산책을 계속하면서 미트코는 우리가 지나는 장소들에 관한 이야기를 해주었다. 여기는 줄리엔과 자주 오던 식당이고, 여기는 밤에 밀회를 가진 곳이고, 듀네르* 바깥에 놓인 저 테이블은 그가 취해서 싸우다가 넘어져 입을 부딪히는 바람에 이가 부러진 곳이라고. 그는 어두워지면 나를 온천으로 데려가겠다며 거기서는 추워도 함께 물속에 들어가 쉴 수 있다고 했다. 내게 자기 집을 보여주고 싶다고도 했다. 다음날 아침에 버스를 타고 외곽의 블로코베로 가면, 내가 자신의 어머니와 할머니를 만날 수 있을 거라며. 나는 그 말을 듣고 놀랐다. 미트코는 나를 자랑하고 싶었던 것 같다. 나는 외국인이었고 유명한 학교에서 선생 일을 하고 있었으니까. 단지 그가 우리 관계를 어떻게 설명할지는 짐작조차 되지 않았다.

가는 곳마다 미트코는 정치인이라도 된 것처럼 사람들의 이름을 부르며 인사하고 악수를 나눴고, 뚜렷한 이유 없이 마치 공인인 양 그들의 등을 두드려주었다. 그는 나를 가리키며 자기 친구라고, 미국인이라고 소개했다. 그럴 때면 나는 예의바르게 고개를 끄덕이고 그 대화가 끝나기를 기다렸다. 그중 어떤 사람과 헤어지자 미트코는 내게 고개를 숙이고 그와 함께 셋이 즐길 수 있을 거라고 속삭였다. 그런 자리쯤이야 쉽게 마련할 수 있다고. 하지만 나는 미트코와 단둘이 있고 싶었고, 나중에 방에 돌아와

* 케밥 등을 파는 패스트푸드점.

미트코가 브라트 미라고 부르는 자기 친구를 불러오겠다고 말했을 때 그 사실을 전했다. 미트코는 그 친구도 자기만큼이나 셋이 함께 만나는 자리를 원한다며 나를 설득하려 했다. 일단 호텔에서 만나 함께 온천에 가면 될 거라고, 이미 초저녁이고 밤이 다가오고 있으니 곧 자리를 뜰 수 있을 거라고. 하지만 난 너랑 같이 있고 싶어. 너랑만. 나는 그렇게 말했고, 미트코는 미소 짓더니 내가 자기를 침대로 끌어들이도록 놔두었다. 나는 미트코의 신발을 당겨 벗기고 그의 바지와 셔츠 단추를 풀었다. 그는 내 옆에 누워 애무를 받았다. 가끔은 일어나 앉아서, 방에 들어오자마자 직접 따라둔 위스키를 마시기도 했다. 앓고 있는 병이 있는데도, 또 그가 내게 한 말대로라면 술을 덜 마시겠다고 맹세까지 했는데도. 동시에 그는 TV를 보았다. 채널을 휙휙 넘기다가 어느 영화에서 멈추었다. 불가리아어로 더빙된 미국영화였다. 미트코는 내가 그에게 하는 행위에서 관심을 돌리려는 것만 같았다. 그래서 나는 욕망을 느끼는 사람이 나 하나만이라고 느꼈을 뿐 아니라, 처음으로 가해자가 된 것 같은 기분이 들었다. 내가 그에게서 물러나자 미트코는 손을 밑으로 내려 자기 몸을 만지기 시작했다. 천천히, 어떤 나른함을 담아서. 힘이 풀리고 나서도 그는 규칙적으로 팔을 움직였다.

미트코의 곁에 누워 있을 뿐 이런 기계적인 행동에서는 배제된 나는 그때에야 미트코가 고른 영화가 무엇인지 눈치챘다. 온갖 잔재주로 꾸미긴 했지만 내가 전날 버스에서 보았던 것만큼이나 잔인한, 유명한 최신 역사극이었다. 하지만 이 영화의 폭력은 종류가 좀 달랐다. 진정한 고통에 좀더 천착하는 영화였다. 우리가, 미트코와 내가 본 것은 총격과 폭발이 아니라 채찍을 휘두르고 칼로 난도질하는 장면이었다. 그 장면에 나는 욕망이 사그라들었지만, 미트코는 한 번도 눈을 떼지 않고 영화를 보았다. 열심히 본 것은 아니고 묘하게 따분한 것처럼. 허리춤에서 움직이는 그의 손도 비슷한 느낌을 주었다. 채널 돌리면 안 돼? 내가 말했다. 딴 것 좀 보자. 하지만 그는 싫다고, 보고 있다고, 재미있다고, 무슨 일이 일어날지 보고 싶다고 툴툴거렸다. 영화는 내가 학교에서 배운 역사에 관한 것이었다. 어릴 때 처음으로 배우고, 그 끔찍함을 더 잘 이해할 수 있게 된 다음에도 한번 더 배운 역사. 나는 무슨 일이 일어날지 알고 있었고, 화면에 묘사되어 쌓여가는 그 무력감에 끌려들어가고 싶지 않았다. 나는 미트코가 이런 영상을 보며 자위하는 짓을 그만두기를 바랐다. 하지만 미트코는 사실 그 영상을 보면서 자위하는 것 같지는 않았다. 그 두 가지 행동—움직이지 않는 그의 눈과 계속해서 움직이는 그의 손—은 똑같이 나른한 성질을 공유하고 있었으나 서로 아무 관계가 없는 듯했다. 그만하는 게 좋겠다. 내가 말했다. 지금

끝낼 필요는 없으니까. 이때 나는 불가리아에서 쓰는 완곡한 표현인 스부르쉬슈라는 단어를 사용했다. 더 정확하기는 하지만 영어 동사인 '절정에 이르다'보다는 기대감이 덜 담겨 있는 말이었다. 나는 영어의 개방성이 더 마음에 들었다. 좀 이따 해. 하지만 미트코는 기다리고 싶지 않다고, 거의 다 됐다고 말했다. 실제로는 거의 다 된 게 아니었고 그의 동작에는 급한 기색이나 박자의 변화가 전혀 없었는데도. 나는 그 자리에 십오 분쯤 더 누워 미트코와 화면의 영상을 지켜보며 덫에 걸린 것만 같은, 독한 느낌을 받았다. 결국 미트코는 일을 마무리했다. 그때서야 그는 나를 만졌다. 마지막 순간에 팔을 뻗어 내 머리를 자기 쪽으로 끌어당기더니 내 입을 가득 채웠다. 그건 성애가 깃든 행위라기보다는 편리한 행동처럼, 그냥 닦으려는 행위처럼 느껴졌다. 이제는 그의 나른함이 사라졌다. 그는 만족한 듯했고 넘치는 에너지로 가득찬 것처럼 보였다. 오늘만 세번째야. 그는 TV를 끄고 나를 돌아보면서 씩 웃더니 말했다. 그러더니 헷갈려하는 내 얼굴을 보고는, 내가 해안 정원을 탐험하던 그날 아침에 두 번 자위했다고 설명했다. 무슨 말이야? 나는 놀라서 말했다. 그렇게 말하는 순간에도 놀라움은 다른 무언가로 변해갔다. 그리고 내 말의 어느 한 음에 미트코는 방어적인 태세를 갖추었다. 뭐가? 그는 침대에서 일어나 곁에 놓인 의자로 가더니, 이미 자신이 다 피워버린 담뱃갑으로 손을 뻗었다가 짜증을 내며 그걸 구겨서 던져버렸다. 대신 술로 손을 뻗었지만 잔도 비어 있어서 바닥에 놓인 병의 술을 직접 따라야 했다. 형 나한테 화났어? 그가 내게 물었다. 딱히 그런 건 아니었다. 내가 느낀 건 정확히 말해 분노가 아니었다. 최소한 아직은. 왜 그런 짓을 해? 내가 말했다. 내가 얼마나 원하는지 알면서 왜 혼자서 했어? 그게 내 최선이었다. 나는 평소의 변명 따위는 없이, 미트코처럼 대담하게 말할 수밖에 없었다. 형이 여기 없었잖아. 미트코가 말했다. 내가 일어나보니까 형이 없었어. 형이 어디로 갔는지, 언제 돌아올지도 몰랐고. 근데 내가 왜 기다려야 해? 이 지점에서 그는 미소 지으며 분위기를 밝게 하려고 두 손을 들어 보였다. 난 젊어. 기다릴 수 없다고. 그만큼 통제력이 없다니까.

나는 그의 미소에 반응하지 않았다. 난 소피아에서 여기까지 왔어. 내가 말했다. 방값도, 밥값도, 전부 다 내가 냈고. 난 너랑 같이 있으려고, 너랑 섹스를 하려고 온 거야. 그 말을 듣자 미트코는 무언가 이용할 수 있겠다는 냄새를 맡았는지 끼어들었다. 그래서 다 섹스 때문이다? 그가 말했다. 형은 내 친구야. 그는 다시 프리야텔이라는 단어를 썼다. 내가 이 호텔을 찾았어. 버스정류장에서 형을 기다렸어. 비가 오는데도. 그 바람에 이젠 목이 아파, 병이 나려고 해. 아 네 에 리 브야르노. 그가 말했다. 내 말틀렸어? 그는 내게 그 말을 부정해보라는 듯 도전했다. 그러고는 잠시 말을 멈추고 술을 마셨다. 갈등을 피할 수 없다는 걸 알고 마음을 다잡으려는 듯이. 내가 그 모든 일을 한 건 우리가 친구이기 때문이야. 그가 말했다. 친구끼리는 그렇게 하는 거니까. 나한테는 섹스가 전부가 아니었어. 그즈음에서 미트코는 말을 멈추었다. 너무 멀리 가버렸다는 걸, 우리 관계에 대한 거짓말에 너무 심하게 기대는 바람에 그 거짓된 표면이 무너져내린다는 사실을 깨달은 듯이. 하지만 우린 그런 친구가 아니잖아. 미트코가 술을 한 모금 더 길게 마시는 동안 내가 말했다. 우리 둘 다 뭔가를 얻어가잖아. 나는 말을 이었다. 이제는 오히려 그 무딘 언어를 쓰고 싶었다. 나는 섹스를 얻어. 내가 말했다. 너는 돈을 얻고. 그게 전부야. 이제 너무 멀리 가버린 사람은 내가 되었다. 그래서 나는 했던 말을 조금 누그러뜨렸다. 아니, 그러려고 시도했다. 난 네가 좋아. 너랑 함께하는 게 좋아. 스쿠프 시 미, 넌 나한테 소중해. 넌 아름다워. 하지만 미트코는 표정이 굳어 있었다. 그는 잔을 내려놓고 두 손을 무릎에 얹었다. 내가 형한테 안 된다고 한 적 있어? 그가 물었다. 그 말은 사실이었다. 그는 시간을 끌고 나를 기다리게 했을지언정 내가 조르면 언제나 물러섰다. 실제로 거절한 적은 한 번도 없었다. 형의 문제는 자기가 뭘 원하는지 모른다는 거야. 이럴 때는 이렇게 말하고, 저럴 때는 저렇게 말하고. 나는 미트코의 말이 맞는다는 걸 알고 있었다. 미트코와의 관계만이 아니었다. 나는 언제나 나를 한방향으로, 그 다음에는 다른 방향으로 몰아가는 양가성을 느꼈다. 여러모로 해로운 습관이었다. 나는 미트코의 말을 부정하지 않았다. 심지어 동의한다는 뜻으로 고개를 끄덕이기까지 했다. 하지만 그걸 본 미트코는 기분이 더욱 가라앉을 뿐이었다. 난 안 그래. 그가 말했다. 나는 내가 말한 그대로 하는 사람이야. 내가 형하고 끝났다고 하면 정말 끝난 거야. 난 생각을 바꾸지 않아. 어쩌다 형을 다시 봐도 마찬가지야. 길거리에서든 NDK에서든, 플로브디프에서든 바르나에서든, 그 어디서든 형을 스쳐지나간다 해도 나는 형을 모르는 척할 거야. 인사도 안 할 거야. 형이 원하는 게 그런 거야? 그가 말했다. 그러더니 내가 대답할 틈을 주지도 않고 말했다. 조심해. 이제 그에게는 장난스럽거나 따뜻한 기색이 전혀 없었다. 그는 벌거벗고 내 앞에 앉아 있었지만, 나는 그에게 눈곱만큼도 다가갈 수 없었다. 진실만 말해. 그가 말했다. 마음에 있는 그대로 말하라고. 하지만 내 마음에 있는 것이 무엇인지 어떻게 말할 수 있겠느냐고, 나는 생각했다. 그 의미라는 것이 내게서 완전히 도망쳐버렸는데.

나는 아무 말 없이 그를 보았다. 의자에 구부정하게 앉아 있는 그의 몸 전체를. 그건 답을 늦추는 한 가지 방법이었지만 고별의 눈길이기도 했다. 나는 그를 바라보면서 벌써 일종의 후회를 느끼고 있었다. 그는 술을 한 잔 더 따르면서 자신을 지켜보는 나를 보았다. 짧은 시간 안에 마시는 세번째인가 네번째 잔이었다. 술기운이 나타나기 시작했다. 나는 다시 한번, 그가 앞으로 닥쳐올 일에 대비해 각오를 다지고 있다는 생각을 했다. 이번에는 그 생각이 좀더 심란하게 느껴졌다. 그가 말했다. 그래서 어느 쪽인데? 나는 어떤 결정에도 근접하지 못했지만 미트코가 풍기는 분위기에 장단을 맞추어야 한다는 압박감을 느꼈다. 나로서는 고마운 압박감이었다. 그 덕분에 선택해야만 하는 상황에서 자유로울 수 있었으니까. 그래. 내가 말했다. 그래, 그게 최선이겠다. 하지만 나는 거기에서 멈추지 않았다. 미안. 미안해. 그런 다음에는 이렇게도 말했다. 나한텐 슬픈 일이야, 투즈노 미 에. 그는 조용히 나를 보더니 일어서서 옷을 입기 시작했다. 단호하면서도 불안정한 동작이었다. 내가 다른 사람이었다고 생각해봐. 그가 말했다. 긴장한 목소리였다. 말소리가 빨라졌기에 나는 그의 말을 이해하려고 귀를 기울여야 했다. 내가 다른 사람이었다고 생각해보라고. 내가 형한테서 도둑질했던 그 녀석이랑 비슷한 놈이었으면 어땠을까? 그 생각 해봤어? 날 형네 집으로 데려갈 때 그런 생각 해봤느냐고? 그는 다시 나를 노려보았다. 이제는 아주 다른 사람처럼 보였다. 그는 내가 한 번도 본 적 없는 표정을 짓고 있었다. 점점 더 낯설어지는 표정, 말을 할수록 점점 더 나를 불안하게 만드는 표정. 나는 어떤 사람이라도 될 수 있었어. 형을 털어버릴 수도 있었다고. 형 카메라랑 핸드폰, 노트북을 가져갈 수도 있었고 형을 해칠 수도 있었어. 그 생각은 해봤어? 그가 다시 물었다. 그러더니 그는 잠시 말을 멈추고 새로운 얼굴, 그런 모든 행동을 할 수 있을 것만 같은 얼굴로 나를 보았다. 나는 그게 미트코가 방금 발견한 얼굴인지, 그동안 내내 숨겨온 얼굴인지 궁금해졌다.

나는 내 존재감을 내세워야겠다는 생각에, 그리고 구석에 쌓아둔 내 소지품들과 미트코 사이를 막아서야겠다는 생각에 일어섰다. 나는 미트코에게 위협을 느꼈다. 미트코가 의도한 그대로였다. 처음에는 그의 앞을 막아선 행동이 효과가 있는 것처럼 보였다. 미트코는 기세가 꺾여서 물러나는 것처럼 보였다. 하지만 난 그런 사람이 아니야. 그가 말했다. 하지만 그건 후퇴가 아니라 새로운 주제의 시작일 뿐이었다. 내가 아니었으면 형은 아예 저 물건들을 가지고 있지도 못했을 거야. 그는 내가 서 있는 곳으로 다가오며 말을 이었다. 누가 훔칠 필요도 없었지. 형이 저 물건들을 버스에 두고 내렸으니까. 이번에도 그는 내 물건들의 목록을, 내가 가져왔지만 바르나의 전당포를 거쳤다면 미트코에게 수백 레바를 벌어다주었을지도 모르는 물건들의 목록을 늘어놓았다. 네 에 리 브야르노. 그가 다시 마음을 다잡으며 말했다. 내가 아니었으면 형은 어차피 저것들을 잃어버렸을 거야. 나한테 빚진 거라고. 그러더니 그는 내 몸에 손을 댐으로써 마지막 말에 마침표를 찍었다. 적대적이라고 할 수는 없어도 단호한 동작이었다. 그는 내 어깨에 손을 얹고, 내가 얼마나 물러서는지 보려는 듯 힘을 주었다. 그러는 내내 자기 얼굴을, 그 새로운 얼굴을 내 얼굴 가까이 들이밀고 있었다. 나는 광전류 같은 공포가 짜릿함과 함께 내 신경을 타고 흘러가기 시작하는 것을 느꼈다. 미트코. 내가 말했다. 내 목소리가 부드러우면서도 자신감 있게 들렸으면 좋겠다는 생각이 들었다. 나는 이 방법으로 내가 아는 얼굴을 다시 불러올 수 있기라도 한 듯 그의 이름을 다시 불렀다. 미트코, 지금 떠나줘야겠어. 이젠 여기서 나가줘야 할 것 같다. 이 말에 미트코는 미소 지으며 재미있다는 듯 눈을 크게 뜨더니 반 발짝 물러났다. 이젠 여기서 나가줘야 할 것 같다고? 그는 내가 했던 말을 반복하면서 내게 말했다. 그래? 그러더니 잠시 돌아서서 흠, 하는 소리를 냈다. 어리둥절해하면서도 여전히 재미있어하는 소리였다. 화난 소리는 아니었다. 그는 뒤를 돌아보았다. 그때 그의 팔이 넓은 호선을 그렸다. 그가 나를 쳤다. 손등으로, 내 얼굴을. 단 한 번이었고 그리 세게 친 것도 아니었다. 내가 다시 침대로 쓰러진 것도 그 힘 때문이라기보다는 놀라움 때문이었다. 놀라움과, 아주 오래전부터 폭력에 대해 내가 본능적으로 반응하던 수동성 때문에. 우리는 둘 다 얼어붙었다. 나는 침대에, 그는 침대 앞에 선 채로. 우리 둘 다 다음에 무슨 일이 벌어질지 두고 보는 듯했다. 이제는 진정한 공포가, 물리적이고도 임박한 공포가 느껴졌다. 이상한 일이지만 좀더 먼 미래에 대한 공포까지 벌써 느껴졌다. 나는 멍이 얼마나 심하게 들었을지, 학생들에게는 어떻게 설명해야 할지 고민했다. 나는 미트코를 지켜보았다. 내가 보기에 미트코는 자기가 한 짓에 놀란 것처럼 보였다. 이다음에는 또 무슨 짓을 저지를지 몰라 그 자신도 겁에 질린 것 같았다. 그는 아주 잠시 동안 그 자리에 서 있다가, 앞으로 몸을 내던져 내 위에 쓰러졌다. 아마 나는 몸을 움찔했을 것이다. 틀림없이 눈을 감았을 것이다. 그러나 내가 얼굴에 느낀 것은 주먹이 아니라 그의 입, 내 입을 찾는 그의 혀였고 나는 아무 생각 없이 입을 열었다. 전혀 입맞춤 같지 않았지만 나는 그가 내게 입을 맞추도록 놔두었다. 그의 혀가 내 입에 들어와 있었다. 그것은 다정함이나 욕망이 아니라 폭력의 표현이었다. 그가 나를 내리누르며 처음에는 가슴을, 그다음에는 사타구니를 문질러대면서 나를 침대에 붙박아둔 그 무게가 그랬듯이. 그런 다음 미트코는 한 손으로 내 사타구니를 꽉 잡았다. 아프게 잡은 것은 아니지만 위압적이었다. 나는 다음으로 무슨 일이 일어나

든 그냥 내버려두겠다고 생각했다. 하지만 아무 일도 일어나지 않았다. 미트코는 내 위에서 견딜 수 없을 만큼 강한 존재감을 뿜어내다가 펄쩍 침대에서 뛰어내리더니 사라졌다. 아무것도 가져가지 않고, 한마디도 더 하지 않고. 당연히 그가 원하는 것은 무엇이든 가져갈 수 있었을 텐데도.

나는 미트코가 떠난 뒤에도 그 자리에 누워서 혼자 두려움에 떨었다. 두려움이 점점 더 강해졌기에 일 분이나 이 분, 아니, 삼 분쯤은 도저히 몸을 움직일 수 없었다. 문도 닫지 못했다. 나는 멀찍이 거리를 두고 있는 것처럼 나 자신의 빠른 호흡과 내가 느끼는 고통을 관찰했다. 유달리 심한 통증은 아니었다. 어쩌면 학교에 설명해야 할 멍 따위는 들지 않을지도 몰랐다. 마침내 나는 몸을 일으켰다. 별일도 아닌데 내가 그렇게 불안을 느낀다는 사실이 놀라웠다. 괜찮아. 나는 스스로에게 말했다. 이젠 안전해. 하지만 문의 걸쇠를 내리면서 그렇지 않다는 사실을 깨달았다. 얇은 나무판 사이의 가느다란 금속 빗장은 너무도 쉽게 비틀어 버릴 수 있는 것이었다. 거의 아무것도 막을 수 없었다. 게다가 창문의 빗장도 허술했다. 한 번 밀기만 해도 부러질 것 같았다. 창문 자체의 크기도 컸다. 안으로든 밖으로든 충분히 사람이 드나들 수 있었다. 게다가 그중 몇은 거리를 마주보고 있었다. 그건 침입자가 호텔 안뜰까지 들어오지 않고도 창문에 접근할 수 있다는 뜻이었다. 유리로 된 현관 부스에서 경비원이랍시고 앉아 졸고 있는 남자를 피하는 건 간단한 일이었다. 나는 잠시 그 창문을 바라보았다. 누구든 창문을 제대로 가리지 못하는 커튼 사이를 들여다보면 내 모습을 볼 수 있을 거라는 사실을 깨달았다. 아직 위기가 끝난 게 아니야. 나는 그렇게 생각했다. 그 단어, 위기라는 단어를 써서. 내가 아직 겁을 먹고 있는 건 당연한 일이었다. 나는 몸이 굳어서 그 자리에 붙박여 있었다. 어린 시절, 나는 밤에 공포를 느낄 때도 몸이 뻣뻣해지는 것 외에 다른 반응을 하지 못했던 기억이 떠올랐다. 그 느낌이 되살아났다. 내가 할 수 있는 일이라고는 손을 뻗어서 불을 끄고 바깥의 소리에 귀기울이는 것뿐이었다. 나는 미트코가 내게 보여준 얼굴을 다시 떠올렸다. 이제는 그게 그의 진짜 얼굴이라는 생각이 들었다. 미트코는 우리 여행을 아주 철저하게 계획했다. 어쩌면 가격이나 바다와 가깝다는 점이 아니라 완전히 다른 일련의 이유로, 이를테면 접근이 쉽다거나 잠금장치가 부실하다거나 하는 이유로 이 호텔을 선택한 것일지도 몰랐다. 나는 미트코가 나를 소개한 수많은 친구들을 떠올렸다. 미트코는 그중 몇 사람을 우리 방으로 초대하자고 부추겼었다. 이제야 든 생각이지만 그랬다면 우리 방에서 나는 완전히 무방비한 상태가 되었을 것이다. 나는 그가 브라트 미라고 불렀던 소년을 떠올렸다. NDK의 화장실에서 그는 미트코에게 매우 순종적이었으며 그에게 무슨 일이든 해줄 것처럼 보였다. 어쩌면 지금도 둘은 함께 있을지 몰랐다. 미트코가 이 방으로 돌아올 적당한 순간을 기다리는 동안 함께 거리를 거닐면서. 이제는 미트코의 모든 제안이 덫처럼 느껴졌다. 온천으로의 초대, 심지어 블로코베를 따라가면 있다는 그의 집으로의 초대까지도. 그 두 곳은 모두 미트코가 열거했던 가상의 자아로 변할 수 있는 곳, 그 모든 자아로 동시에 변할 수도 있는 곳이었다.

이제는 확신이 들었다. 이 방에서 잘 수는 없었다. 나는 소지품을 챙겨 중앙 뜰로 나갔다. 직원이 부스에서 나와 나를 맞이했다. 전날 밤 미트코를 그토록 따뜻하게 맞아주었던 바로 그 남자였다. 당연히 그도 미트코가 떠나는 것을 봤을 터였다. 내가 방을 바꾸고 싶다고 말하자 그는 진심으로 염려하면서도 다만 이유를 물었다. 네 미 에 우도브노. 나는 말했다. 그 이상 말할 수는 없었다. 편하지가 않아서요. 직원은 어깨를 으쓱하고 미소 짓더니 창문이 하나밖에 없고 그나마 있는 창문도 뜰을 마주보고 있는, 훨씬 작은 방을 보여주었다. 그 창문은 직원의 부스를 거의 똑바로 바라보고 있었다. 그는 내가 물건을 옮기도록 도와주고 내가 방을 마음에 들어하는지 확인한 다음 기대에 찬 눈길로 나를 보았다. 분명히 내게 할말이 더 있으리라는 걸 아는 눈치였다. 저랑 같이 왔던 남자요. 그때 내가 말했다. 그 말을 하자니 수치심에 얼굴이 화끈거렸다. 그 남자가 이 방에 와서는 안 돼요. 반갑지 않아요. 제 친구가 아니에요. 이 말에 남자의 얼굴이 밝아졌다. 걱정처럼 심술궂게 굴거나 비웃으려는 게 아니라 내 처지를 이해했다는 뜻에서였다. 그의 표정에는 내가 예상하지 못했던 연민도 깃들어 있었다. 잘 알겠습니다. 그가 말했다. 아무 걱정 하지 마세요. 그 사람이 오는지 지켜보고, 여기 나타나면 제가 책임지고 선생님을 방해하지 못하도록 할게요. 그는 잠시 침묵을 지키다가, 세상에 그런 놈들이 있다니 안된 일이죠, 라고 말했다. 조심하셔야 해요. 일단 돈을 주고 재미를 본 다음에는 내보내셔야죠. 가끔 그 사람들이 가지 않으려고 할 때도 있지만요. 그놈들은 합의한 것보다 많은 걸 바라거든요. 그는 잠시 침묵을 지켰고 내가 아무 덧붙일 말이 없다는 게 분명해지자 다시 말했다. 안된 일이에요. 나는 굴욕감에 몸이 마비되는 것만 같았다. 그저 그가 이제 그만 가면 좋겠다는 생각만 들었다. 근데 걱정하지 마세요. 그가 문을 열며 말했다. 여기는 좋은 방이에요. 그러면서 손을 내밀어 창문이 더 완전하게 가려지도록 커튼을 정리했다. 여긴 안전해요. 걱정하지 마세요. 그런 뒤에야 그가 떠났다. 나는 문을 잠그고 침대에 누웠다. 이제는 안도감이 느껴졌지만 무언가에 굴복했다는 분노도 느껴졌다. 빽빽한 톱니바퀴를 억지로 굴리는 듯한 분노. 어쩌면 그건 나보다도 미트코가 더 잘 아는 분노일지도 모른다는 생각이 문득 들었다. 잘 시간은 아직 아니었지만, 나는 자리에 누워 눈을 감았다.

다음날 아침 나는 일찍 눈을 떴다. 커튼 사이로 스며드는 빛에는 음산한 기색이 어려 있었고, 커튼을 걷자 눈이 펑펑 쏟아지는 하늘이 보였다. 다만 눈송이는 아직 작았고 땅에 쌓이지도 않은 상태였다. 나는 화장실에서 얼굴을 빛에 비추어 앞뒤로 기울이며 자세히 살펴보았다. 멍이 거의 보이지 않아서 안도감이 들었다. 나는 방에서 나오며 근무시간이 거의 끝나가고 있을 게 분명한 경비원에게 손을 한 번 흔들어준 다음 해안 정원 쪽으로 방향을 꺾었다. 바다를 다시 보고 싶었다. 시간도 이르고 눈도 내렸지만, 이번엔 공원에 인적이 드물지 않았다. 나는 힘차게 산책하는 나이든 부부들과 개를 데리고 다니는 남자들, 심지어 자전거를 타는 사람들까지 지나쳤다. 그들 모두가 해변에 아침 운동을 하러 나온 것이었다. 출입구를 막 나와서 왼쪽에는 거대한 카지노 단지가 있었는데, 그 안쪽 깊은 곳에서 댄스음악의 빠른 리듬이 들려왔다. 디스코텍이 있는 게 틀림없었다. 비수기인데도 그곳만큼은 아침이 오려면 아직 먼 듯했다. 나는 바다를 보고 싶었지만 그냥 보고만 싶은 건 아니었다. 바다에 가까이 가고, 이 세상의 것이 아닌 듯한 그 한기를 직접 느낄 수 없다면 상상이라도 해보고 싶었다. 그래서 나는 정원을 가로질렀다. 구불구불한 오솔길은 최대한 피하며 더욱 강한 목적의식을 품고 걸어갔다. 길게 늘어선 호텔과 바, 그리고 그 너머의 길에 다시 이르렀을 때 나는 물러나지 않고 길을 건너 바람을 맞으며 얼굴을 쳐들었다. 어제와 달리 바람은 살을 에는 듯했고 눈을 가득 품고 있었는데도. 세 갈래의 기다란 길이 해변에서 바다로 뻗어나가며, 끝에서 서로 다른 세 개의 산책길로 갈라졌다. 내가 보기에는 꼭 어린아이가 그린 눈송이의 가지처럼 보였다. 나는 그 부두 중 하나로 다가갔다. 그곳은 공원과 달리 인적이 드물었다. 갈매기, 그리고 먼바다의 수평선에 움직이지 않고 서 있는 두 척의 거대한 유조선을 제외하면 아무것도 없는 것이나 다름없었다. 부두가 끝나는 곳 근처에는 거대한 석상이 있었다. 로브 차림의 틀에 박힌 두 인물상은 선원으로든 수도사로든 볼 수 있었는데, 부둥켜안은 자세로 서로 눈을 돌려 하나는 바다 쪽을, 하나는 해변 쪽을 보고 있었다. 화해시킬 수 없는 욕망을 표현한 듯했다. 석상의 돌에는 얽은 자국에 상처도 나 있었다. 이미 거친 바람에 스러져가는 중이었다. 나는 부두 끝까지 걸어갔다. 부두에는 어린애들이 가지고 노는 잭스톤*처럼 생긴, 바다의 가장 묵직한 힘에 대항하는 거대한 석조물들이 늘어서 있었다. 나는 부두 끝까지

* 양 끝에 둥근 공이 달린 막대 두 개를 X자로 교차한 모양의 공깃돌.

걸어가 그 석조물들과 그 사이로 솟구치는 흰 거품을 지켜보며 시간을 보냈다. 돌을 후려치는 물의 압력과 돌들의 굳건한 저항을 지켜보았다. 아니, 저항처럼 보일 뿐 그저 좀더 천천히 물러나는 방식이라고 해야 할까. 바람은 여전히 사나웠지만 이제 눈은 잦아들고 있었다. 바람이 바다처럼 거칠게 새들을 내팽개쳤다. 나는 이미 회한이 밀려드는 것을 느낄 수 있었다. 아직은 멀고 추상적이었지만 머잖아 그 감정이 쏟아져들어오리라는 것과 그렇게 쳐들어오는 후회가 무시무시하리라는 것을 알고 있었다. 바다의 움직임을 지켜보면서 나는 나 자신을 비난했다. 아, 내가 대체 무슨 짓을 한 거지? 나는 옷 속의 몸이 차가워지고 얼굴은 추위로 얼얼해질 때까지 그 자리에 서 있었다. 그런 다음 돌아서서 해변 쪽으로 걸어갔다. 굼떠진 피의 흐름을 빠르게 하려고 두 발을 조금씩 구르면서.

II
무덤

내가 한창 무언가를 말하고 있을 때였다. 문 두드리는 소리가 나더니 한 여자가 말없이 교실에 들어왔다. 물론 내가 아는 사람이었다. 학교의 접수처에서 근무하는 사람이었으니까. 하지만 그날 그녀의 태도에는 내가 인사를 건네기 전에 머뭇거리게 하는 무언가가 있었다. 그녀의 침묵, 아니면 접지도 않은 종이 한 장을 손에 들고 이상하게 격식을 지키는 모습 때문이었을까. 그녀는 묘하게 신경이 곤두선 불안한 공기를, 중간에 끊긴 내 문장이 여전히 떠도는 그 공기를 가로지르며 다가왔다. 학생들은 그녀의 노크 소리에 귀를 쫑긋 세운 터였다. 딱히 그 시점까지 지루해하고 있던 건 아니었지만, 어떤 식의 방해든 학생들에게는 환영할 만한 일이었다. 그런 방해에 어떤 숨겨진 극적 요소가 깃들어 있다는 느낌이 들면 특히 그랬고. 내게는 거의 친구나 다름없는 존재였고 늘 내게 친절했으며 지금도 자기 나름대로는 내게 친절을 베풀고 있다고 생각하는 게 분명한 이 여자가 빠르지만 절제된 태도로 걸어와 들고 있던 것을 내게 건네준 이 순간이 바로 그런 경우였다. 나는 그녀의 손에서 종이를 받아들며 나도 모르게 당황해 어색하게 서 있었다. 방금까지만 해도 그 자리에 서서 자유롭게, 심지어 유창하게 학생들에게 말을 건네고 한때는 나를 달구었지만 이제는 지루한 몸짓의 레퍼토리가 되어버린 생각들을, 하나의 관습을 되풀이하고 있었는데. 9월 중순, 학기가 막 시작한 때였다. 교실 안으로 햇볕이 내리쬐었다. 높은 곳에서 아침 빛의 예봉을 맞고 있는 교실은 창문을 열어두었는데도 견딜 수 없을 만큼 더웠다. 내가 보고 싶었던 것은, 어느새 내 손에 들려 있는 종이가 아니라 바로 그 창문 쪽이었다. 창문 너머의 숲과 그 너머의 들판과 길, 아주 조금 보일 뿐이지만 거대한 정부청사 단지 너머에 떠 있는 산맥이 보고 싶었다. 하지만 물론 나는 종이를 보았다. 그 종이는 누군가 학교 이메일주소로 보낸 것으로, 내 친구 혹은 친구에 가까운 사람인 이 여자가 내게 직접 전해주려고 인쇄해 온 것이었다. 내가 이메일을 읽는 동안 여자는 내 옆에 서 있었다. 그때까지도 그녀는 아무 말이 없었다. 그녀의 침묵은 학생들에게서 침묵을 끌어냈다. 아니, 학생들에게 침묵을 부과했다. 그들은 이메일이 중요한 소식을 담고 있으리라는 것을 감지하고, 그게 자유나 최소한 일상의 파열을 알리는 소식이기를 바라며 흥미로움에 몸을 떨고 있었다. 실제로 이메일에 담겨 있는 건 바로 그런 소식이었다. 그날은 더이상 수업이 없을 터였다. 어쨌든 내 수업은. 이메일을 읽어보니 아버지가 갑자기 심각한 병에 걸렸다는 내용이었다. 아버지는 위독했다. 죽어가고 있는지도 몰랐다. 그리고 아버지는, 몇 년째 나와 연락을 끊은 상황이었는데도 내게 와달라고 했다. 편지를 읽었을 때 나는 아무 말도 할 수가 없어서 내 옆의 여자를 무력하게 바라보았다. 그녀가 손을 내밀어 괜찮아요, 가세요, 애들하고는 제가 있어줄게요, 그래서 온 거예요, 라고 말했다. 그녀는 학생들 앞에서 늘 그러듯 불가리아어를 썼다. 자신의 영어 회화를 부끄럽게 생각했기 때문이다. 나는 간신히 그녀에게 고맙다고 인사했다. 그랬던 것 같다. 그런 다음 나는 학생들에게 뭐라고 웅얼거렸다. 아마 사과였던 것 같은데 확실하지는 않다. 그런 다음 나는 교실과 여자와 무슨 소식인지 알고 싶어 안달난 학생들을 놔두고 떠났다. 내가 말하려던 문장은 이제 영영 이어지지 못할 터였다. 나는 교실을 나서 널찍한 계단을 내려간 다음 살을 태울 듯한 대낮 속으로 나갔다. 9월이라 이미 가을이 왔지만 태양은 종소리처럼 거리에 울려퍼졌고 풀은 말라비틀어졌으며 나무는 껍질 속까지 시들어 있었다. 하지만 나는 아무 생각 없이, 열기는 거의 인식하지 못한 채 걸었다. 내가 근무하는 학교의 장엄하지만 조금씩 무너져내리고 있는 건물들과 경찰사관학교의 소련식 단지들, 경비병이 있는 정문, 그 옆의 그늘에 몸을 말고 있는 개들을 지나간 건 틀림없는 것 같다. 지금은 기억나지 않지만 그것들을 지나친 게 틀림없다. 나는 다른 무언가를, 내 안에서 터져나오는 이미지들과 내가 몇 년 동안 생각해보지 않은 어린 시절의 장면들을 보고 있었다. 잊어버리려고 애써온 그것들이 이제 일제히 밀려들었다. 전혀 이해할 수 없을 만큼 빠르게. 중앙 대로인 말리노프에, 여러 줄의 자동차가 열기 속에 비참하게 멈춰 선 그곳에 도착한 뒤에야 이런 이미지의 행렬은 느려지며 자리를 잡기 시작했다. 그렇게 그것들은 내가 떠나온 삶의 또렷한 장면들로 변했다. 나는 조부모의 농장을, 목장으로 쓰이는 커다란 들판에 누워 있는 내 아버지를 보았고 아버지 곁에 누워 있는 나 자신을 보았다. 늦은 시간이었다. 여름이었던 것 같다. 밤은 시원했지만 땅이 내 몸 아래에서 낮의 열기를 뿜어내는 것을, 그 기나긴 날숨을 느낄 수 있었다. 나는 그때 느꼈던 자유를, 잘 시간을 한참 지나서까지 깨어 있던 그 자유를 기억한다. 내 아버지도 자유로웠다. 아버지는 밤이고 낮이고 쉴새없이 하던 일을 그때 딱 한 번 미뤘다. 아버지는 자신의 가족 중에서 유일하게 대학을 나온 사람으로, 법을 전공한 뒤 도시로 갔다. 도시는 아버지와 어머니가 태어난 곳과 멀지는 않았으나 다른 세상이었다. 아버지는 그들의 작은 마을로, 탈출하려고 그토록 애써 온 가난과 흙으로 돌아가는 것을 무척 싫어했다. 아버지는 일 년에 한두 번밖에 고향에 들르지 않았다. 그러나 어머니는 우리를 자주 친정으로 데려갔다. 어머니는 사람이 자기 뿌리를 기억하는 건 중요한 일이라고 했다. 어머니의 가족은 작은 농장의 농부들이었고 가난했다. 나는 그분들을 만나러 가는 것이 무척 좋았지만, 내 인생이 그분들의 인생과는 언제까지나 다르리라는 것을 알고 있었다. 아버지가 내게 확실히 알려줬으니까. 농장에서 여름을 보내고 나면 우리, 그러니까 남동생과 나는 그들의 말버릇을 배워 구녕이니 겨란이니 하는 단어를 쓰며 돌아왔다. 그러면 아버지는 우리를 윽박지르곤 했다. 나로서는 이해할 수 없는 방식으로 화를 냈다. 그렇게 말하지 마라. 아버지는 말했다. 난 너희를 그딴 말이나 하게 키우지 않았어. 우리가 아버지에게 너무 자주 집을 비운다고, 사무실에서나 출장지에서 시간을 너무 많이 보낸다고 불평할 때면 아버지는 우리더러 고마워하라고 했다. 그렇게 열심히 일하는 아버지를 둔 건 행운이라고, 우리는 우리가 얼마나 운이 좋은지조차 모르고 있다고, 아버지는 자신이 누린 것보다 나은 삶을 우리에게 주려는 거라고. 아버지가 그날 밤처럼 일을 미뤄두고 나와 함께 들판에 눕는 것은 드문 일이었다. 그때 나는 아직 아버지의 일부가 될 수 있을 만큼, 아버지를 만지고 아버지의 손길을 받을 수 있을 만큼 어렸다. 계절은 틀림없이 여름이었다. 밤은 여러 가지 소리로, 곤충과 개구리와 소의 낮은 울음소리로 생생했다. 익숙한 소리였는데도 나는 매일 밤 그 소리에, 그 밀도와 근접성에, 바싹 끌어당긴 이불보 같은 그 느낌에 놀라곤 했다. 도시에서는 한 번도 보지 못했던 어둠이 사방에 깔려 있었다. 혼자였다면 겁을 먹었을 것이다. 나는 용감한 아이가 아니었으니까. 하지만 그때는 아버지가 내 옆에 누워 있었다. 크고 따뜻하게, 풀밭에 누워서 두 손을 머리 뒤에 받치고 있었다. 나는 그 자세를 흉내내며 별들과 별들이 그리는 별자리를 알려주는 아버지의 목소리에 귀기울였다. 나는 그 별 이름과 별자리를 사랑했지만, 한 번도 찾아내지는 못했다. 어떤 이름은 낯설었고 어떤 이름은 편안하게 들렸다. 카시오페이아. 나는 읊어보았다. 북두칠성. 작은곰자리. 나는 아버지의 신뢰를, 그 따뜻하고 두터운 신뢰를 받고 있었다. 그렇게 느꼈다. 그래서 별들에 대해서 생각해도, 별들이 만들어진 순간부터 지금 우리에게 비처럼 쏟아져내리는 이 순간까지 별빛이 여행해왔다는 수백만 년의 세월을 생각해도 두렵지 않았다. 그동안 별빛이 가르고 지나왔을 어둠에 대해서 생각해도, 지금 우리 눈에 보이고 앞으로도 수백만 년 동안은 보일 그 빛이 출발한 별 자체가 이미 사라져버렸을지도 모른다는 사실과(아버지가 그렇게 말했다) 그 곳의 어둠을 생각해도. 아니, 어쩌면 수백만 년 뒤에는(목소리는 계속 들려왔지만 더이상 내게 말하는 것 같지는 않았다) 별빛이, 고아가 된 그 빛이 닿는 곳에 더이상 사람이 살지 않을지도 몰라. 어쩌면 그 빛이 황무지에 쏟아질지도 모르지. 인류가 다른 어딘가로 떠나거나 완전히 사라진 땅에 말이야. 지금은, 이만큼 거리를 두고 있는 지금은 그렇게 말하는 아버지의 목소리에 어떤 그리움이 깃들어 있었다는 상상을 하게 된다. 하지만 당연하게도 그 당시에는 아버지의 그리움을 듣지 못했다. 그때 나는 아버지를 돌아보고, 아버지를 두 팔로 꼭 끌어안으며 가슴에 얼굴을 묻었다. 아직 그렇게 할 만큼 어렸으니까. 그러면 아버지도 나를 꼭 끌어안았다. 아버지가 자기만의 몽상이나 명상 속으로 물러났다는 것이 나한테까지 느껴질 때조차. 하지만 지금은 아버지의 그리움이 분명히 들린다. 내 생각에 아버지는 내게서든, 우리가 함께 있는 그 현장에서든 둥실둥실 멀어져가며 그런 그리움을 느꼈던 것 같다. 그리고 그 장면이 아버지에게는 너무도 다르게 느껴졌을 것이다. 아버지에게 그 장면은 도망쳐나온 인생의 현장이었으니까. 내가 교실에서 나와 9월의 열기 속으로 걸어들어가기 불과 육 개월 전쯤에, 나는 아버지의 그리움이 어느 정도인지, 또 아버지가 도망친 일의 전모가 어땠는지에 대해 완전히 알게 되었다. 동생들이, 내 이복 여동생들이 소피아로 나를 만나러 온 날이었다. 동생들은 아버지가 두번째 아내와의 사이에서 낳은 딸들로 나보다 열 살 이상 어렸다. 나는 언제나 그들에게 저항하기 힘든 말캉한 감정을 느꼈지만, 그 감정은 아버지가 동생들에게, 특히 막내인 G에게 너무도 자유롭게 내비친 사랑에 대한 시기심과 경쟁하는 관계였다. 아버지는 나머지 자식들과는 전혀 다른 방식으로 그애를 사랑했다. 어린 시절에는 그애가 민첩하다고, 집안을 빠르게 돌아다니다가 아버지에게 붙들려 품안에 안길 때만 조용해지는 모습을 보며 즐거워했다. 아버지가 털어놓은 이야기를 어느 날 밤 우리에게 해준 것도 바로 G였다. 이따금 말에서 느껴지는 어떤 분위기가 멀리서 들려오는 귀에 익은 음정처럼 느껴지기도 했지만, 그때 G가 했던 이야기는 나로서는 들은 기억이 없는 이야기였다. 나와 동생들은 몇 년이나 서로 만나지 못했고, 그 세월 동안 아버지의 두번째 결혼은 실패로 돌아갔다. 내게는 여동생들의 행운으로만 느껴지던 시간이 끝나버린 것이다. 동생 한 명은 막 대학을 졸업했고 다른 한 명은 아직 학생이었는데, 나는 그들을 보고 깜짝 놀랐다. 동생들은 능력 있고 우아한 성인이 되어 있었다. 나로서는 그럴 꿈조차 꾸지 못했던 세련된 모습이 보였다. 그날 밤 우리는 내가 사는 아파트 큰방, 그러니까 거실과 부엌이 합쳐진 공간에 있었다. 우리의 만남이 남긴 온갖 잔해에 둘러싸인 채. 우리는 와인 반병을 가지고 자리에 앉았다. 나와 다른 동생은 탁자에 앉아 있었고, G는 혼자서 소파에 앉았다. 우리는 촛불 몇 개만 밝혀놓은 방이 거의 깜깜해질 때까지 가만히 있었다. 콘크리트의 잿빛이 흐려져 어둠 속으로 사라진 시간, 창문 너머로 들어오는 이웃 블로코베의 빛이 사랑스럽게 보였다. 그날은 내 생일이었다. 우리 모두 술을 마셨지만, G가 특히 절제 없이 마셔댔기에 나는 그녀를 걱정스럽게 지켜보고 있었다. G는 다른 여동생보다 며칠 앞서 도착했다. 나와 단둘이 보낸 매일 밤, 그애는 내가 지쳐서 잠자리에 든 다음에도 한참 동안 술을 마시며 깨어 있었다. G가 술을 마시는 방식에서는 반항적인 기운이, 성인의 권리를 주장하는 듯한 분위기가 느껴졌다. 하지만 내가 보기에 G의 음주에는 어떤 절망적인 기운도 함께 깃들어 있는 것 같았다. 그녀는 술을 통해 어딘가로부터, 혹은 어딘가로 도망치는 것만 같았다. G가 아버지와 멀어진 것은 아직 그녀에게 찌릿한 충격을 줄 만큼 최근의 일이었다. G와 이야기를 나누는 동안 가끔 G가 그 찌르는 듯한 고통으로 몸을 움찔하는 것이 보이는 듯했다. 평생 그랬어. 우리가 함께 보낸 첫 며칠 밤에 그녀는 그렇게 말했다. 그녀의 목소리에는 아직도 인생을 자세히 살펴볼 때마다 반드시 새로운 비밀이나 탈출구를 발견하는 사람 특유의 경이감이 담겨 있었다. 평생 그랬다고. 나는 아빠를 기쁘게 해주려고 살았어. 그녀가 말했다. 내가 한 모든 선택은 아빠의 선택이었어. 여태 내가 원했던 것 중에 스스로 원했던 건 하나도 없는 거나 마찬가지야. 근데 이제 어떻게 해? 그녀가 물었다. 내가 뭘 원하는지 알 방법이 있어? 그녀는 언제나 의욕이 넘쳤다. 어린 시절 G는 학교에서 반장이었고 우리 중 누구보다도 열심히 공부했으며 운동을 잘했다. 손을 댄 모든 분야에서 탁월한 면모를 보였다. 이제는 그 모든 것에 의문이 든다고, G가 말했다. 자기가 했던 모든 일에도. 자기가 원했던 모든 것에도. 그녀는 공식적인 장래희망만이 아니라 좀더 내밀한 욕구까지도 의심스럽게 느껴진다고 했다. 우리는 섹스 얘기를 한 번도 해본 적이 없었다. G가 나보다 훨씬 어렸기에 나는 언제나 그 주제를 피해왔다. 다만 G는 내가 출간한 시를 통해 내 역사를 어느 정도 알고 있었다. 그녀는 그 시를 찾아낸 다음, 그 시들이 거의 받은 적 없고 아마 다른 방식으로는 한 번도 받지 못했을 관심을 기울여 읽었다. 그냥 다 끝내버리고 싶었어. 그녀는 첫 섹스에 대해 그렇게 말했다. 마음이 놓이더라. 별로 대단치 않은 일이었으면 했거든. G는 열네살 때부터 밤에 몰래 나가기 시작했다고 했다. 남자애들이 옆 골목에 자동차 시동을 걸어놓고서 자기를 기다리곤 했다고. 항상 나보다 나이가 많은 애들이었어. 그녀가 말했다. 처음에는 학교 졸업반 애들이었고, 그다음에는 파티에서 만난 대학생들이었다고. 난 나이를 속였어. 그녀가 말했다. 열여섯 살 아니면 열일곱 살이라고 했지. 걔들은 내 말을 믿었어. 그냥 믿는 척했던 건지도 모르지만. 뭐, 그런 애들이 아주 많았던 건 아니야. G는 내가 당황하는 것을 보고 말했다. 걔들 전부랑 섹스한 것도 아니고. 난 그냥 걔들하고 같이 있는 게 좋았어. 그 관심이 좋았달까. G의 이야기를 듣고 내가 왜 그리 움츠러들었는지 모르겠다. 내가 G의 나이일 때는 훨씬 더 심한 짓을 하곤 했는데. 나는 공원과 화장실에서 섹스를, 위험하고 무차별적인 섹스를 했다. 하지만 나는 G의 역사가 내 역사와 평행하는 것처럼 보인다는 사실이, 내가 나 자신을 갉아먹는 질병이라고 생각했던 것을 G도 공유하고 있다는 사실이 난감하게 느껴졌다. 나는 G도 나이가 들면서 앞서 발견했던 만족감에서 벗어나게 되리라는 사실을 알고 있었다. 나처럼 G도 겉으로는 자긍심을 느끼는 것처럼 보이는 순간에조차 턱을 딱딱 부딪히며 인생의 옆길을 따라 달리곤 하는 치욕스러운 욕망에 이끌려 색다른 만족감과 더 강렬한 경험을 열망하게 될 것이다. 나는 동생의 이야기를 들으면서 이런 열망 또한 아버지에게서 유전병처럼 전해진 것 같다고 생각했다. 그날 우리만의 파티가 끝난 뒤, 우리는 아버지에 관한 이야기를 나누었다. 함께 있을 때면 우리는 늘 아버지 얘기를 했다. 하지만 이제는 동생들의 분노가 달라져 있었다. 동생들의 어머니가 아버지의 잔인함에 관해 이야기해준 것이다. 아버지가 저지른 수많은 불륜과, 어머니가 느낀 버림받은 느낌에 대해서. 하지만 G는 그 불륜들에 대해 알고 있었다고 했다. 오랫동안 알고 있었다고. G는 아주 어렸을 때 아버지가 바람을 피운다는 사실을 알게 되었고, 그때부터 이미 아버지의 바람기는 G의 인생을 불안하게 만들고 있었다. 그녀 주변에서 일어나는 긴장과 소음의 너무 많은 부분을 차지했던 부모의 끝없는 말다툼이 아버지의 바람기 때문이었으니까. 아버지가 들어간 인터넷 사이트와 채팅방 방문 기록을 우연히 발견했을 때 G는 열셋 아니면 열네 살이었다. 동생 말에 따르면 아버지는 굳이 그 기록을 숨기지도 않았다. 암호를 풀 필요조차 없었다. 사실 G는 딱히 찾아본 것도 아닌데 그 기록을 발견하게 되었다. 그녀는 파일들을 클릭하면서도 호기심보다는 지루함을 느꼈다. G는 가끔 허락을 받고 아버지의 컴퓨터를 쓸 수 있었다. 그러니까 우연이나 다름없이 아버지가 저장해둔 사진을 수백 장 발견했을 때도 그녀는 딱히 금지된 영역을 헤매고 다닌 게 아니었다고 했다. 사진에는 여러 여자와 한 남자가, 혹은 여자만 둘이 담겨 있었다. 사진들이 점점 더 음란하고 불쾌해져가는 걸 보면 아버지는 그것들을 일종의 점증적인 논리에 따라 정리해둔 것 같았다. 그것들은 굴종과 욕구의 퍼레이드처럼 보였다. G의 말로는 발견한 사진들을 가지고 어머니에게 가야겠다는 생각은 들지 않았다. 그녀는 이미 부모의 전쟁에 동원된 상태였다. 그녀는 서로 싸우는 어른들이 아이들과의 관계에서 보이는 잔인함에, 아이들을 도구나 무기 중에서도 특별히 잔혹한 무기로 전락시키는 그 잔인함에 이미 복속돼 있었으니까. 아버지는 G를 자기편으로 만들어놓았다. 그랬기에 G가 처음으로 한 생각은 아버지를 보호해야 한다는 것이었다. 그녀는 아버지가 하는 짓을 알고 있었을 뿐만 아니라 그 일에 연루되어 있었던 셈이다. G가 쓴 단어가 바로 그것이었다. 연루. 하지만 나는 그게 다가 아닐 거라고 생각했다. G가 이 일에 연루된 것은 아버지의 비밀을 지켰기 때문만이 아니었다. G는 아버지가 저장한 사진들을 계속해서 다시 찾아보며 그것들이 어떻게 달라졌는지, 뭐가 더해지고 또 대체되었는지 추적했다고 말했다. 그 이야기를 들으며 나는 G가 한편으로 매료되기도 했던 게 틀림없다고 생각했다. 머잖아 G는 더 많은 것을 원하게 되었다. 그녀는 영악해졌다. 아버지가 키보드로 입력하는 모든 것을 기록하는 프로그램을 컴퓨터에 설치했다. 뭐 어때서? 내가 놀라는 걸 보더니 그녀가 말했다. 쉬워, 그런 프로그램이 수백 가지는 있어. 그냥 인터넷에서 하나 내려받으면 돼. 나는 동생의 이야기를 듣고 불안해하면서도 웃을 수밖에 없었다. 동생은 그렇게 한 덕분에 아버지의 흔적을 따라갈 수 있게 되었다며 말을 이었다. 그녀는 잠겨 있던 페이지와 채팅방, 데이트 사이트의 비밀번호를 알아냈다. 그것만이 아니었다. 이 새로운 기록에서 G는 아버지의 대화기록을 빼낼 수 있었다. 아니, 딱히 대화라고 할 수는 없었다. G가 들은 건 아버지가 한 말, 큰 소리로 욕망을 외치는 고독한 목소리뿐이었으니까. 그녀는 아버지의 프로필을, 아버지가 만들어낸 다양한 자아들을 읽었다. 그 모두가 현실과 이상의 조합이었다. 가끔 아버지는 독신이라고 말했고, 가끔은 나이를 속였으며, 한번은 십 년 전 사진을 사용했다. 우스꽝스러웠어. 그녀는 말했다. 대체 누가 속는다는 거야, 뻔히 오래된 사진이라는 티가 나는데. 유부남 전용 사이트도 하나 있었어, 유부남 전용 시장이 있더라니까. 그녀가 말했다. 상상이 돼? 아버지가 자기 인생에 관해 가장 진실에 가까운 이야기를 털어놓은 곳이 바로 그곳이었다. 그 사이트에서 아버지는 유혹에 쓸 미끼로 자기 자식들을, 우리가 거둔 성과를 늘어놓았다. 우리가 좋은 학교에 다닌다고, 상을 받아 왔다고, 자기를 기쁘게 해주려고 온갖 행동을 한다고. 그 모든 것이 기괴하게 펼쳐진 공작의 깃털처럼 늘어놓여 있었다. 하지만 내가 계속 다시 읽은 건, G는 생각의 흐름을 다시 잡으려는 듯 불쑥 말했다. 내 프로그램이 만들어낸 대화록이었어.

아버지가 누른 키 하나하나의 기록. 그녀는 한편으로는 매료되고 한편으로는 역겨움을 느끼며 그 문장들을 읽었다고 했다. 그녀는 아버지의 환상이 자기 앞에, 뼈대만 남은 채 펼쳐지는 모습을 지켜보았다. 애걸하는 목소리, 엉망으로 입력한 문장을 통해서도 선명하게 드러나는 자랑과 명령, 그런 언어를 부패의 과정과 너무도 닮아 보이게 만드는 인터넷 채팅방 이모티콘과 약자. 동생의 이야기를 들으면서 나는 (내가 G의 입장이었다고 상상했을 때) 그녀가 대화록에서 빠져 있는 목소리를 제공할 수밖에 없었을 거라고 생각했다. 그녀는 아버지의 반응을 유도한 질문이나 아버지의 도발에 회피하는 문장들을 지어낼 수밖에 없었을 것이다. 그러다가 결국은 G 자신이 그런 드라마의 일부가 된 것처럼 느껴졌겠지. 어떻게 그러지 않을 수 있을까. G는 이 대화를 몇 달 동안이나 추적했다고, 며칠에 한 번씩 확인했다고 말했다. 처음부터 그런 일이 있을 줄 알았어야 했는데. 그녀가 말했다. 아니 뭐, 알긴 알았어. 오히려 기다리고 있었다고 해야 할까. 그런데도 G는 아버지가 이런 대화를 오프라인에서까지 했다는 사실이 분명해지자 놀라고 말았다. 정말로 그 여자들 중 한 명이랑 떡을 친 거야. 동생은 그렇게 말하며 자기가 쓴 단어에 인상을 찌푸렸다. 온라인만 휘젓고 다닌 게 아니더라니까. 그때까지도 자기가 아는 것에 관해 한마디도 하지 않았던 G는 이제 단순히 아버지의 범죄에 연루된 것이 아니라 직접 범죄를 저지른 것만 같은 기분이 들었다. 그녀는 어머니에게 까탈을 부렸고 늘 어머니와 싸웠다고 했다. 어머니에게 동정심과 혐오감을 동시에 느꼈으나 어느 쪽에 더 많이 치우쳐 있었는지는 확신할 수 없었다고 했다. 한 여자랑만 채팅하는 경우는 단 한 번도 없었어. G가 말을 이었다. 언제나 동시에 몇 명하고 하더라. 예의바르고 상냥하게 굴 때도 있었고 무례하게 굴 때도 있었어. 어떤 사람한테는 거칠게 대하기도 하고. 상대방에 따라서 다른 사람이 되는 것 같았어. 나도 마찬가지였다. 나는 G의 이야기에 귀를 기울이며 생각했다. 내가 자주 들어가는 사이트에 접속할 때마다 간절히 바란 것이 바로 그것이었다. 그곳에서는 다수의 대화를 동시에 이어나갈 수 있었다. 각각의 대화가 자신만의 창에 표시됐기에 가끔 내 화면은 그런 창으로 가득찼다. 그리고 그 모든 창에서 나는 완전히 거짓된 느낌과 완전히 진실한 느낌을 동시에 받았다. 아마 소설 속 자아 같은 것이었겠지. 아니면 아이들을 가르칠 때 내가 들어가는 자아, 권위 있고 모범적인 자아 같은 것일지도 모르겠다. 나는 이것들이, 진실한 동시에 거짓인 이런 부분적인 자아들만이 내가 가진 전부라는 것을, 내가 갈망하는 총체성이라는 이상은 사기라는 것을 알고 있었다. 하지만 나는 그런 이상을 갈망했다. 가끔은 그 총체성을 언뜻 엿볼 수 있었던 것 같다. 심지어 총체성이 느껴졌다는 상상을 할 때도 있었다. 어쩌면 환상일지도 모르겠지만, 나는 아버지와 함께 들판에 있을 때 그 총체성을 느꼈다고 생각한다. 그때 우리는 단둘이었고 밤이 우리를 감싸고 있었다. 아버지는 자신만의 그리움 속으로 물러나 있었지만 그럼에도 내 총체성에 꼭 필요한 부분이었다. 내가 아버지 곁에서 생각하던 별들을 똑같이 깊이 생각하던, 지금 내 상상 속의 아버지는. 다만 나는 아마도 별들보다는 아버지에 대해 더 깊이 생각하고 있었을 것이다. 아버지의 물러나는 듯한 태도는 우리의 친밀감을 줄이기는커녕 더 깊게 만들었다. 그것은 취약함과 신뢰의 표시였다. 동물이 등을 보일 때와 같은. 나는 이런 생각에 잠겨 있다가 문득 내가 블로코베 사이로 난 작은 거리 깊숙이 들어와 있음을 알아차렸다. 블로코베 양옆에는 블록 전체를 따라 십이층, 혹은 십삼층 건물들이 삭막하게 솟아 있었다. 그 공허함을 그라피티와 그 위의 건물 정면에 생긴 균열과 덧대어 기운 듯한 부분들, 햇볕에 걸어놓은 빨랫줄이 누그러뜨렸다. 그 건물들, 그리고 젖먹이 고양이처럼 건물 벽에 거의 코가 닿도록 주차해놓은 자동차들 사이를 걸어가면서 나는 언뜻 창문 너머로 보이는 어둑한 상자 같은 방들을 들여다보았다. 그 아파트들은 크기도, 모양도 같았으나 완전히 똑같은 방은 하나도 없었다. 빠르게 걷느라 힐끗 본 것뿐이지만, 각각의 아파트 안에는 무언가 두드러지는 특징이 있었다. 네모난 화분, 무늬가 들어간 커튼, 빛을 받으라고 걸어둔 작은 색유리 조각들. 나는 그것들이 아름다움에 대한 시도라고, 최소한 아름다움에 대한 관심의 표시라고 생각했다. 대부분의 방이 비어 있었지만 몇몇 방에는 고독한 인물들이, 나이든 남녀가 있었다. 몇몇은 어떤 일에 몰두하고 있었고 대부분은 그냥 앉아서 손부채를 부치며 TV를 들여다보거나 그냥 멍하니 앞을 보고 있었다. 그들은 내가 지나가자 창 쪽으로 얼굴을 돌렸고, 그래서 우리는 잠시 눈을 마주쳤다. 나는 돌멩이로 파문이 일어난 고요한 물처럼 그들의 공허함이 생기를 띠며 움직이는 것을 보았다. 그때는 인식하지 못했지만 아버지와 함께 누워 있을 때 느낀 안전함은 일종의 연고軟膏, 아버지가 없는 수많은 시간 내내 나를 붙들어주던 약이었다. 몇 년 뒤 아버지가 내 어머니를 떠나고 몇 달 동안 연락조차 닿지 않던 시간에도, 그다음에는 아버지가 어머니와 내가 초대를 받고 갈 때만 환영받을 수 있는 새로운 집에 다시 나타났을 때도. 빈도가 낮아지긴 했지만, 부모님이 헤어진 뒤에도 나는 여전히 아버지와 그런 친밀한 시간을 보냈다. 여덟 살인가 아홉 살 때까지 나는 수상함도, 의심도 일으키지 않고 아버지의 몸에 접근할 권리를 가지고 있었다. 하지만 그때부터 나는 아버지의 몸과 내 몸의 차이를 인식하고 더 나아가 그 차이점에 대해 흥미를, 아니, 어쩌면 당혹감을 느꼈으며 그 당혹감에 이끌리게 되었다. 그 결과 아버지와 나의 놀이였던 것은(자동차를 오래 타고 난 뒤면 아버지와 나는 화장실까지 달리기 시합을 벌여, 좁은 공간에서 서로 몸을 딱 붙이고 소변을 보곤 했다) 나로서는 해결할 수 없는 수수께끼에 사로잡혀 점점 더 엄숙하고 불편한 상황이 되었다. 이런 일은 나와 친구들 사이에서도 일어났다. 나는 새롭게 생긴 집요함으로 그 소년들과 함께 있으려고 했다. 아직 나의 그런 행동이 가볍고 별 의도가 없을 때부터 그애들은 어떤 열기가 더해졌다는 걸 느낄 수 있었다. 그들은 나를 자기들과 다른 부류로 생각하기 시작했고, 우리 사이에 그림자처럼 어른거리는 거리감은 머잖아 절대적인 것이 될 터였다. 이미 나는 끔찍한 두려움을 느끼며 그 사실을 직감했다. 내가 그 거리감의 크기를 완전히 깨달은 게 과연 몇 살 때였는지는 기억나지 않는다. 아마 아홉 살이나 열 살, 아직 아버지와 함께 샤워할 수 있을 만큼 어린 나이였을 것이다. 하지만 그런 일은 점점 적어졌고, 그만큼 나는 기회가 생길 때마다 알 수 없는 방식으로 점점 더 흥분했다. 이런 흥분은 내가 이미 범하고 있지만 아직 상상하지는 못했던 어떤 금기의 위반으로 이어졌다. 그때가 어느 계절이었는지, 몇 년도였는지, 그때 어떤 말이 오갔는지는 전혀 기억나지 않는다. 하지만 그 공간만은 기억난다. 장식용 전구들과 타일, 이미 틀어놓은 물, 김이 어려 뿌예진 거울. 그리고 나는 아버지를, 아버지의 크고 벌거벗은 몸을 기억한다. 내가 그 몸에 매료되었다는 사실도, 작은 공간에서 아버지와 함께 서로 뜨거운 물줄기 속에 있겠다며 웃고 몸싸움을 벌이던 그때는 그게 가능했다는 사실도. 나는 혼자 몸을 씻을 수 있는 나이였지만 우리는 그때까지도 서로를 만졌다. 아버지는 내게 손이 잘 닿지 않는 등을 씻겨달라고 부탁하곤 했고, 그런 다음에는 내 등도 씻겨주었다. 아버지는 평소 엄격했고 가끔은 잔인하게까지 굴었지만 그곳에서는 나를 부드럽게 대해줬다. 눈에 비누가 들어가면 내 얼굴을 손으로 받쳐 위로 들게 하고 거품을 씻겨내주었다. 아버지가 거의 베풀어주지 않던, 신체적인 돌봄의 손길이었다. 그때 우리는 물에서 나와 타일을 밟고 서 있었다. 아버지는 타일이 미끄러울 수도 있다고 매번 일깨워주었다. 조심해라. 아버지가 말했다. 그때 내가 아버지에게 다가갔다. 딱히 무슨 의도가 있었던 건 아니지만 아마 완전히 순진하게 다가간 것도 아니었을 것이다. 오랜 세월이 흐른 지금도 확신할 수는 없다. 아버지가 나를 마주보고 있었는지 눈을 돌리고 있었는지도 더는 기억나지 않는다. 하긴 아버지는 틀림없이 다른 곳을 보고 있었을 것이다. 그게 아니라면 나를 막거나 내 손길을 피했을 테니까. 아니, 당시의 나는 순진했지만 의도가 없었던 건 아니라고 말하는 게 더 진실에 가까울지도 모르겠다. 나를 움직인 것이 어떤 의도, 어떤 신체적인 의도가 아니면 무엇이었겠는가. 나는 아버지를 만지고 싶었다. 그 결과를 떠올리지 못한 건 아니었지만, 못 견딜 충동이 일었다. 아마 나를 아버지에게로 몰아간 것, 그리고 아버지도 느꼈던 것은 의도가 아니라 못 견딜 충동이었을 것이다. 그때 나는 아버지를 두 팔로 꼭 끌어안고 내 몸을 아버지의 몸에 바싹 붙였다. 아버지는 자기 몸에 닿은 내가 발기해 있다는 것을 느꼈다. 그걸로 아버지가 베풀어주던 돌봄의 손길은 끝이었다. 아버지는 타일이 미끄럽다는 것은 전혀 생각하지 않고 나를 밀쳤다. 아버지의 표정을, 혐오감에 비틀린 그 표정을 봤을 때 나는 아버지의 진짜 얼굴을, 배워서 익힌 부성의 얼굴이 아닌 진정한 얼굴을 본 것만 같았다. 아버지는 재빨리 몸을 가리고 아무 말 없이 그곳을 떠났지만, 그때 아버지가 보인 시선은 내 안을 파고들어 한 번도 떠나지 않았다. 그 시선은 기억 아래에 뿌리를 내렸으며 내가 나 자신을 이해하는 방식, 나 자신을 이해하고 예측하는 방식이 되었다. 그날 이후로 우리가 함께 누렸던 편안함은 모두 사라져버렸다. 아버지는 내가 느꼈던 안전함을, 아버지와의 연결을, 그 최초의 연결에 대해 내가 품고 있던 확신을 거두었다. 그날까지 나는 그 연결이 다른 모든 연결과 마찬가지로 녹아버릴 수 있다는 사실을 몰랐다. 그건 나 자신의 일부를 잃어버리는 것과 마찬가지였다. 아버지가 내게서 물러나면서 내가 무언가 덜 현실적인 존재가 된 듯한 기분이 들었다. 나 자신의 실체감이 줄어든 것 같았다. 나 자신의 실질성에 대한 확신이 떨어진 것만 같았다. 내가 녹아내릴지 모르는 무언가가 된 듯했다. 지금까지도 나는 그런 시선으로 나 자신을 본다. 나는 정처 없이 블로코베를 걸어가면서 그 시선을 다시 보았다. 해가 높이 떠 있었고 나는 이미 땀에 절었다. 아까 받은 종이는 축축한 공이 되어 내 손에 들려 있었다. 아버지가 나와의 관계를 마침내 끊어버린 그 말을 내뱉기까지는 아직 몇 년이 남아 있었지만, 더이상 아버지와의 샤워나 게임 같은 일은 일어나지 않았다. 그렇다고 내가 당연하게 받아들였던 친밀함을 다른 어딘가에서 얻을 수 있었던 것도 아니었다. 내가 의지했던 친구들은 내가 그들에게 느낀 욕구에 겁을 먹고 멀어졌으며, 머잖아 내가 바랄 수 있는 최선은 그들의 무관심이 되었다. 그때 나는 다시는 완전히 벗어난 적 없는 불편한 고독 속으로 물러났다. 하지만 잃어버린 친밀함을 다시 찾았다고 상상한 적이 딱 한 번은 있었다. 전에는 본 적 없는 플라도스스트의 한 구역을 걸어가면서 그 기억도 같이 떠올랐다. 블로코베가 띄엄띄엄 보이기 시작했고 건물들 사이 황무지는 더 넓어졌으며 그 땅에는 버려진 공사장의 잔해, 거대한 콘크리트 구조물들이 파헤쳐진 폐허 혹은 바다에서 썩어가는 선박처럼 솟아 있었다. 모든 표면이 그라피티로, 아무 생각 없는 음란한 말과 정치 구호, 묘하게 유치하고 무능한, 그 무능함으로 특유의 분위기를 만들어내는 예술작품으로 뒤덮여 있었다. 이 구역에도 분명 사람이 살긴 했을 것이다. 하지만 꽤 오랫동안 내 눈에 들어온 인간존재의 증거는 그 그라피티뿐이었다. 그라피티와, 나뭇가지가 드리운 콘크리트에 고인 타르처럼 끈적끈적한 웅덩이뿐. 다 익은 과일이 떨어지고 밟혀서 곤죽이 되어 생긴 그 웅덩이는 커다랗고 검은 새들을 끌어들였다. 새들은 발톱으로 곤죽을 할퀴고 헤집다가 내가 다가가자 소리를 지르며 날아올랐다. 그 새들이 갈까마귀가 맞는다면 그곳은 갈까마귀들의 땅 같았다. 갈까마귀와 개들의 땅. 개들은 소피아 어느 곳에나 있었지만 여기에서는 더 거칠고 수도 많았다. 세파에 잔뜩 시달린 사나운 놈들이었다. 내가 사는 곳의 개들보다 절박해 보였다. 나 때문에 놀란 몇 마리는 자세를 다잡고 으르렁거리면서 내게 덤벼드는 시늉을 했다. 평소라면 나도 그런 모습에 경계심을 느꼈을 것이다. 하지만 지금은 침착하게 녀석들을 대면할 준비를 하고, 꼭 그래야 할 때를 대비해 달려들 태세를 취했다. 심지어 그런 일이 일어났으면 좋겠다는 열망까지 느껴졌다. 어쩌면 그 열망이 놈들을 자제하게 한 것일지도 몰랐다. 그곳의 개들은 종도 가지각색이었고 크기도 다양했다. 그래도 어느 정도 덩치는 생존에 꼭 필요한 듯 대부분의 개가 중간 정도 몸집에 근육질이었다. 황소 같은 생김새에 각진 턱, 거기에 야수 같은 우아함을 겸비한 단단한 녀석들이 나는 마음에 들었다. 짧고 얼룩덜룩한 황갈색 털도 마음에 들었다. 그 털 때문인지 잠든 개들의 모습이 무성한 풀밭에 몸을 말고 있는 새끼 사슴처럼 보였다. 모든 개가 적대적이진 않았다. 몇 마리는 충분히 우호적이었고, 모습을 드러내더니 꼬리를 낮게 흔들며 나를 따라 몇 발짝 종종걸음 치기도 했다. 보통 때라면 그 개들에게 연민을 느꼈을 것이다. 그중에서도 가장 얌전한 한 녀석에게는 특히나. 다른 개들보다 더 오래 나를 따라 걸은 그 아름다운 녀석은 오른쪽 옆구리에 특이한 흉터가 있었다. 피부가 찢어졌다가 울퉁불퉁하게 아문 부위는 주름이 잡히고 털이 없어 맨살이 드러나 있었다. 무언가 녀석의 몸 전체를 따라 살을 반쯤 녹여버린 것 같았다. 끔찍한 흉터였다. 그런 상처를 입고 살아나다니 운이 좋은 개였다. 그런데도 녀석은 그중 가장 덜 사나웠고 내 관심을 받으려고 누구보다 애썼다. 어느 순간에는 녀석이 내 손을, 아버지에 관한 소식이 들려 있는 그 손을 자기 코로 쿡 찌르기까지 했다. 녀석을 모르는 척한다는 건 잔인한 일이었지만, 나는 그렇게 했다. 나는 녀석이 선을 넘기 직전까지 내 옆에 붙어 있다가, 보이지 않는 어떤 경계선에 부닥치자 돌아선다는 느낌을 받았다. 나는 돌아보지 않고 더 멀리, 주거지 끄트머리, 블로코베가 마침내 물러나는 가파른 비탈 가장자리까지 걸어갔다. 비탈면에는 풀과 나무들이 흩어져 있었으며, 그 나무들 뒤로는 몇 킬로미터나 이어지는 거대한 공터였다. 그리고 공터 너머에는 콘크리트 탑으로 이루어진 또다른 구역이 있었다. 그러니까 그곳은 일종의 만灣이었다. 바다 같은 풀밭을 블로코베가 반원 모양으로 감싸고 있었다. 내가 서 있는 곳에서 끊긴 보도가 그다지 야생적이지 않은 구역의 불분명한 경계선을 표시했다. 딱히 그러려고 마음먹은 것은 아니지만 어느 순간 나는 가파른 비탈을 따라 내려가고 있었다. 내려가기가 까다로웠다. 교실에서 신던 신발을 신고서는 특히 그랬다. 어렸을 때 아버지가 관리하는 법을, 반짝거릴 때까지 광내는 방법을 알려준 검은 정장구두였다. 아버지는 그 구두야말로 나 자신을 드러내는 표시라고 말했다. 하지만 나는 한 번도 그 구두를 충분히 조심스럽게 다룬 적이 없었다. 구두를 신고 있다는 걸 잊고서 신은 채로 뛰곤 했고, 구두는 더러워지거나 상처가 났다. 그러면 아버지는 내가 물건의 가치를 전혀 모른다고, 더 나쁘게는 자부심이 없다고 말하곤 했다. 아버지의 아들이라면 반드시 가져야 할 그 자부심이. 발밑의 땅이 미끄러워서 똑바로 서 있기가 어려워졌다. 비탈면을 찍어대던 내 신발은 곧 진흙투성이가 되었다. 샤워를 한 그날부터 몇 년이 지나는 동안, 아버지와의 관계에서 잃어버린 친밀함을 대체할 만한 것은 아무것도 없었다. 나는 점점 더 책 속으로 도피했다. 진지하거나 중요한 책이라기보다는 나 자신으로부터 탈출할 수 있게 해주는 책이었다. 그리고 바로 이 책들, 혹은 이 책들에 대한 사랑이라는 공통점이 내가 사귄 몇 안 되는 친구들과 나를 연결해주고 K와의 우정에 토대를 깔아주었다. K는 내가 살던 도시 출신이었지만, 우리는 한 번도 마주친 적이 없었다. 그는 마을의 다른 구역에 살았고 다른 학교에 다녔으니까. 하지만 우리에게는 공통의 친구가 있었고, 그중 한 명이 우리가 서로 알고 지내면 좋겠다고 했다. 어느 날 오후 K가 그 친구의 집에 들렀을 때 그애가 내게 전화를 걸었다. 너희, 같은 작가를 좋아하더라. 그애가 말했다. 그러더니 K에게 전화기를 건네주었다. 우리는 몇 달이 지나서야 직접 만났지만 만나기 전 몇 달 동안 점점 더 오래, 점점 더 자주 대화를 나누었다. 그러다가 그 대화는, 내 생각이지만, 우리 둘 모두에게 인생에서 가장 중요한 일이 되었다. 가끔 우리는 밤새도록 이야기를 나눴다. 사춘기에 그러듯이, 혹은 사랑에 빠진 연인들이 아주 초기에 그러듯이. 나는 행복했다. 하지만 나로서는 이유를 알 수 없던, 스스로를 갉아먹는 불안감을 느끼기도 했다. 사실 그 불안감은 이유를 알 수 없다는 바로 그 점 때문에 나를 더욱 깊이 갉아먹었다. 몇 달 동안 우리의 우정은 오직 언어로만 이루어져 있었고, K를 보고 싶긴 했지만 나는 그 사실이 편안하게 느껴졌다. 그때도 나는 이미 나의 가장 좋은 점이 언어이고 우리 우정이 꽃피려면 언어를 통해야 한다고 생각했다. 머잖아 우리는 서로에게 각자의 모든 것을 털어놓았다. 우리의 모든 이야기를, 몇 번씩이나. 나는 한 번도 그런 이야기들이, 그런 이야기나 그 이야기를 전해주는 그의 목소리가 질리지 않았다. 나는 그애가 보고 싶었다. 하지만 K를, 그애를 만난다고 생각하면 겁이 나기도 했다. 나 자신에게는 점점 더 낯설게만 느껴지는, 지나치게 크고 기형적이며 어느 모로 봐도 내가 느끼는 나와는 어울리지 않는 몸, 그 안에 살고 있는 나와는 맞지 않는 몸을 그가 보게 된다니. 하지만 10월 끝 무렵에 우리는 결국 직접 만났다. 일종의 인디언 서머였던 그날의 온화한 날씨가 놀랍고도 기분좋게 느껴졌다. 그 당시 나는 부모님이 몇 년째 법원을 들락거리며 도저히 끝나지 않을 것 같은 싸움을 벌이는 바람에 이 집 저 집으로 여러 번 내팽개쳐졌고, 결과적으로는 아버지의 집 지하실에 살고 있었다. K의 어머니가 그애를 우리집에 내려줬다. 처음에 우리는 수줍어했다. 내가 아는 목소리를 눈앞의 소년과 조화시키기까지는 잠시 시간이 걸렸다. K는 나보다 키가 작고 깡마른 모습이었다. 눈 위로 빨간 머리카락이 흘러내려와 있었고 아름다운 흰 얼굴에는 여드름이 다닥다닥 나 있었다. 우리가 K의 집이 아닌 우리집을 고른 이유는 사생활을 더 보장받고 더 많은 자유를 누릴 수 있기 때문이었다. 실제로 그런 게 필요한 계획이 있었던 것은 아니지만 본능적으로 그편이 더 끌렸다. 아버지는 아이들과 있는 것을, 누구든 모르는 사람 곁에 있는 것을 늘 불편하게 여겼기에 우리와도 거리를 두었다. K와 악수한 다음에는 우리끼리 내버려두었다. 아버지는 피자를 시켜주었고, 우리는 서로 이야기하고 웃으며 지하실에 있는 내 방에서 피자를 먹었다. 우리에게는 더 바랄 수 없을 만큼 큰 자유가 있었다. 하지만 우리는 더 큰 자유를 원했다. 아버지와 새어머니가 위층으로 올라가고 넓은 가운데층이 비기만을 기다렸다. 그러다가 두 사람이 잠들었다는 생각이 들자 몰래 차고로 들어갔다. 기계식으로 된 커다란 차고 문의 잠금장치를 탁 하고 풀어 천천히 그리고 조용히, 혹은 거의 조용히, 딱 배를 깔고 기어나갈 수 있을 만큼만 문을 밀어올리는 건 쉬운 일이었다. 나는 거의 매일 밤 이 짓을 했다. 별다른 이유는 없었다. 딱히 갈 곳이 없었으니까. 우리는 교외에 살았고 모든 골목이 똑같았다. 비밀을 지키는 것도 아무 의미 없는 일이었다. 그때쯤 아버지는 나에 대해서 완전히, 아니면 대체로 손을 뗀 뒤였고 나는 원하는 건 뭐든 할 수 있었으니까. 하지만 몰래 나간다는 행위 자체가 중요했다. 아무도 모르게 내 방에서 사라져 학교에서나 집에서나, 하루의 모든 순간마다 내 신경을 닳게 하는 권위가 미치지 않는 곳으로 간다는 것이 핵심이었다. 나는 이렇게 외출할 때에만 늘상 세우고 있던 경계심을 풀 수 있다고 느꼈다. 날씨가 어떻든 나는 밖으로 나가 거리를 헤매고 다녔고, 이제는 K와 함께 헤매게 되었다. 나는 그에게 내 고독을 소개했고, 그는 방해하지 않고 그 고독에 깊이를 더해주었다. 우리는 아버지의 집에서부터 가파른 언덕을 내려갔다. 아버지의 집은 동네 전체를 위압적으로 내려다보고 있었는데, 그건 아버지가 얼마나 많은 것을 이뤄냈는지 보여주는 표상이었다. 그날은 핼러윈 전날 밤이어서 이번만큼은 골목마다 볼거리가 있었다. 명절을 맞은 집들은 하나하나 지날수록 앞의 집보다 더 정교하게 장식된 모습이었다. 나무는 유령의 서식지가 되었고, 허수아비와 호박등과 온갖 종류의 악귀가 있었으며, 플라스틱 마녀들이 집회를 열어 낡아빠진 옷을 입고 춤을 추었다. 세련되지 못한 싸구려 화려함이 넘쳐났고, 그 모든 것이 못된 장난을 치라는 초대장 같았다. 우리는 어느 집 뜰에서 장식품을 훔쳐다가 다른 집 뜰에 놔두는 상상을 했고, 그것들을 저속한 방식으로 배치할 방법을 떠올렸다. 하지만 우리는 그 모든 걸 생각으로만 남겨두었다. 재미는 계획을 세우는 데에, 우리 자신의 창의력에 있었고 우리는 배를 잡은 채 소리 없이 터져나오는 웃음을 숨이 멎어라 참아냈다. 우리는 서로를 눈물이 날 정도로 웃겨주었다. 하지만 다른 더 불쾌한 장식물도 있었다. 그해는 선거가 있는 해여서 유령들과 마녀의 솥들 사이사이에 선거용 팻말이 놓였던 것이다. 장난스러움과 호전성을 기이하게 병치해놓은 듯한 모습이었다. 몇 달째 뉴스는 토론과 고성으로 가득했고 우리집에도 그런 것들이 가득했다. 아버지는 장광설을 늘어놓는 걸 무척 좋아했는데, 그 시기에 나는 생전 처음으로 아버지에게 도전하기 시작했다. 나만의 의견을 갖고 싶었다. 내가 하는 모든 말은 도발이 되었고, 모든 토론은 말싸움으로 변했다. 아버지가 나와 충분히 거리를 두었는데도 우리는 계속 충돌했다. 그런 충돌은 동물들이 뿔을 부딪치는 것과 같은 일종의 연극이었다. 그곳은 공화당을 지지하는 주였고, 아버지는 아버지가 아는 모든 사람이 그렇듯 뻔히 예상되는 시각을 가지고 있었다. 아무튼 내가 보기에는 그랬다. 그러나 K와 나는 아버지와 의견이 달랐다. 우리는 아버지의 정당을 증오했고, 둘 다 뜰에 세워진 팻말을 보고 분노했다. 거의 모든 팻말이 같은 이름들을 메아리처럼 반복하고 있었다. K가 그런 팻말 중 하나로 다가가 발길질을 하자 철사로 만든 팻말 다리가 살짝 구부러졌다. 그러더니 그는 팻말을 땅에서 뽑아 쪼갠 뒤 반으로 쪼개진 그 조각을 다시 풀밭에 던졌다. 처음에 나는 충격을 받았지만 그다음에는 즐거워졌다. 나도 팻말을 하나 움켜쥐었다. 잠시 동안 K와 번갈아가면서 그렇게 하고 나자 어떤 열정이랄까, 조바심이 우리를 사로잡았다. K가 한쪽

길가를 골랐고 나는 맞은편을 골랐다. 그렇게 우리는 모든 집을 빠짐없이 다니며, 보이는 팻말을 모조리 망가뜨렸다. 우리가 망가뜨리는 것이 다른 무엇이라도 되는 것처럼. 다시 웃으며 그곳을 떠나면서 K는 내 목에 팔을 둘렀다. 아무렇지 않은 행동이었지만 나로서는 익숙하지 않은 행동이기도 했다. 나를 사로잡는, 나를 가득 채우고 짜릿함을 느끼게 하는 동시에 어떤 위협을 담고 있는 그 행복감에 나는 거의 두려움을 느꼈다. 그 행복감은 너무도 제멋대로였다. 그걸 자제시킬 만한 것은 아무것도 없었다. 나는 K와 함께 걸어가던 그때, 그애가 내 목에 팔을 두르고 있고 내 팔은 그애의 허리를 감고 있던 그때 다시 견고해진 느낌이 들었다. 몇 년 동안 느끼지 못했던 확신이 생겼다. 우리의 몸이 서로 부딪혔다. 하지만 그때 정말로 중요했던 것은 우리를 보는 사람이 아무도 없다는 사실이었다. 우리는 어색한 자유이기는 해도, 어쨌든 그것을 누리며 움직였다. 아버지의 집은 내가 태어난 동네와 가까웠다. 어머니는 아직도 그 동네에 살고 있었다. 아버지는 어머니와 헤어지고 몇 달 후 새 아내와 그리로 이사했다. 이제 어머니는 할머니, 할아버지의 농장에 깃든 가난이나 그 농장의 흙먼지와 마찬가지로 아버지의 과거가 되어 있었다. 겉보기에 우리는 정처 없이 걷는 것 같았지만, 사실 나는 어머니가 사는 골목이자 내가 어린 시절을 보낸 집 쪽으로 발걸음을 옮기고 있었다. 나는 K가 그 집을 보기를 바랐다. 그 건물 자체에 나에 대해 드러낼 수 있는 무언가가 더 있는 것처럼. 안으로 들어갈 필요는 없었다. 인도에 서서, 이제는 어머니 혼자 사는 커다란 집을 바라보는 것만으로 충분했다. 나는 K에게 내 방 창문, 아니, 내 방 창문이었던 것을 가리켰다. 그 창문도 다른 모든 창문처럼 어두웠다. 그런 다음 나는 동네를 한 바퀴 도는 긴 거리를 따라 K를 이끌었다(나는 몇 년 동안 그 거리를 걸어본 적이 없지만, 지금도 그곳에서는 길을 헤매지 않는다. 돌에 난 실금 하나까지 모두 눈에 선하다). 그 길은 휘어지면서 내가 다닌 첫 학교까지 이어졌다. 콘크리트판과 벽돌로 이루어진 땅딸막하고 못생긴 건물이었다. 그 학교는 내 역사의 일부였고, 나는 그 학교가 K의 역사도 되기를 바랐다. 학교 부지와 조그마한 운동장, 울타리를 따라 늘어선 나무들과 말라비틀어진 인동덩굴로 휘감긴 울타리까지. 서두를 건 없었다. 아무도 우리가 어디에 있는지 몰랐고, 서둘러 돌아갈 필요도 없었다. 그래서 우리는 잠시 놀이터 그네에 앉았다. 실제로 그네를 타지는 않고 그냥 앉아서 이야기를 나누며, 나란히 조금씩 그네를 흔들거리기만 했다. 내가 한참 동안 이야기를 이어간 터라 이제는 K가 주로 말했다. 서로에게 해줄 새로운 이야기가 전혀 없었으므로 K는 내가 몹시 좋아하던 그 이야기들을 되풀이했다. 나는 그넷줄을 꼭 잡은 채 몸을 뒤로 젖히고서 무딘 금속이나 니스칠을 하지 않은 나무처럼 보이는 교외의 하늘을 올려다보았다. 몇 안 되는 별들은 내가 거기 있다고 배운 별자리를 전혀 이루지 못하고 있었다. 그러다가 나는 몸을 너무 심하게 젖히는 바람에 균형을 잃었다. 몸이 그네의 플라스틱 안장에서 미끄러졌고, 나는 아래 흙바닥으로 넘어졌다. K가 말하던 문장을 삼키며 말을 멈추었다. 그런 다음 우리는 둘 다 웃기 시작했고, K는 몸을 뒤로 젖히며 똑같이 넘어졌다. 그는 내 옆에 떨어졌다. 우리는 계속 웃었다. 흙바닥에 등을 대고 있었지만 두 다리는 여전히 그네에 걸려 있었다. 나는 다시 한번 공포와 뒤섞인 행복감을 느꼈다. 일단 맛보고 나면 절대로 허락되지 않을 어떤 영양분을 받은 것만 같았다. 마침내 우리는 웃음을 멈추고 일어서서 옷에 묻은 흙을 털어냈다. 아버지의 집까지는 걸어서 몇 시간이나 걸렸고, 우리는 다시 문 아래로 미끄러져들어가면서 발과 다리가 아프다며 불평했다. K는 등도 아프다고 했다. 기진맥진한 우리는 안도하며 커다란 방의 침대에 쓰러졌다. 물침대였다. 우리는 침대로 쓰러지면서 또 웃었다. 물침대는 우리를 위아래로 흔들어댔고, 우리는 균형을 잡겠다고 침대 틀과 서로를 모두 붙들었다. 우리는 간신히 균형을 잡고 매트리스를 움직이지 않게 만들었다. 아니, 딱히 움직이지 않게 만들었다고는 할 수 없었다. 고개만 돌려도 물침대는 출렁거렸으니까. 아무튼 둘 다 지쳐 있었지만 잘 기분이 아니었다. 우리는 서로의 곁에 누워 늘 그랬듯 끝없이 이야기를 나누었다. 그때 K가 다시 등이 아프다고 불평하며 좀 주물러달라고 부탁했다. 그는 몸을 굴려 내가 다가갈 수 있게 해주었지만, 침대에서는 불가능한 일이었다. 내가 힘을 주면 K가 깔고 누운 매트리스가 내려앉았다. K는 아무것도 느껴지지 않는다며 일어나 나무로 된 침대 프레임에 앉더니 두 발을 바닥에 대고 내게로 등을 돌렸다. 그랬는데도 편하지 않다고 했다. 그는 자기 셔츠 밑으로 손을 넣어서 맨살을 주물러달라고 했고, 나는 그렇게 했다. 어깨를 꽉 쥐고 주무르며 그가 씁 하는 소리를 낼 때까지 힘을 주었다가 풀었다. 그의 목에서부터 척추를 따라 내려가며 안마했다. 척추 양옆으로 근육이 뭉쳐 있었다. 우리가 우정을 쌓기 시작한 뒤 계속되던 수다가 멈춘 것은 아마 그때가 처음이었을 것이다. 전에 한 번도 누군가를 그런 식으로 만져본 적이 없었던 나는 계속 그를 만지고 싶었고 K가 자세를 살짝 바꾸자 실망했다. 나는 그가 안마를 충분히 받아서 일어나려는 거라고 생각했다. 하지만 대신 그는 몸을 뒤로 젖히기 시작했다. 너무도 느린 동작이라 처음에 나는 당황해서 두 손을 그의 등에 단단히 붙인 채 그를 밀어냈다. 그가 물러나지 않고 계속 힘을 준 다음에야 나는 이해하고, 그가 내게 몸을 기대도록 놔두었다. 그러자 그가 더욱 힘을 주어 몸을 기댔다. 그렇게 우리는 천천히 뒤로 넘어져 다시 눕게 되었다. 나는 침대에, K는 내 위에. 나는 K의 셔츠에서 손을 빼지 않은 채였으며 그가 몸을 뒤로 젖히면서 점점 그의 몸통을 감싸게 되어, 이제는 내가 그를 끌어안은 모습이었다. K는 나를 마주 끌어안지 않았으나 거부하지도 않았다. 그는 그 포옹을 받아들였다. 자기 머리가 내 가슴에 닿도록 놔두었다. 우리는 그렇게 한동안 누워 있었다. 그러다가 그가 다시 몸을 움직였다. 어쩌면 내가 움직인 걸지도 몰랐다. 우리는 나란히 누워 있었다. 이제는 그가 나를 붙들고 있거나, 우리가 서로를 붙들고 있었다. 나는 그에게로 고개를 돌리고 그의 몸을 여전히 두 팔로 감싼 채 등에 몸을 바싹 대고 있었다. 내 두 손이 그의 가슴에서 만났다. 그 위로 K도 자기 팔을 얽었다. 오랫동안 우리는 꼼짝 않고 누워 있었다. 그렇게 반쯤 잠든 채로 나는 내가 그를 만지고 있다는 사실을, 그의 셔츠 안에서 오므린 내 손가락이 그의 배에 닿아 있다는 사실을 의식하고 있었다. 그의 배 한가운데에는 근육이 만나는 선이 있었다. 나는 그 개울 혹은 산등성이를 손가락의 납작한 부분으로 따라갔다. 그곳에는 털이 아주 살짝 나 있었다. 믿을 수 없을 만큼 부드럽고 가는 털이었다. 마치 과일의 표면처럼. 이제야 알게 된 것이지만 그건 소년의 몸이었다. 문득, 당시 우리가 내 학생들보다도 어린 나이였다는 생각이 든다. 하지만 그때의 내가 보기에 K의 몸은 어느 모로 보나 불완전하다거나 덜 자란 몸 같지 않았다. 나는 그보다 더 완벽한 것은 상상할 수가 없었다. 그는 전적으로 아름다웠다. 당시에는 그 순간으로부터 더 많은 것을 원해야겠다는 생각, 그 순간을 시험하고 그 순간이 얼마나 더 길어질지 알아보자는 생각이 들지 않았다. 내가 그를 만진 방식 이상으로 그를 만져야겠다는 생각은 들지 않았다. 최소한 지금 나의 기억으로는 그렇다. 마침내 우리는 깊이 잠들었다. 그런 게 틀림없었다. 다음날 아침 일찍 일어나서야 나는 K가 아프다는 사실을 알게 됐으니까. 그는 굴러떨어지기라도 했는지 침대 옆에서 손과 무릎으로 바닥을 짚고 엎드려 있었다. 나는 그의 신음 때문에 깬 것이었다. 그가 토한 것이 보였다. 그때 K가 한번 더 토했다. 나는 그가 무언가를 잘못 먹어서 그런 게 틀림없다고 생각했다. 우리는 같은 음식을 먹었고 나는 전혀 아프지 않았는데도. 그는 다시 신음했다. 거의 흐느낌에 가까운 소리였다. 그러더니 K는 내가 깬 것을 보고 사과했다. 무엇 때문에 사과하는 건지 나는 잘 알 수 없었다. 나를 깨워서인지, 아니면 엉망진창을 만들어놔서인지. 이마에는 땀이 송골송골 맺혀 있었고 그의 등에 손을 대자 얇은 셔츠가 축축하게 젖은 게 느껴졌다. 내가 손을 대고 있는 동안에도 그는 토악질하며 숨을 꿀꺽꿀꺽 들이켜느라 등이 들썩거렸다. 그러다가 그는 내 손을 어깨에서 떨쳐버리더니 나를 옆으로 밀쳐내고 다시 토했다. 경련할 때마다 신음 혹은 흐느낌이 함께 흘러나왔다. 나는 아무것도 할 수 없었다. 그를 돌봐주고 싶었지만 방법을 몰랐다. 그가 다시 진정되자 나는 K에게 어떻게 해주면 좋겠는지 물었다. 집에 가고 싶어. 그가 말했다. 그는 여전히 무릎을 대고 바닥에 엎드려 있었다. 그래서 나는 K를 그 자리에 놔두고 아버지를 찾으러 갔다. 위층에서 움직이는 소리가 들리는 걸로 보아 아버지가 이미 일어나 있는 것 같았다. 계단 맨 위의 문을 열자 혼자 부엌에 있는 아버지가 보였다. 아버지는 문을 등지고 개수대 앞에 서 있었는데, 분명히 내가 계단에서 올라오는 소리를 들었을 텐데도 돌아보며 인사하거나 나를 알은체하지 않았다. 내가 입을 열었을 때조차. 이제 겨우 동이 튼 시각이었고 아버지는 그날의 첫 햇빛이 개수대 위 창문을 넘어 들어오는 모습을 지켜보고 있었다. 나는 K가 아프다고, 집에 가야 한다고 말하느라 그 순간의 고요함을 방해하고 말았다. 태워다주시면 안 돼요? 내가 물었다. 그런 다음, 나는 아버지에게 부탁할 때면 늘 그랬듯 일종의 사과를 덧붙였다. 아버지가 대답하기도 전에 부탁한 것에 대해 사과했다. 그래. 아버지가 말했다. 아버지가 창문 앞에서 움직이거나 뒤를 돌아보지 않았는데도 나는 서둘러 준비해야 한다는 것을, 아버지를 방해한 마당에 기다리게까지 해서는 안 된다는 것을 알았다.

나는 다시 아래층의 K에게로 돌아갔다. 이제 좀 진정된 상태였다. 그는 바닥에서 몸을 일으켜 침대 가장자리로 올라가서 두 손으로 자기 몸을 끌어안고 있었다. 차를 타면 괜찮아질 것 같다고 했다. 그냥 집에 가고 싶다고, 집에 가면 나아질 거라고. 나는 화장실에서 수건을 가져다 그의 토사물을 치우기 시작했다. 어째서인지 그게 부끄러웠다. 나는 아버지가 이 꼴을 보는 게 싫었다. K가 도와주려고 했지만 나는 물러나라고 손짓했다. 그 역시 부끄러워하고 있다는 것을, 자기 뒤처리를 하게 했다는 사실에 굴욕감을 느낀다는 것을 알 수 있었음에도. 내가 좀 하게 해주라. 그가 말했다. 하지만 나는 그에게 물러나라고 손짓했다. 정확히 이유는 알 수 없었으나 나는 그에게 짐이나 챙기라고 말했다. 옷을 입으러 자기 방에 갔던 아버지가 내려오고 있었다. 아버지의 묵직한 몸집이 내는 소리가 위층에서 들려왔다. K가 몇 안 되는 소지품을 가방에 쑤셔넣고 있는데 문이 열리더니 아버지가 열쇠를 찰그랑거리며 복도 끝에 나타났다. 나는 아직 치우지 못한 토사물 위로 서둘러 수건을 떨어뜨렸다. 냄새는 어쩌지 못해도 그 모습만은 감출 수 있을 거라는 생각에서였다. 아버지는 차고 문을 열면서(몇 시간 전 우리가 나갔던 바로 그 문이었다), 몸이 안 좋다니 안됐구나, 등의 말을 건넸다. 뭔가 이웃 같은 말, 사람들이 으레 하는 말이었다. K는 자동차에 타면서 아버지에게 고맙다고 했다. 아버지는 앞좌석에 혼자 탔고, K와 나는 뒷좌석에 함께 탔다. 본능에라도 따른 듯 우리는 떨어져 앉았고, 나는 참지 못하고 그를 계속 힐끔거렸다. 그러나 서로 아무 말도 하지 않았다. 자동차가 출발하고 나서 얼마 되지 않아 나는 아직도 K에게서 냄새가 난다는 것을 깨달았다. 토사물냄새만이 아니라 그의 몸냄새, 땀냄새도 났다. 불쾌하고 강한 냄새였다. 나는 아버지가 그 냄새를 맡는 것이 당황스러웠다. 나는 창문을 조금 내리고 유리창에 머리를 기댔다. 밀려드는 공기는 시원했지만 불결함은 사라지지 않았다. 전에는 늘 나를 기쁨으로 가득 채워주던 K가 이제는 내 수치심과 공기 중에 떠도는 불결함의 일부가 된 듯했다. 그건 단순히 신체적인 더러움이 아니라 그보다 낯설고 묵직한 불결함이었다. 아버지는 거울로 우리를 자주 힐끔거리며 눈을 빠르게 획획 돌리곤 했다. K는 창문을 보고 앉아 있었지만 그 애도 아버지의 경계심과 그 경계심이 공기에 더하는 무게를 느꼈을 게 틀림없었다. 나는 공기를 불결하게 만드는 것이 바로 그 경계심이라는 사실을 깨달았다. 그 경계심 자체가 불결한 것이 아니라, 그 경계심이 우리 안에서 불결함을 발견했기 때문이었다. K는 창문에서 눈을 돌렸지만 나를 보지는 않았고, 괜찮냐는 내 물음에도 대답하지 않았다. 그러나 아버지가 같은 질문을, 내가 물어보는 걸 듣지 못했거나 자기 입술에서 나온 것은 다른 질문이라는 식으로 똑같은 질문을 던졌을 때는 입을 열었다. 그애는 네, 아저씨, 라고 대답했다. 나는 그애가 내게서 돌아서는 것을 느꼈다. 그 불결한 공기 속에서 그가 나를 불결함과 동일시하는 것을 느꼈다. 그는 마치 내 아버지는 건강함이고 나는 오염원이라고 느끼는 것 같았다. 나는 당황했지만 한편으로 놀라지는 않았다. 그것만이 둘이 나눈 유일한 대화였다. 차를 타고 가는 나머지 시간 내내 우리는 침묵했고, K는 집에 도착해서야 내 쪽을 힐끗 보며 고개를 끄덕였다. 그는 아버지에게 고맙다고 인사하고 자동차에서 내려 어머니가 열어준 문으로 서둘러 들어갔다. 아버지가 조수석 창문으로 몸을 숙이며 그녀에게 손을 흔들고서 차를 돌려 진입로에서 미끄러져나갔다. 나는 계속 고개를 돌려 K가 닫고 들어간 문을 보고 있었다. 자동차가 골목 끝의 신호등에서 멈추었을 때, 나는 거울을 통해 아버지의 얼굴을 다시 한번 보았다. 아버지는 나를 지켜보고 있었다. 조금 전처럼 힐끔거리는 감시의 눈길이 아닌 끈질긴 시선이었다. 내가 눈을 마주치자 아버지는 아직도 K의 냄새가 난다는 듯이 인상을 썼다. 공기 중에는 더이상 아무 냄새도 나지 않았다. 나는 아버지를 마주 노려보았다. 나는 아버지가 무언가 말할 거라고 생각하며 잠시 동안 각오를 다졌다. 나는 아버지의 얼굴이 앞으로 내뱉을 말들로 단단해지는 것을 보았다. 하지만 아버지는 신호가 바뀐 것을 보고 다시 운전하기 시작했고, 나는 창문에 머리를 기댄 채 스쳐 지나가는 골목들을 바라보았다. 나는 아버지가 저지른 짓을, 그가 K와 공유한 혐오감을 비난할 준비가 되어 있었다. 그리고 나는 있는 줄도 몰랐던 미개발 구역의 풀밭을, 믈라도스트의 황무지를 가로질러 걸어가며 다시 분노를 느꼈다. 나는 믈라도스트 전체가 엉망이라는 말을 자주 했지만, 이곳은 진정한 쓰레기장이었다. 사람들은 언덕 아래로 쓰레기를 내다버렸다. 유리병이나 캔만이 아니라 타이어와 벽돌도 보였고, 어느 곳에는 트럭이 와서 부어버린 게 틀림없는 깨진 콘크리트 더미까지 있었다. 그때까지 내가 걸은 길들은 모두 건조했고 인도 옆의 땅은 바싹 말라 단단했다. 하지만 여기서는 신발이 흙속에 빠졌다. 나는 계속 정처없이 걸은 끝에 멀리서 봤을 때 꼭 바다처럼 보이던 빽빽한 풀밭에 들어와 있었다. 블로코베는 육지, 풀밭은 물굽이 같았다.

K와 나는 그날 이후로도 한동안 친구로 지냈지만 다시는 그 첫날밤과 같은 밤을 보내지는 않았다. 우리는 서로 좀더 몸을 사렸고 더는 몇 시간씩 연달아 대화하거나 그때처럼 자유롭게 이야기하지 않았다. 이어지는 몇 주에 걸쳐 그의 전화는 점점 뜸해졌고, 내가 전화를 걸면 그는 거의 집에 없었다. 그는 어떤 여자애를 만났다고 말했고, 어쩌다 나와 이야기를 나눌 때면 그애 이야기를 했다. 그들이 서로에게 했다는 이야기 한마디 한마디, 주고

받은 동작 하나하나를 내게 전해주었다. 그가 자신의 감정을 열거하는 동안 나는 늘 그래왔듯 그의 언어를 통해 그를 만나려 했지만, 이제는 그럴 수 없었다. K는 그만의 영토로 물러난 듯했고 나는 그 영토에서 배제되었다. 그는 자기가 거둔 모든 승리와 좌절에 대해서, 그 여자애가 했던 짓궂은 놀이에 대해서 말했다. 자기가 뭘 원할 때마다 그 여자애가 이런저런 행동으로 기다리게 한다고, 그런 시간 끌기조차 언젠가 끝나리라는 확신이 드는 한 매우 즐겁게 느껴진다고. 하지만 몇 주가 지나자 K는 그 여자애나 자신이 통제할 수 없는 시간 끌기가 답답해졌다. K의 어머니가 경계심을 보이며 그들이 갈망하는 사생활 보호를 거부했기 때문이었다. K는 어머니가 늘 자기들을 지켜본다고 말했다. K의 어머니는 방문을 열어두라고 고집을 부렸다. 그들은 언제든지 방해받을 수 있었다. 그렇다고 K가 여자애의 집으로 갈 수도 없었다. 그애 아버지는 더 엄격했고 그곳에서는 키스조차 할 수 없었으니까. 게다가 그때는 겨울이었다. 바깥에서 적당한 장소를, 외지고 낭만적인 장소를 찾는다고 해도 살이 아리도록 추워서 방법이 없다고 했다. 자동차가 있었다면 달랐을 거라고, 그가 말했다. 차가 있으면 언제나 사생활을 보호받을 수 있다고. 하지만 우리는 자동차가 없었다. 운전을 하기에는 너무 어렸다. 이렇게 불가능성의 목록을 늘어놓은 뒤에야 그는 괜찮으면 좀 도와달라고 말했다. 물론 나는 괜찮았다. 그가 내게 도움을 구하는 것이 고마웠다. 이 일을 계기로 우리가 다시 가까워질 수 있을 거라고 생각했다. 너를 위해서라면 뭐든지 할 거야. 나는 말했다. 게다가 그가 부탁한 일은 별것도 아니었다. 그냥 K의 집으로 가서 자리만 지키면 됐다. 그저 K의 방에서 K와 그의 여자친구와 함께 있기만 하면 되는 것이었다. 그러면 K의 어머니도 그렇게까지 경계하지는 않을 테고, 그들은 방해받지 않고 얼마간 시간을 보낼 수 있을 테니까. 단둘이 있을 수 없다면 그게 차선이었다. 너는 나랑 제일 친한 친구니까. 그가 말했다. 그 여자애도, 이제 그가 사랑한다는 그 소녀도 신경쓰지 않을 거라고 했다. K는 여자친구에게 내 얘기를 전부 해주었고, 여자친구가 나를 만나고 싶어한다고 말했다. 그녀는 내가 왜 그 자리에 있어야 하는지 알고 있으며 K 자신만큼이나 그래주기를 바란다고. 부탁할게. 그가 다시 말했다. 내가 이미 그러겠다고 했는데도. 이런 반복은 일종의 예의였다. 당연히 도와주지. 내가 말했다. 이 일이든, 다른 무슨 일이든. 그래서 다음 주말, 나는 K의 여자친구를 만났다. K의 집 부엌에서 만났을 때 우리는 여전히 어색했고 말을 아꼈지만, 나는 그애 얘기를 너무 많이 들어서 이미 그애를 아는 것 같은 기분이 들었다. K의 어머니가 우리에게 음료수를 건네주며 으레 손님을 맞이할 때 그러듯 소란을 떨었다. 물론 우리가 바란 것은 우리끼리 남는 것, 우리의 사생활을 누리는 것뿐이었다. 나는 그 시간을 기대하며 열정과 두려움을 느꼈다. 그리고 내가 알기로 K는 그저 열정만을 느꼈다. 그는 자기 자리에 앉은 채 안절부절못하며 처음에는 나를, 그다음에는 여자친구를 힐끔거렸다. 여자친구와 눈을 마주치면 차마 그녀를 오랫동안 쳐다볼 수 없다는 듯 금방 고개를 돌렸지만 나와 눈이 마주치면 가만히 나를 보았다. 그가 보기에는 내가 더 안전했다. 그는 자신이 느끼는 것을 나와 나눌 수 있었다. 우리가 알았던, 혹은 내가 열망했던 친밀함은 아니었으나 이것 역시 또다른 친밀함이기는 했다. 정확히 내 것은 아니었지만 나도 참여할 수 있는 친밀함. 그는 손가락으로 식탁을 타닥타닥 두드리고 식탁 아래에서 발을 이리저리 움직여댔다. 우리는, K의 여자친구와 나는 이미 서로 소개를 마친 터였다. 그녀는 가날팠고 금발이었으며 그럭저럭 예뻤다. 그녀는 큰 치아를 드러내며 내게 미소 지었다. 나는 그녀가 좋아지려는 마음을 애써 억눌렀다. 하지만 사실은 마음에 들었다. 그애는 친절했고 나와 친해지고 싶어했다. 그녀는 내 얘기를 참 많이 들었다고 말했다. 나를 만나는 순간을 너무 오래 기다려왔다고. 그녀의 이름도 K로 시작했다. 둘은 그걸 가지고, 같은 이니셜인 K를 공유한다는 사실을 가지고 농담을 했다. K와 K. 그들은 자기들 이름으로 일종의 음악을 만들어내며 웃었다. K와 K. 두 사람에게는 이미 둘만의 농담이 있었다. 그들은 K의 어머니 앞에서조차 그 농담을 하며 웃었고, K의 어머니도 그 농담에 웃었다. K의 어머니가 있는 곳에서도 그들이 서로에게 느끼는 감정은 분명히 드러났다. 그들의 감정은 밝고 개방적이었으며, 입지가 확실했다. 극복해야 할 무슨 장애물이 있다 한들 그런 장애물은 그냥 장식품, 모두가 갈채를 보낼 드라마의 배경이었다. 그들의 부모조차 박수를 보낼 것이었다. 그저 못마땅해하는 시늉을 할 뿐, 부모가 정말로 느끼는 것은 청춘의 방종과 자부심과 달콤함이었을 테니까. 그들이 기억하고, 자식을 통해 다시 살아내고, 자식들에게 허락해줄 수 있는 그들 자신의 청춘. K의 어머니가 마침내 우리를 위층으로 올라가게 해주었다. 나더러 애들이 엉뚱한 짓을 하지 못하게 잘 살펴보라고 경고하기는 했지만 말이다. 그녀는 나를 믿는다며 손가락으로 장난스럽게 가리켰다. 나야 그녀가 하는 말이 농담이 아니라고 생각했지만 네, 아줌마, 라고 답했다. 나 역시 세상의 올바름을 이루고 있는 것처럼. K의 여자친구, K, 내가 차례지어 한 줄로 좁은 계단을 올라갔다. K 어머니의 시야에서 벗어나자마자 둘의 손은 서로에게 뻗어나갔다. 나는 그들의 뒤를 걸어가면서 깊고 불안정한 흥분을 느꼈다. 그와 동시에 K의 방에 가까워질수록 두려움도 점점 커져갔다. 나는 내가 느끼는 감정의 무게를 가늠해보듯 잠시 멈추어 섰지만,

K의 목소리가 나를 소리쳐 부르자 서둘러 마지막 계단을 올라간 뒤 모퉁이를 돌았다. 문간에 서서 아리송한 눈으로 나를 바라보는 K가 보였다. 얼른 와. 그가 말했다. 여전히 달뜬, 이제는 더욱 달뜬 모습이었다. 이내 그의 표정이 풀리며 미소가 떠오르자 나는 두려움을 잊었다. 나는 그를 지나쳐 K가 있는 작은 방으로 들어갔다. K는 이미 침대에 앉아 다리를 이리 꼬았다 저리 꼬았다 하고 있었다. 나는 유일하게 남은 빈자리인 K의 책상 앞 나무의자로 향했지만, K가 나를 막았다. 그는 자기가 문을 닫을 때까지 잠깐만 기다려달라고 했다. 아니, 정확히 말하면 어머니가 문을 닫지 못하게 했으니 완전히 닫지 않고, 최소한만 열어놓을 때까지. 그러고는 내게 괜찮으면 그 문 앞에 앉아 있어달라고 했다. 문이 방 안쪽으로 열리게 되어 있으니 내가 둘이 놀라지 않도록 해줄 수 있을 거라는 얘기였다. K의 어머니가 올라오는 소리가 들리면 자리에서 일어나며 일부러 시간을 끌어 두 사람이 자세를 바로잡을 때까지 어머니가 들어오지 못하게 막을 수 있을 테니까. 그는 이번에도 사과했다. 그는 바닥에 앉아달라는 게 과한 요구라는 걸 알고 있었다. 하지만 물론 나는 거절하지 않았다. 그 제안을 환영했다. 내가 해줄 수 있는 일이었으니까. 게다가 그건 내가 둘을 지켜볼 수 있다는 뜻이기도 했다. 문을 등지고 있으면 K의 침대를 마주보게 됐으니 말이다. 나는 그의 방에 한

번도 와본 적이 없었다. 별 특징 없는 여느 십대의 방이었다. 책과 네모난 컴퓨터가 있고 벽에는 축구선수 포스터가 여러 장 붙어 있을 뿐이었다. 그 안에 있는, 조금이라도 흥미로운 물건은 두 K가 앉아 있는 침대뿐이었다. 이불을 정리하지 않아 K가 걷어차 놓은 그대로 발치에 이불이 뭉쳐 있었다. 갑자기 K와 함께 잠들었을 때, 내 곁에 있던 그의 몸에서 뿜어나오던 열기가 날카롭게 떠올랐다. 우리는 잠시 이야기를 나누었다. K는 나를 더 알고 싶다며 내게 말을 걸었지만, 그녀와 내가 이야기하는 동안 K는 조용했다. 나는 그가 불만스러워하고 있다는 걸 깨달았다. 그는 우리가 이야기하는 걸 바라지 않았다. 그러나 K는 고집을 부렸다. 내가 조용해지면 다시 말을 걸며 내 가족이나 학교생활에 대해, 자기가 들은 이야기들에 대해, K를 통해 알게 된 것들에 대해 물었다. 나는 K가 K에게 그렇게 많은 이야기를 해주었다는 사실에, 그녀와의 관계를 강화하는 방법으로 내 이야기를 썼다는 사실에 마음이 쓰렸다. 그것들은 우리가 나눈 비밀이었는데, 이제는 그가 그녀와 나눈 비밀이 되었다. 그녀는 K를 기다리게 하며 계속 이야기를 이어나갔다. 그녀가 질문을 던진 이유가 바로 그것이었다. 그녀의 질문은 K를 기다리게 하는 수단, 그들이 하는 놀이였던 것이다. 결국 K가 침대에서 일어났다. 그는 책상 위 선반의 스테레오로 가더니 음악을 틀었다. 시끄러운 건 아니었다.

소리를 가리려는 의도가 아니라 소리가 나지 않는 것을, 말소리가 들리지 않는 것을 가리려는 의도였으니까. 다시 침대에 앉은 그는 K의 허벅지에 손을 올리고, 허리를 숙여 그녀의 입에 자기 입을 가져다댐으로써 말을 끊었다. K는 거부하지 않았다, 전혀. 그녀는 힘을 풀고 그가 자기 등을 벽에 밀어붙이도록 놔두었다. 둘이 키스하는 동안 나는 내면의 무언가가 꿈틀거리는 것을 느꼈다. 그래서 나는 벽에 꼼짝없이 붙어 있는 포스터들로 재빨리 시선을 돌렸다. 하지만 오랫동안 눈을 피할 수는 없었다. 나는 계속해서 침대 위 둘의 모습에 다시 이끌렸다. 내가 보고 있다는 것을 그들이 알아차리지 못했으면 했다. 하지만 걱정할 필요는 없었다. 둘은 눈을 감고 있었고, 완전히 서로에게 몰두해 있었다. 나는 K를 가지고 놀며 기다리게 하던 K가 지금은 행동을 주도하고 있는 걸 보고 놀랐다. 그녀가 그의 무릎으로 손을 내렸다. 그 모습을 보면서 내 흥분감은 깊어져만 갔다. 흥분감도, 두려움도. 그들은 여전히 입을 맞추고 있었다. 이제는 K의 손이 그의 허리띠에 닿아 있었지만 둘의 입술은 한시도 떨어지지 않았다. 그녀의 긴장감은 사라지고 그 자리를 노련함이, 혹은 노련함처럼 보이는 것이 채웠다. 그렇게 그녀는 한 손만으로 허리띠를 풀었다. K를 기쁘게 하는 방법을 알고 있는 거야. 그녀의 손이 그의 청바지 속으로 미끄러져들어가자 나는 생각했다. 나는 그녀가 청바지 속에서 손을 움직이며 그를 어루만지는 모습을 보았다. 그가 발기한 것도, 천에 닿는 그 형태도 보였다. 갑자기 나는 견딜 수가 없었다. 그들의 몸이 있는 곳, 둘의 욕정이 입에서 합쳐지는 그 공간에 있을 수가 없었다. 어디라도 좋으니 다른 곳으로 가고 싶었다. 그러면서도 여전히 눈을 뗄 수 없었다. 그때까지도 나는 내가 나 자신에게 원하는 것이 무엇인지, 또 그걸 얼마나 원하는지 깨닫도록 허락하지 않았던 것 같다. 마침내 그들은 키스를 멈추었다. K가 입을 떼더니 그의 귀에 뭐라고 속삭인 다음, 사타구니로 머리를 숙였다. 양손으로 그의 청바지 단추를 푼 다음, 손이 있던 자리에 입을 댔다. 나는 두 무릎을 끌어당겨 가슴께에서 끌어안았다. 아무것도 보이지 않았다. 그녀는 고개를 돌린 채 머리카락을 베일처럼 늘어뜨리고 있었다. K는 한 손을 그녀의 머리에 얹었다가 어깨까지 눌러 꽉 잡았다. 나는 그 모습을 얼어붙은 채 지켜보았다. 나는 그때 K의 얼굴을 보았고, 그가 나를 지켜보고 있음을 알았다. 그는 내가 자기들을 지켜보는 것을 내내 보고 있었다. 내가 고개를 들기만을 기다린 것이다. 내가 그에게 들킨 순간, 그는 반기는 기색이나 온기나 우리가 나누었던 그 어떤 것의 흔적도 없이 나와 시선을 마주쳤다. 그러자 내가 무언가를 침범했다는 느낌, 보지 말아야 할 곳을 보고 있었다는 느낌은 희미해져갔다. 나는 이것이야말로 그가 내

내 나에게 보여주고 싶어했던 것이라는 사실을 깨달았다. 나는 그곳에 경비원이 아니라 관객으로 와 있는 것이었다. 그가 나와 얼마나 다른지 보기 위해서, 내 아버지가 그에게 보여주었던 불결함으로부터 그가 얼마나 자유로운지 보기 위해서 그 자리에 있는 것이었다. 그것을 보게 된 지금, 나는 우리의 우정도 수명이 다했다는 사실을 깨달았다. 그때 그가 눈을 감았다. 완전히 몰입한 그는 이 사이로 밭은 숨을 들이쉬며 머리를 뒤쪽 벽으로 젖혔다. 그는 내가 지켜보고 있다는 걸 알았으며 내가 지켜보도록 놔두었다. 일종의 이별 선물 같은 거라고, 나는 계속해서 그의 얼굴과 그 얼굴이 만들어내는 움직임을 지켜보면서 생각했다. 그는 거의 고통스러워하는 것처럼 보였다. 나도 고통스러웠다. 거의 무의식적으로 두 다리 사이에 들어간 손이 내 몸을 꽉 잡았다. 그 순간 이후로 나는 그의 방에서 느꼈던 배제와 욕망의 조합을, 배제의 고통 아래에 깔린 욕망의 충족을 늘 찾아다녔던 것 같다. 가끔은 내가 추구했던 유일한 것이 바로 그것이라는 생각이 든다. 나는 비탈 기슭에서 멀어져, 주변 구역의 지표면을 지나는 모든 물이 흘러드는 경사로 혹은 만 안쪽으로 걸어들어갔다. 다른 모든 곳이 건조한데도 이곳의 땅은 늪과 같았다. 나는 온갖 뿌리와 진흙으로 더럽혀져 있었다. 나는 그곳을 건너갈 수 없다는 것을 깨달았다. 이미 발목까지 잠겨 있었고, 신발은 벌써 엉망이 되었다. 내려왔던 비탈 기슭을 향해 돌아선 나는 최선을 다해 진흙탕을 피하며 계속 걸어갔다. 한낮은 이미 지났는데도 여전히 더웠다. 햇빛은 여전히 내리쬐고 있었지만 이제 한풀 꺾인 상태였다. 내가 걷는 곳에는 인도가 없었다. 콘크리트도, 강철도. 그리고 조용했다. 인간이 내는 소리가 전혀 없었다. 나는 K에 대해 오랫동안 생각해왔다. 내가 그에 대해 느낀 감정은 분노가 아니었다. 그의 행동은 잔인했을지 모르지만 나는 그 잔인함을 이해할 수 있었다. 그는 어린애였고, 필요한 것을 향해 손을 뻗은 것뿐이었다. 앞에 작은 숲이 보였다. 나는 그리로 향하며 발걸음을 재촉했다. 햇빛이 없는 곳으로 가고 싶었다. 그을은 피부가 당기며 화끈거렸다. 늦은 오후의 한풀 꺾인 빛조차 고통스러웠다. 숲으로 다가가면서 나는 어떤 소리를 들었다. 처음에는 어떤 움직임을 느꼈고 이내 그게 물이라는 것을 알아차렸다. 빠르게 흘러가는 물이었다. 머잖아 그 물줄기가 보였다. 숲 사이로 어떤 빛이 보였는데, 바위 위를 가볍게 흘러가는 폭이 넓고 얕은 물줄기였다. 블로코베와 그토록 가까운 곳에 개울이 있다니 놀라웠다. 이리저리 헤매고 다닐 때는 개울의 흔적을 전혀 보지 못했는데. 물가를 걸어가자 내 안의 무언가가 누그러지는 듯했다. 이제 분노보다는 슬픔을 느꼈다. 정확히 무엇에 대한 슬픔인지, 그 슬픔이 나 자신에 대한 것인지 K에 대한 것인지 내가

K 이후로 알았던 남자들에 대한 것인지는 알 수 없었지만. 나는 그중 어떤 남자도 완전히 사랑하지 않았다. 아주 조금 사랑한 사람도 드물었다. 슬픔이 그 모든 것에 대한 슬픔이라는 걸 깨달은 나는 움켜쥐고 또 움켜쥐느라 해져버린 종잇장으로 생각을 돌렸다. 나는 아버지를, 늙고 아픈 아버지를 생각했다. 침대에서 일어나지 못할 만큼 약해진 아버지를 상상했다. 나는 아버지에 대해서도 슬픔이 느껴질지, 내 슬픔이 그렇게 멀리까지 뻗어나갈 수 있을지 알고 싶었다. 지금 동생들은 아버지와 함께 있을지 궁금해졌다. 그애들도 비슷한 메시지를 받았을까? 마음이 여려져서 아버지에게 갔을까? G도 마음이 여려져서 아버지에게 갔을까? 나는 믈라도스트에서의 그날 밤에, 그애 자신에 대한 이야기이기도 하고 나에 대한 이야기이기도 한 아버지의 이야기를 우리에게 해주던 그날에 G가 얼마나 화를 냈는지 떠올렸다. 우리는, 다른 여동생과 나는 오랫동안 G에게 귀를 기울였다. 거리에서 빛이 들어와 여전히 서로가 보이긴 했지만, 마지막 촛불도 결국 꺼진 뒤였다. G는 아버지의 자식 중 가장 어린 아이, 그가 얻은 마지막 자식이었다. 아버지는 자신이 마땅히 사랑받아야 하는 방식으로 그를 사랑해줄 자식을 마침내 얻었다(아마 아버지는 그렇게 생각했을 것이다). 그리고 아버지는 내가 한 번도 들어보지 못한, 자신의 어린 시절 이야기를 G에게 해주었다. 아빠

의 어머니가, G는 그렇게 입을 열었다가 잠시 말을 멈추었다. G는 혹시 이미 아는 얘기야? 라며 종종 그렇게 말을 멈추곤 했다. 하지만 아버지의 과거는 언제나 내게 불투명했다. 아버지는 과거 이야기를 하는 경우가 무척 드물었고, 그 과거는 매우 복잡하게 보였다. 따라가기에는 너무 많은 이복형과 사촌들이 마구 얽혀 있는 이야기였다. 게다가 아버지는 그런 친척들 대부분과 거의 연락을 끊고 지냈다. 핏줄이 글렀어. 아버지는 그들의 이름이 나올 때마다 무슨 대화든 끊고 그렇게 말하곤 했다. 할머니가 얼마나 어렸는지 알아? 내 동생이 말했다. 아빠가 태어났을 때 할머니는 그냥 어린애였어. 겨우 열네 살이었대. 상상이 돼? 아빠가 학교에 다니기 시작했을 때 둘이 같은 버스를 타고 다녔대. 할머니는 졸업 학년, 아빠는 첫 학년. 할머니한테는 다른 자식들도 있었어. 아들 셋에 딸 하나였는데, 딸은 죽었대. 그중에 아버지가 같은 아이는 한 명도 없었고. 할머니 자체가 스캔들이었어. 동생이 말했다. 그런 상황에서 할머니가 어떻게 살았을지 상상이 돼? 나는 G의 이야기를 내가 아는 조그마한 여인과 조화시킬 수 없었다. 내가 아는 할머니는 우리가 일 년에 한 번 정도, 내가 내 할아버지라고 생각했던 남자와 할머니가 같이 사는 집에 찾아갈 때마다 늘 다른 이들과 거리를 두는 사람, 너무도 예의바르고 자기 분수에 만족할 줄 아는 사람이었으니까. 하지만 나는 그 남자가 내 할아버지가 아니라는 걸, 혹은 나와 핏줄로 연결된 사람이 아니라는 걸 알았던 것 같다. 아버지는 그 사람을 늘 이름으로만 불렀으니까. 동생 말이 맞았다. 할머니는 그 마을에서 스캔들이었던 게 틀림없다. 그리고 할머니의 부모에게는 스캔들보다 못한 무엇이었을 것이다. 아버지를 돌봐준 건 할머니의 부모, 그중에서도 아버지의 할머니였다. 미래에 아버지의 비웃음을 당하지 않은 친척은 그녀가 유일했다. 아버지는 자신의 할머니를 늘 '마'라고, 한 음절로 불렀다. 나는 그 여인을 부를 다른 이름을 알지 못한다. 내 기억에 그녀를 만난 적은 딱 한 번, 그녀가 사라지기 직전의 짧은 순간뿐이었다. 그녀는 죽음을 맞이하기 위해 들어갔던 무슨 병원인지 시설에서 아름다운 흰 머리카락을 늘어뜨린 채 시트 위에 누워 있었다. 그게 몇 년도였는지, 내가 그분을 만나러 얼마나 멀리까지 갔었는지, 왜 나만 아버지와 단둘이 있었는지는 기억나지 않는다. 아버지는 나를 들어올려 불가능할 만큼 늙은, 내가 그때까지 본 어떤 사람보다도 늙은 그 여인의 옆 침대에 나를 조심스럽게 내려놓았다. 너무 많은 것을 잊어버린 지금도 그때 그분의 모습은 대낮처럼 생생하게 남아 있다. 침대 한켠에 앉은 아버지는 접시에서 음식을 떠다가 그분이 어린 애라도 되는 것처럼 먹여주었다. 그분이 입술을 꽉 다물거나 그릇에 다시 뱉어내는 식으로 음식을 거부하면 응원하거나 꾸짖는 말을 중얼거리기도 했다. 여러 해 동안 한 번도 생각나지 않았던 그 여인이 이렇게나 선명하게 떠오르다니. 아버지는 그분이 돌아가신 뒤에도 가끔 그분 이야기를 했다. 내가 태어나기 전에 세상을 떠난 자신의 할아버지에 대해서는 한 번도 이야기한 적 없는 사람이 말이다. 아니, 할아버지 얘기를 나한테 한 적은 없었다고 해야 할지도 모르겠다. 동생은 할아버지에 대해서도 알고 있었고, 그날 밤에 자기가 아는 것을 우리에게 말해주었으니까. 매정한 사람이었어. 동생이 말했다. 자기 딸을 어떻게든 잡아보려 했대. 훈육하고, (아마 자기 딴에는) 구하려 했던 거지. 아무 이유 없을 때조차 벌어지곤 하던 할아버지의 폭력은 아버지의 인생을 지배했다. 하긴 딸과 딸의 자꾸 늘어나는 아들들, 줄줄이 늘어선 딸의 남자들과 그들이 남기고 간 아이들이 계속 이유를 제공하긴 했을 것이다. 그 일로 분명 가족이 동네의 이야깃거리가 됐을 테니까. 별다른 뉴스가 없는 작은 동네의 불쾌하고도 즐거운 이야깃거리. 할아버지는 공포의 대상이었어. 동생이 말했다. 할아버지는 딸과 딸의 자식들을 위협했고, 때렸고, 때리는 것 이상의 짓도 할 수 있다고 장담했어. 아빠의 아버지는 할머니보다 나이가 많았어. 둘이 만났을 때 그 남자는 이십대였고 할머니는 그분한테 푹 빠졌었대. 다른 남자들은 자기 아버지한테 반항하려고 만난 걸지 몰라도 첫번째 남자는 단지 그런 이유만은 아니었어. G가 말했다. 여자는 남자를 사랑했고, 남자도 여자를 사랑했어. 그녀는 남자와 어울리기에는 너무 어렸고 자기 아버지가 화를 낼 거라는 걸 알고 있었지만, 사랑에 빠져 있었기에 그 남자와 잤어. 그러고 나서 아빠를 임신한 거야. 그가 그를 죽였어. 그때 동생이 말했다. 우리 아빠가 태어나기 전에, 그가 그를 죽였어. 그전까지 침묵을 지키고 있었던 다른 동생과 나는 이 말에 깜짝 놀라 충격과 불신을 표현했다. G가 우리에게 해준 이야기는 해체된 채 불완전하게 전달되었다. 아빠의 할아버지가 무슨 일이 일어났는지 알았을 때는 겨울이었어. G가 말했다. 폭풍이 몰아쳤어. 폭풍이 불어오는데도 할아버지는 자기 딸을 망친 남자를 찾으러 나갔어. 분명히 망쳤다고 생각했겠지. 그리고 그 남자를 죽였어. 하지만 어떻게 그럴 수가 있어? 내가 동생의 말을 끊고 물었다. 동생은 대답하지 못했다. 동생은 그저 다음 날, 그 남자가 자기 차 안에서 얼어죽은 채로 발견됐다는 것만 알고 있었다. 말도 안 돼. 내가 불쑥 내뱉었다. 아무리 그 동네라고 해도, 어떻게 그런 일이 일어날 수 있어? 아니, 어떻게 그런 일이 일어났는데도 아무 처벌이 없을 수가 있어? 어쨌든 아버지가 이야기를 지어내는 걸 좋아하긴 하잖아. 나는 말을 이었다. 아버지는 늘 별 희한한 일들을 사실이라고 주장했지. 당연히 이것도 아버지가 자주 하던 남부식 괴담 중 하나일 거야. 내가 말했다. 하지만 동생은 아버지가 그 이야기를 할 때의 어떤 모습 때문에 그 일만은 사실이라고, 혹은 아버지만큼은 그 일이 사실이라고 믿는다고 확신하게 되었다고 우겼다. 하긴 나도 중요한 건 아버지가 무엇을 믿었는지라고 생각했다. 그리고 자기 아버지에 대한, 자기 아버지의 부재에 대한 이런 설명을 들었을 때 내 아버지가 아직 어린아이였을지 궁금해졌다. 그 부재가 아버지에게 얼마나 무겁게 느껴졌을지, 그때까지 아버지가 그 사건을 자신에게 어떤 식으로 해명해왔을지도. 나는 누가, 왜 이 이야기를 아버지에게 해주었는지 알고 싶어졌다. 아버지의 어머니가 그의 부아를 돋우려고 한 이야기일까? 아니면 아버지의 할아버지가 그를 겁주려고 한 얘기일까? 게다가, 동생이 말했다. 이 얘기는 그 여자한테 벌어진 일을 설명해주기도 해. 동생이 말하는 그 여자란 아버지의 어머니였다. 그 여자는 그냥 다른 남자들을 만나고 다닌 게 아니라 가장 받아들여질 가능성이 적은 남자들을 찾아다닌 것 같아. 자기 아버지한테 반항하기 위해서만이 아니라 상처를 주려고, 또 자기 자신에게도 점점 더 큰 상처를 입히려고 그 남자들한테 자신을 내줘버린 거야. 그 남자들은 대개 폭력적이었어. 동생은 자기가 들은 이야기를 전했다. 아버지는 기억나는 가장 어린 시절부터 그 남자들을 두려워했고, 자기 할아버지도 무서워했다. 할아버지는 아무 경고도 없이 아버지와 아버지의 형제들에게 분노를 쏟아놓곤 했으니까. 게다가 아버지와 형제들은, 서로 아버지가 다른 이 소년들은 어릴 때나 어른이 되어서나 서로 싸웠다. 그중 한 명은 내가 태어나기도 전에 군대에서 죽었고, 나머지 형제들과 나도 서로 아는 게 거의 없었다. 그들을 만나는 일이 너무도 드물었으니까. 내가 아주 어렸을 때, 아버지는 두세 번인가 우리를 가족모임에 데려갔다. 그리고 그때마다 싸움이 벌어졌다. 순식간에 폭력 사태가 벌어져 그중 한 명 이상이 흙바닥에 나뒹굴고서야 끝났다. 어렸을 때도 그들은, 내 아버지와 아버지의 형제들은 서로 의리가 없었다. 그들은 되는대로 연대할 대상을 바꾸었으며, 한 명을 상대로, 그다음에는 또다른 형제를 상대로 편을 먹었다. 혹은 난데없이 나타나 길게 머무르는 법이 없는 남자들과 친구가 되기도 했다. 무엇보다도 그들은 할아버지의 애정을 갈구했다. 그들은 할아버지를 싫어했지만 그를 필요로 하기도 했다. 어머니가 점점 더 짐승 같은 남자들을 데려왔기에 더더욱. 할머니는 그 남자들한테 상처 입고 싶은 것 같았대. 동생이 말했다. 자기 아들들한테 무슨 일이 벌어지든 상관없는 것 같았고. 어느 날은, 동생이 말을 이었다. 아빠가 아직 어린아이였을 때, 아마 여덟아홉 살쯤 됐을 때 어머니가 고함을 지르는 소리를 듣고 달려나갔다가 어머니가 남동생 중 한 명과 들판에 서 있는 걸 봤대. 그 앞에 그 아이의 아버지가 있었다. 내 아버지는 그 남자가 도저히 참을 수 없을 만큼 화가 나 있다는 걸 알았다. 내 아버지는 그 남자가 자기 어머니를, 처음에는 손바닥으로, 그다음에는 주먹으로 때리는 걸 보고도 놀라지 않았다. 남자는 여자만이 아니라 아이도 때렸다. 한 번이나 두 번이 아니라 여러 차례, 아버지를 겁에 질리게 할 만큼 사납게. 아버지는 차고로 도움을 청하러 달려갔다. 차고에서는 할아버지가 가족 자동차의 보닛 위로 허리를 숙이고 작업하고 있었고. 내 아버지인 그 아이는 할아버지에게 와달라고 소리쳤다. 남자가 어머니와 동생을 때리고 있다고, 자기가(내 아버지가) 겁을 먹었다고. 그랬더니 할아버지가 주변에 있던 공구 중 무거운 렌치를 집어들었어. 동생이 말했다. 그러더니 들판으로 달려가 남자에게 다가가서는 렌치로 그 사람을 내려쳤어. 자기 딸을 두들겨패던 남자를 두들겨팬 거야. 격분해서가 아니라 소름 끼치도록 냉정하게, 여러 번. 딸은 그만하라고 비명을 질렀고, 내 아버지는 또다른 공포를 느꼈다. 그래서 그 남자도 죽인 거야? 다른 동생이 물었으나 G는 대답하지 못했다. 그녀의 모든 이야기가 그렇듯, 이 이야기도 조각보처럼 기워진 불완전한 것이었다. 하지만 그녀는 아버지의 할아버지에게 그날 생긴 상처가 여전히 남아 있다고, 렌치를 잡았던 할아버지의 손바닥에 채찍에 맞은 자국 같은 흉터가 남았다고 말했다. 엔진에 올려놓았던 탓에 렌치가 빨갛게 달구어져 있었다고, G는 말했다. 그렇다고 동작이 느려지지는 않았대. G가 말을 이었다. 상상이 돼? 남은 평생 그 사람은 기형이었어. 그 손 손가락이 항상 약간 구부러져 있었고, 완전히 펴지지 않았어. 하지만 렌치를 움켜쥐었을 때는 동작이 느려지지도 않았다는 거야. 그냥 그렇게, 손으로 렌치를 잡았대. 여기에서 그녀는 자기 손을 들어올렸다. 손바닥을 위로 하고 상상 속 렌치를 손가락으로 감고서, 그 무게에 끌려내려가듯 손목을 살짝 돌렸다. 그녀가 한 이야기는 내게 전부 낯선 것이었지만, 그 모습을 보자 나는 갑자기 현기증이 났다. 아버지가 그 동작을, 바로 그 동작을 하는 모습이 눈에 보이는 듯했다. 예전 어느 순간에 나도 틀림없이 그 이야기를 들었음을, 내가 어렸을 때 아버지가 그 얘기를 틀림없이 해주었다는 사실을 깨달았다. 그 이야기는 내 이야기이기도 했다. 동생이 말을 이어가는 동안 나는 그 사실을 알게 되었다. 그리고 내가 아버지에 대해 얼마나 많은 것을 잊었는지, 지금까지 기억할 수 있는 건 얼마나 되고 얼마나 많은 것을 완전히 잊어버렸는지 궁금해졌다. 플라도스트의 물가에 앉아서, 나는 아버지의 두 모습을 머릿속에 떠올리고 내가 느끼는 감정에 견주어 그것들의 무게를 재보았다. 한 장면 속 아버지는 어린아이였다. 약하고, 모든 아이는 비난받아서는 안 되는 만큼 결국은 비난할 수 없는 존재였다. 그리고 다른 장면에서의 아버지는 늙었고, 도움이 필요했으며, 자신이 망가뜨린 것을 복구하고 싶어했다. 나는 이것들이, 이런 장면들이 내게 어떤 감정을 느끼게 할 수 있을지, 아버지의 부탁대로 내가 아버지를 만나러 갈 수 있을지 알고 싶었다. 하지만 그날의 장면들 중에서, 어린아이인 아버지와 죽어가는 아버지의 모습은 가장 힘이 약했다. 거의 아무런 힘도 없었다. 나는 그 장면들을 붙들고 있을 수 없었다. 아버지의 다른 모습, K가 우리 우정에 종지부를 찍은 이후 아버지가 보인 모습을 떠올리자 그 장면들은 사라져갔다. 그때 아버지는 마침내 나와 인연을 끊었다. 도무지 견딜 수 없는 분위기가 되어버린 그 커다란 집에서, 여러 가지 사건이 오랜 시간 이어진 끝에 벌어진 일이었다. 아버지와 나는 서로에게 거의 말을 걸지 않았다. 어쩌면 우리 둘 다 자신이 할지도 모를 말에 겁을 먹었던 건지 모르겠다. 아버지는 더 자주 집을 비웠다. 더 늦게까지 직장에 머물렀고 출장도 더 많이 떠났다. 무슨 구실만 있으면 나를 새어머니, 그리고 아직 걸음마밖에 떼지 않은 큰동생과 남겨놓고 시카고나 뉴욕으로 향했다. 지금의 나는 새어머니가 얼마나 불행했는지, 아버지가 얼마나 자주 그녀를 버려두었으며 그녀가 얼마나 덫에 걸린 듯한 기분을 느꼈을지 알 수 있다. 새어머니와 내가 싸웠다면, 그건 우리 둘 모두 아버지보다는 서로를 더 안전한 표적으로 여겼기 때문이라는 것도. 우리는 아주 작은 꼬투리만 있어도, 아무 이유가 없어도 서로를 공격했다. 목소리를 높이고 문을 쾅쾅 닫았다. 그러다가 어느 날 밤, 유난히 공격적으로 말다툼을 벌이던 중 나는 그 성격이 더이상 기억나지 않는 어떤 선을 넘었다. 그러자 새어머니가 나더러 나가라고 명령했다. 새어머니는 지하실 계단으로 내려가는 문을 잠갔다. 내가 언젠가 떠날 수밖에 없도록. 나는 새어머니가 제풀에 지칠 때까지 기다리지 않고 빠르게 집을 떠났다. 늘 그랬듯 차고를 통해 도망쳤다. 나는 어머니의 집으로 5~6킬로미터쯤 걸어가는 내내 화가 나 있었지만, 흡족한 기분이 들기도 했다. 아버지와 새어머니는 언제나 내게 벌을 주었지만 한 번도 나를 쫓아낸 적은 없었고, 내가 무슨 잘못을 했든 새어머니의 행동을 정당화할 수는 없었다. 나는 아버지도 나와 같은 생각일 거라고 여겼다. 아버지가 새어머니에게 나를 다시 데려오라고 할 거라고 확신했다. 나는 어머니의 집으로 가서 아버지에게 전화를 걸 생각에 들떠 빠르게 움직였다. 아버지는 뉴욕에 있었고, 나는 아버지가 늘 머무는 호텔 전화번호를 가지고 있었다. 나는 대부분 주말에 어머니를 만나러 갔지만, 미리 이야기하지 않고 가는 경우는 별로 없었으므로 어머니는 문을 열어주면서 분명 무언가 잘못됐다는 걸 알았다. 어머니는 무슨 일이냐고 물었지만 나는 대답하지 않았다. 제 아버지한테 전화해야 해요. 내가 말했다. 그 집에서 우리는 늘 아버지를 그렇게 불렀다. 어머니는 절대로 아버지를 이름으로 부르지 않았으니까. 나는 문간에 가방을 내려놓고(나는 교과서와 외박하는 데 필요한 몇 가지 물건을 가지고 나왔다), 벽에 전화기가 걸려 있는 부엌으로 갔다. 내가 화가 나 있다는 걸 알아챈 어머니는 나를 따라와 무슨 일이냐고 다시 물었다. 아버지한테 전화하기 전에 엄마한테 말해봐. 어머니가 말했다. 진정해야 해. 하지만 나는 진정하고 싶지 않았다. 나는 내가 느끼는, 아버지도 공유할 거라고 생각되는 분노가 마음에 들었고, 아직 그 분노가 뜨겁게 달아올라 있을 때 아버지에게 전화를 걸고 싶었다. 나는 아버지가 나를 위로해줄 거라고, 일을 바로잡겠노라 말해줄 거라고 상상했다. 아버지는 당연하다는 듯 그런 일을 떠맡곤 했으니까. 하지만 아버지가 전화를 받는 순간 이런 자신감은 사라졌다. 아버지는 너무 빠르게, 첫 신호음이 울리자마자 전화를 받았다. 내게서 전화가 걸려오기를 기다리고 있었던 것이다. 그 말은, 새어머니가 이미 아버지와 이야기를 나눴다는 뜻이었다. 아버지의 목소리를 듣고, 나는 아버지가 새어머니의 입장에 설득되었다는 걸 알았다. 나는 어떤 공감도 기대할 수 없었다. 아버지는 내가 새어머니에게 사과하도록 만들 터였고, 나는 그 여자가 만족할 때까지 계속해서 사과하고 또 사과해야 할 것이었다. 치욕스러운 일이 될 거야.

나는 생각했다. 그 여자는 무척 좋아하겠지. 나는 그런 일에 대비하면서도 아버지에게 그 여자의 행동이 얼마나 터무니없었는지 말하기 시작했다. 내가 사는 곳이잖아요. 나는 아버지에게 말했다. 날 그냥 쫓아내면 안 되죠. 나는 한동안 말을 이어갔고, 아버지는 한마디 대꾸도 없이 들었다. 아버지의 존재감이 그렇게 선명하게 느껴지지만 않았다면 전화가 끊겼다는 생각을 할 정도였다. 아버지의 침묵에 나는 의도하지 않았던 어떤 곳으로 이끌려가는 것만 같은 기분이 들었다. 내 무덤을 내가 파는 듯한 기분. 그래서 나는 말을 뚝 멈추고, 아버지의 침묵에 기대며 아버지가 말하기를 기다렸다. 한참이 지났다는 생각이 들 때까지 기다렸다가 마침내 다시 입을 열었다. 날 다시 집으로 부르라고 해요. 내가 아버지한테 말했다. 명령문을 쓰기는 했으나 패배감이 담긴 말투였다. 꾸중이야 듣겠지만 충분히 사과만 하면 그들이 당연히 나를 다시 받아주리라고 생각했다. 그곳은 내 집이었고, 내가 태어난 세상에서 아이들이 그냥 쫓겨나는 일 따위는 벌어지지 않았으니까. 날 다시 집으로 부르라고 하세요. 내가 말했다. 아버지는 아무 소리도 내지 않았다. 나는 아버지가 의자에서 꿈지럭거리는 소리를 들었다. 그런 뒤 아버지가 숨을 내쉬었다. 거의 한숨 같은 소리였다. 화가 나 있지도, 슬퍼하지도 않는 무감정한 소리. 그러더니 아버지는 전화를 받은 이후 처음으로 입을 열었다. 만약에, 아버지는 그렇게 말하고 앞으로 선언할 문장보다 아주 조금 더 길게 침묵을 지켰다. 네가 너 자신에 대해서 한 말이 사실이라면 난 너를 내 집에 반갑게 맞아들일 수가 없다. 이제는 내가 조용해질 차례였다. 처음에는 아버지가 한 말이 무슨 뜻인지 몰랐기에, 그다음에는 그 말뜻을 이해했기에. 나는 무언가가 시작되는 느낌을, 엄청나게 무거운 무언가가 풀려나와 움직일 수 있는 유일한 방향으로 움직이는 듯한 느낌을 받았다. 무슨 말이에요. 내가 마침내 말했다. 그러자 내 아버지는 대답했다. 자기들이, 새어머니와 아버지가, 내 방에서 공책을 발견했다고 말해주었다. 나는 아버지가 무슨 공책을 이야기하는 건지 알고 있었다. 그건 쓰기 시작한 지 얼마 안 되는 일기장, K에 대해서나 그의 방에서 내가 느낀 것, 그곳에서 내가 나 자신에 대해 알게 된 것에 관해 적어둔 일기장이었다. 나는 그 일기장을 조심스럽게 숨겨두었다. 만일 그들이 일기장을 발견했다면 그건 일기장을 찾아서 내 방을 뒤졌기 때문이었다. 아버지는 이 점에 대해서 아무 설명도, 해명도 하지 않았다. 아버지는 그저 새어머니와 함께 일기장을 발견했고 그 일기장에 내가 적어둔 내용을 봤다고만 말했다. 몇 주 전에 그 내용을 읽어봤다고. 나는 그들이 나에 대해 알게 된 사실이 그 둘을 한편으로 만들었음을 깨달았다. 그들은 동맹 전선을 구축하고 있었다. 나는 그들이 이런 정보를 활용할 최고의 방법을 모략하느라 몇 주를 보냈을 거라 상상했다. 내 방을 뒤진 사람은 분명 새어머니일 것이다. 아버지는 절대 그런 귀찮은 일을 할 사람이 아니었다. 그리고 아버지가 말하는 동안, 나는 그 여자의 손에서 완전히 놀아났다는 사실을 깨달았다. 사실이냐? 아버지가 말을 마치며 물었다. 내게 선택권을, 혹은 선택권 비슷한 것을 준 것이다. 아버지는 그게 말해버리고 나면 사라지는 것, 바로잡힐 수 있는 것이라도 되는 양 내게 그런 제안을 했다. 하지만 나는 그것이 말만으로 없던 일이 되지 않는다는 걸 알고 있었다. 그걸 말로 털어버린다는 것은 나 자신을 말로 털어버린다는 것과 같은 뜻이었다. 달리 무슨 뜻일 수 있었을까. 그래서 나는 네, 라고 말했다. 나 자신에 대한 소유권을 주장했다. 사실이에요, 네. 아버지는 다시, 이번에는 날카롭게 숨을 내쉬었다. 그래서 나는 아버지가 입을 열기도 전에 움찔했다. 손에 담배를 들고 개수대 앞에 서서 나를 지켜보던 어머니의 몸이 점점 굳어가는 게 보였다. 이제 아버지는 다른 말투로, 거의 다른 목소리로 말했다. 나는 그게 아버지 자신의 어린 시절 목소리라고 생각했다. 아버지가 보통 감추려고 그토록 애쓰는, 흙이 텁텁하게 묻어나는 목소리. 그러니까 어린 남자애들을 좋아한다는 거지, 그 목소리가 말했다. 거의 본능으로 이루어진 목소리. 한때 아버지가 내게 던졌던 시선, 한때 공기를 더럽

혔던 그것의 목소리. 나는 어렸으나 아버지가 한 말이 터무니없다는 걸 알고 있었다. 나 자신이 어린 남자애였는데, 대체 아버지가 무슨 이유로 날 비난한단 말인가? 하지만 지금은, 앞으로 내가 될 수 있는 모습에 대해 아버지가 이해할 수 있는 유일한 방식이었다고 생각한다. 나라는 인간은 그런 모습 속으로 사라져버렸다. 아무튼 그 말이 터무니없다는 건 중요하지 않았다. 나는 이미 울고 있었다. 눈물로 엉망이 되어 있었다. 어머니가 내게로 다가오려 하자 나는 물러나라고 손짓하며 어머니에게서 등을 돌렸다. 나는 눈물이 부끄러웠고 거의 숨을 쉴 수가 없었다. 내가 그에게 할 수 있는 말이라고는 하지만 난 아버지 아들이잖아요, 뿐이었다. 그게 내 유일한 주장이었다. 나로서는 결코 하고 싶지 않았던 말이었다. 아버지는 무시하는 듯한 소리를, 거의 웃음소리를 내더니 다시 말했다. 전에는 한 번도 들어본 적 없는 으르렁거리는 듯한 목소리였다. 아버지는 퍽이나, 라고 말했다. 그러고는 말을 이었다. 멈추지 않고 말했다. 호모 새끼. 아버지가 말했다. 내가 미리 알았으면 넌 절대 태어나지 못했을 거다. 난 네가 역겨워. 아버지가 말했다. 그거 알아? 난 네가 역겨워. 어떻게 네가 내 아들일 수가 있지? 아버지가 이런 말을 하는 걸 들으면서 나는 나 자신에 대한 소유권을 주장한다 한들 나 자신이라고 부를 만한 것이 아무것도 없다는 사실을, 아예 존재하지 않거나 거의 존재하지 않는다는 사실을 알아가는 기분이었다. 나 자신이 녹아내리는 것 같았고 내 눈물은 겉으로 드러난, 그런 녹아내림의 표시인 것 같았다. 아버지는 계속 말하고 있었다. 아직도 하고 싶은 말이 있는 듯했다. 하지만 나는 수화기를 다시 벽에 걸고, 거의 움켜쥐듯이 붙들고 잠시 서 있었다. 그때 어머니가 부엌을 가로질러와서 등에 손을 얹었다. 나는 벽에 머리를 기댄 채 어머니에게서 얼굴을 숨겼다. 여전히 울고 있었으나 충격이나 슬픔보다는 분노를, 분노보다 더한 것을 느꼈다. 나는 격노했고, 그 노여움은 녹아내리지 않을 무언가로 나를 가득 채웠다. 그때 느낀 분노가 아니었다면 난 무엇이 되었을까. 나는 물을 내려다보며 서서 생각했다. 지금까지도 느껴지는 이 분노가 없다면. 분노는 썰물처럼 빠져나가기도 하고 밀물처럼 밀려들기도 하지만 언제나 그 자리에 있다. 그 분노 탓에 갖지 못하게 된 것이 무엇인지는 모르겠다. 하지만 그 분노가 없었다면 나는 나 자신을 잃어버리고 말았을 것이다. 나는 손을 들었다. 내 손에는 많은 시간이 흘러 이제는 그저 곤죽에 지나지 않게 된 종이뭉치가 들려 있었고, 그 손에서 힘을 푸는 데는 노력이 필요했다. 하지만 나는 종이가 개울로 떨어지도록 내버려두고 물이 그것을 실어가는 것을 보았다. 나는 답장을 보내지 않을 것이다. 다시는 아버지를 보지 않을 것이다. 아버지의 죽음을 애도하거나 아버지의 무덤에 흙을 뿌리지 않을 것이다. 나는 잠시 물을 지켜보며 서 있었다. 얼마나 오래 있었는지는 잘 모르겠다. 아무튼 나는 물소리를 뚫고 들려오는 먼 곳의 소리에 깜짝 놀랐다. 귀에 거슬리는 땡땡거리는 소리. 나는 잠시 후에야 그게 종소리라는 걸 알아챘다. 탑에 걸려 있을 법한 커다란 종. 나는 믈라도스트에 그런 탑이 있는 줄 몰랐다. 믈라도스트는 공산주의자들이 지은 도시라 교회가 없었다. 지금까지도 예배를 드릴 만한 공간은 작은 판잣집, 미국인 선교사들이 임차한 강당뿐이었다. 나는 믈라도스트에서 그런 소리를 낼 수 있을 만한 건물을 전혀 몰랐다. 웅장하고도 사랑스럽지 않은 소리, 밧줄을 한 번 당길 때마다(이건 내 상상이었다) 종 하나가 연달아 두 번 빠르게 울리는 소리, 물과 숲 위로 비스듬히 굴러가는 소리. 나는 그 소리가 나는 쪽으로 얼마쯤 걸어가다가 땅이 매끄러워져 있는 것을 느꼈다. 땅은 오르막을 따라 이어진 좁다란 길이 되었고, 울퉁불퉁한 돌들도 마침내 벽돌이 되었다. 믈라도스트의 거리에서는 보기 드물게 티 하나 없이 깔끔한 벽돌이었다. 오르막을 따라 길이 시작되는 지점에서 오른쪽의 낮은 돌벽은 다른 벽, 석고로 만들어진 눈부시게 흰 벽과 합쳐졌다. 블로코베 뒤에 틀어박힌 그곳은 규모가 크고, 오래되긴 했지만 완벽하게 관리되고 있는 단지 같았다. 길에 깔린 벽돌들은 나이가 많았다. 그 위로 늘어진 나무들도 마찬가지였다. 나는 소리를 쫓아갔다. 이제는 종소리가 벽 너머 꽤 가까운 곳에서 들려왔다. 길은 점점 넓어지다가 자동차 한 대가 지나갈 수 있을 만큼 커졌고, 나는 이 길이 분명 도로까지 쭉 이어진다는 걸 깨달았다. 벽에는 대문이 있었다. 쭉 이어진 돌벽 가운데에 날개 두 짝이 펼쳐져 있는 듯했다. 문은 닫혀 있었지만 문짝 양옆에 십자가 모양 구멍이 있었고, 종소리가 멈추자 나는 그 구멍을 통해 안의 부지를 들여다보았다. 작은 건물들과 좁은 길들이 녹색 공간 전체에 펼쳐져 있었다. 그곳은 어떤 공동체였다. 교회가 아니라 수도원이었다. 이 구역보다 나이가 많은 수도원. 인근이 그저 시골이었을 때, 소피아가 갈 만한 거리에 있긴 하지만 아직은 충분히 멀리 떨어져 있던 시절에 지어진 게 틀림없었다. 그러니까 나는 기도하라고 부르는 소리를 들은 셈이었다. 다만 안에서는 아무 움직임도 보이지 않았다. 이 나라에는 어디에나 수도원이 있었다. 대부분의 수도원은 수도사 한 명, 혹은 두 명이 지켰다. 다른 모든 곳에서 그렇듯 이곳에서도 그들은 멸종위기였다. 그런데도 누군가는 기도하라고 종을 쳐서 사람들을 불렀다. 근처의 누구도 대답하지 않는데도. 나는 길을 따라 도로까지 간 다음 집으로 가는 길을 찾을 생각으로 다시 출발했다. 나는 학교로 돌아가지 않을 생각이었다. 곧장 집으로 가고 싶었다. 하지만 길모퉁이를 또 한번 돈 다음 나는 다시 멈추었다. 왼편에 공터가 있고, 길가에서 말 한 마리가 수레에 매인 채 풀을 뜯고 있었다. 플라도스트에서는 말이 흔했다. 집시들이 이리저리 돌아다닐 때 말을 타고 다녔다. 하지만 나는 돌보는 사람이 아무도 없는 말은 한 번도 본 적이 없었다. 아무도 보이지 않았다. 어쩌면 결국 누군가는 기도하라는 부름에 응한 건지도 몰랐다. 말은 딱했다. 병약해 보였고 여윈 모습이었다. 툭 튀어나온 갈비뼈 위로 가죽이 헐겁게 늘어져 있었다. 나는 그 말이 비참함의 초상일지도 모른다고 생각하며 녀석에게 다가갔다. 그러나 말은 나름대로 침착하게 풀을 뜯고 있었다. 녀석은 바위투성이 흙 위로 듬성듬성 돋은 풀 다발을 물어뜯었다. 나는 몇 분 동안 그 말을 지켜보다가 녀석의 옆구리에 손을 얹었다. 옆구리는 짙은 색이었고 햇볕을 받아 아주 뜨거웠다. 거의 만지기가 힘들 정도였다. 나는 말이 갑자기 한숨을 쉬는 것을 느꼈다. 녀석은 몸을 조금 들썩이며 짐을 부리듯 빠르게 숨을 내쉬었다. 이제 보니 녀석은 매여 있지 않았다. 선택만 하면 언제든 정처 없이 떠날 수 있었다. 하지만 물론 그 말은 갈 곳이 아무데도 없었다. 아마 수레도 무거웠을 것이다. 그리고 녀석이 서 있는 곳에는 아무리 빈약하더라도 무언가 가질 것이 있었다.

III
매독

노크 소리가, 빠르고 확신에 찬 그 소리가 들려왔을 때 나는 놀라지 않았다. 가스레인지에 직접 만든 간단한 식사를 데우던 내 손은 흔들리지 않았다. 등뒤의 창문 너머로 어둠이 내렸지만 늦은 시간은 아니었다. 2월이라 일찍 날이 저물었다. 사기가 떨어질 정도로 온화했던 계절은 매섭고 혹독한, 기록상 가장 추운 겨울이 되었다. 사나운 바람에 맨살이 드러난 곳마다 불에 덴 듯 화끈거렸다. 그는 거리 쪽의 공동현관 초인종을 누르지 않았다. 그랬다면 나도 미리 알고 준비를 할 수 있었을 텐데. 나를 놀라게 하는 것이 자기에게 유리하다고 생각한 게 틀림없었다. 나는 누군가 잠긴 공동현관을 드나들기만 기다리며 최선을 다해 바람을 피하면서 담배를 꽉 물고 있는 그를 상상했다. 쓸데없는 짓이었다. 공동현관 초인종을 눌렀어도 나는 우리집 현관문을 여는 것 만큼이나 빠르게 그를 들였을 테니까. 숨을 고르느라 문고리에 손을 얹은 채 잠시 멈추기는 했지만, 나는 현관문 보안 렌즈의 작은 덮개를 열어보지도 않고 잠금장치를 풀었다. 미트코를 마지막으로 본 날로부터 거의 이 년이 지났을 때였다. 나는 바르나에서 돌아온 뒤 다시는 그를 보지 않으려 내가 할 수 있는 모든 일을 다 했다. 페이스북과 스카이프에서 그를 차단했고, 이메일과 핸드폰에서도 그를 지웠다. 사실 이런 것들은 나 자신을 막으려는 수단이었다. 발작처럼 일어나는 회한 속에 그를 찾는 일이 어려워지기를 바랐다. 나는 그를 자주 생각했고, 꿈속에 종종 그가 나타나기도 했다. 그 꿈은 눈을 뜨고 있을 때의 어떤 경험보다도 나를 흥분시켰다. 그러나 내가 한 일이 후회되지는 않았다. 그에 대한 그리움보다 그가 떠나버렸다는 사실에서 느껴지는 안도감이 더 컸으니까.

문을 열었을 때 복도는 어두웠다. 복도 조명에는 타이머가 설정되어 있었다. 미트코가 계단 맨 밑에서 스위치를 눌렀다면 분명 시간이 지나면서 조명이 꺼졌을 것이다. 아니, 어쩌면 미트코는 어둠도 자신에게 유리하다고 생각했는지도 모른다. 나는 아파트에서 흘러나와 맞은편 벽을 간신히 비추는 빛으로만 그를 볼 수 있었다. 그 벽에 미트코가 기대고 있었다. 내가 문을 열어주기를 오랫동안 기다렸던 것처럼, 혹은 기다릴 준비를 하고 있던 것처럼. 그는 허리를 펴고 빛 속 깊숙한 곳으로 들어왔다. 나는 그가 추위를 막을 만한 옷을 하나도 입고 있지 않은 것을 알아차렸다. 얇은 재킷과 찢어진 청바지를 입고 있었으며 캔버스 신발은 완전히 젖어 있었다. 면도도 하지 않고 너저분한 모습이었다. 원래 깡마른 체격이긴 했지만 예전보다 더 야위어 있었다. 그는 나와의 마지막 만남 이후 여러 달이 흐르는 동안 왠지 모르게 닳아버린 것만 같았다. 그는 어깨를 푹 수그리고 두 손을 주머니에 단단히 찔러넣고 있었다—나는 그 손이 끊임없이 움직이는 것을, 늘 무언가 심심풀이를 찾고 있던 것을 떠올렸다. 도부르 베체르. 그가 말했다. 자기 처지를 잘 모르겠다는 듯 존댓말을 썼다. 나도 같은 말투로 그에게 똑같은 인사말을 돌려주었다. 하지만 나는 그를 만난 것이 불쾌하지 않았다. 미트코를 보자 내 감정을 단단히 통제하고 싶다는 욕망과 그의 상태에도 불구하고 마음속 무언가가 철렁했다.

우리는 서로를 바라보며 잠시 서 있었고(미트코의 눈에 비친 나는 어떨지 궁금해졌다. 내 모습은 지난 이 년에 대해서 어떤 이야기를 들려줄까?), 그다음에는 미트코가 갑자기 고개를 살짝 치켜들며 내 등뒤의 아파트를 가리켰다. 모제 리. 그가 말했다. 들어가도 돼? 나는 입구에서 물러나며 그에게 들어오라고 손짓했다. 그럼요, 자포브야다이테, 들어오세요. 나는 존댓말을 사용했다는 걸 너무 늦게 깨달았다. 그 바람에 나의 초대는 미트코를 환영하는 동시에 밀어냈다. 그는 앞으로 한 발 나오며 그때에야 손을 내밀었다. 그의 손아귀는 내가 기억하는 그대로였다. 힘이 있으면서도 다정했다. 단, 처음 만났을 때의 그 열정적이고도 상대를 무장해제시키는 시선으로 나를 마주보지는 않았다. 대신 그는 서로 맞잡은 우리의 손을 내려다보았다. 그의 손은 내 손보다 갈색에 가까웠고, 손가락 끝은 넓적하고 뭉툭해서 거의 네모났다. 그는 허리를 숙여 신발끈을 풀었고 나는 그의 냄새를 맡았다. 축축하고 씻지 않은 냄새, 알코올의 악취를 머금은 냄새. 나는 그를 따라 방으로 들어갔다. 아무것도 변한 건 없었다. 여전히 창가에는 헐벗은 탁자가 있었고 벽 앞에 초라한 소파가 놓여 있었으며 그 위쪽에는 소피아의 거리 지도가 핀으로 꽂혀 있었다. 미트코는 가스레인지 쪽을 힐끗 보더니 미안, 저녁 먹고 있었구나, 내가 방해했네, 라고 말했다. 전에는 한 번도 본 적이 없는, 왠지 거슬리는 그의 예의바른 태도에 놀란 나는 호기심어린 눈으로 그를 쳐다보았다. 대체 내가 어떤 기분일 거라고 생각하기에 이런 식으로 나를 기쁘게 하거나 달래려는 건지 궁금했다. 아니면 다른 이유에서 그러는 걸지도 몰랐다. 존엄성을 갖추려는 것일 수도 있었다. 뭐든 그를 그토록 심하게 닳아빠지게 만들고, 결국 내 집 문 앞까지 오게 만든 것에 맞서 자신을 떠받치려는 것이다.

그는 팔짱을 끼고 팔짱 아래의 두 손은 꽉 쥔 채 방 한가운데에 서 있었다. 그는 몸을 앞뒤로 흔들어댔는데, 긴장해서 그러는 건지 온기가 필요해서인지는 알 수 없었다. 오래 못 봤네. 마침내 내가 변변찮게 인사를 건넸다. 어떻게 지내? 그 말에 미트코는 눈을 들었다. 하지만 잠깐뿐이었고 고개를 완전히 든 것도 아니라서 꼭 밑에서 나를 올려다보는 것만 같았다. 나 별로 안 좋아. 그가 말했다. 그러더니 좀더 단호하게, 상태가 나빠, 형하고 얘기해야 해, 형한테 할 얘기가 있어서 왔어, 라고 말했다. 안 올 사람도 많겠지만. 그가 말했다. 미국인이잖아, 자기 걱정은 자기가 알아서 하라고 해, 라고 말할 사람도 많을 거라고. 하지만 나는 그놈들과 달라. 무슨 소리야? 내가 물었다. 뭔데 그래? 앞으로 닥칠 일에 대한 짜증스러움과 공포가 동시에 느껴졌다. 그다음부터 나는 그가 하는 말을 더이상 따라가지 못했다. 말이 너무 빠르고 불분명해서 같은 말을 반복할 때조차 갈피를 잡을 수 없었다. 단어는 알아들었지만 그것들을 진정으로 이해하지는 못했다. 나는 패배감에 두 손을 들었다. 미트코가 답답해한다는 걸 알 수 있었다. 뭔지는 몰라도 지금 하는 이야기를 꺼내기가 미트코에게도 힘든 일이었음이 느껴졌다. 미트코는 그 말을 하기 위해서 무언가를 극복한 것만 같았으며, 극복해냈는데 결국 아무 말도 하지 않은 셈이 되다니 참을 수 없는 듯했다. 그는 소파에 앉아 다리를 쩍 벌리더니, 허리를 숙이고 내가 커피 테이블에 올려두었던 노트북을 열었다. 써줄게. 그가 나더러 옆에 앉으라고 손짓하며 말했다. 나는 그렇게 했다. 그를 만질 생각은 없었지만 그의 곁에 있다는 사실이 흥분됐다. 어떤 도발이든 뿌리치겠다고 마음먹고 있었음에도.

화면이 켜지고 보니 인터넷 브라우저가 떠 있었다. 미트코는 주소창에, 그 창 전체에 글자들을 한 줄로 주욱 타이핑해나가기 시작했다. 그는 타자가 느렸다. 양손의 한 손가락씩만을 썼고 나로서는 여러 해가 지나서야 조금씩 읽을 수 있게 된, 채팅방에서 소리나는 대로 쓰는 단어나 약어 같은 것을 사용했다. 하지만 이제는 그의 이야기를 충분히 알아들을 수 있었다. 불안감이 깊어지면서 나는 미트코가 몇 단어마다 한 번씩 입력을 잠시 멈추고 라즈비라슈 리? 라고 물을 때면 알겠다는 뜻으로 고개를 좌우로 흔들었다. 읽어보니 미트코에게 문제가 생긴 건 며칠 전이었다. 전에는 한 번도 없었던 일이었다. 그는 사타구니에 통증을 느꼈고, 그의 성기에서는 흰 분비물이 나왔다. 그가 타이핑을 하는 동안 희한하고 부적절하게도, 나는 그가 수도꼭지가 샐 때 쓰는 것과 같은 단어인 테체라는 단어를 썼다는 사실을 의식했다. 그리고 나는 이런 단어의 세세한 용법을 머릿속에 넣어두었다. 내가 느끼는 공포에서 잠시 한눈을 팔기 위해서였다. 그랬구나. 내가 잘 따라오고 있는지 확인하려고 미트코가 잠깐 타이핑을 멈추었기에 나는 말했다. 병원에는 가봤어? 그는 고개를 끄덕이며, 다시 키보드 위로 허리를 숙이고 병원에 가서 피를 뽑았고, 매독에 걸렸다는 얘기를 들었다고 썼다. 아. 나는 아무 생각 없이 뒤로 물러나며 말했다. 전염될세라 무섭기도 했지만 매독이라는 단어 자체에 대한 반사작용이기도 했다. 오직 책을 통해서만 알고 있는 그 19세기의 질병이 두려웠다. 내 머릿속에 가장 먼저, 즉각적으로 생생하게 떠오른 생각은 여행을 떠난 플로베르에 대한 것이었다. 완전히 젖은 붕대를 갈기 위해서 말인지 낙타인지에서 내려왔다는 플로베르의 이야기를 책에서 읽은 적이 있었다.

미트코가, 내가 거짓말하는 것 같아? 라고 날카롭게 말하며 자리에서 일어난 걸 보면 그는 내가 자기 말을 믿지 못해서 움찔했다고 생각한 게 틀림없었다. 네 말 믿어. 나는 빠르게 말했다. 나는 그의 손이 허리춤에 있는 것을 보았다. 당연히 믿어. 그럴 필요 없어. 하지만 미트코는 이미 허리띠를 푼 뒤였고, 펄럭거리는 데님 천을 고정시킨 안전핀을(단추와 지퍼가 모두 떨어지고 없었기에 꽂아둔 것이었다) 잠시 만지작거리더니 단 한 번의 빠른 동작으로 청바지와 속옷을 모두 무릎까지 내렸다. 나는 이런 순간에 그가 어떻게 이 정도로 태평할 수 있는지, 그런 식의 노출이 미트코에게 얼마나 의미 없는 것인지 확인하고 다시 한번 놀랐다. 그리고 그의 성기를 보고 싶은 마음을 참을 수 없었다. 내가 너무 잘 아는, 내가 아는 그대로의 묵직하고 긴 성기. 질병의 흔적은 전혀 없었다. 나는 그것을 보고 싶어하는 나 자신의 조바심에 놀랐다. 미트코는 한 손으로 성기를 잡고 두 손가락으로 뿌리 부분을 꽉 쥐더니 위로 천천히 밀어올렸다. 그건 내가 섹스의 마지막 행위라고 기억하는 동작, 욕망의 물질을 마지막 한 방울까지 짜내는 동작이었다. 나는 단 한 방울의 분비물이, 뿌연 흰색 분비물이 그 끝에서 나오는 모습을 지켜보았다. 분비물은 사실 정액과 구분하기 어려웠다. 어쩌면 내가 거부감을 느낀 이유도, 미트코가 다른 손의 검지를 써서 너무도 진주 같은 그 분비물을 모았을 때 속이 뒤집힐 것 같았던 이유도 바로 그 유사함 때문이었을지 모른다. 역겨움을 느끼면서도 나는 그 분비물을 진주와 비교하지 않을 수 없었다. 미트코도 나름대로 역겹다는 표정을 지었다. 가드노. 그가 말했다. 역겨워. 그는 오염된 두 손을 몸에서 멀리 떨어뜨린 채 어색하게, 성기를 달랑거리며, 청바지는 여전히 무릎께에 둔 채로 화장실로 걸어갔다. 나는 그때서야 누렇게 변색된 속옷 앞부분이 갈색으로 얼룩져 있는 걸 알아차렸다. 꼭 만성 요실금 같은 것을 앓고 있는 듯했다. 나는 실제로 그랬을 거라고 생각한다. 깔끔한 미트코의 성미를 떠올린 나는 자기 자신이 그런 오염의 근원지가 되고 말았다는 게, 그런 더러운 것이 자기 몸에서 제멋대로 흘러나온다는 게 그에게는 참 끔찍한 일일 거라고 생각했다. 그는 화장실에서 꽤 시간을 들여 두 손을 씻은 다음 까치발을 딛고 몸을 앞으로 숙여 성기 끝을 흐르는 물에 갖다댔다. 나는 그때까지도 소파에 앉아서 그를 지켜보았다. 그렇게 미트코는 휴지로 자기 몸을 닦은 다음 속옷을 다시 입었다. 속옷이 원래 자리로 돌아가기 전까지, 최대한 그 천을 자기 살갗에서 멀리 떼어놓으면서.

그는 거실로 돌아와 다시 내 옆에 앉았다. 심각하네. 내가 말했다. 마음이 안 좋다. 그는 동의한다는 뜻으로 고개를 저었다. 그런 다음 나를 보았다. 형은 아무 문제 없었어? 그가 물었다. 이런 문제 말이야. 나? 나는 놀라서 말했다. 당연하지. 응, 전혀 없었어. 병원에서는, 그가 말을 이었다. 내가 오래전에 이 병에 걸렸대. 그래서 형한테 말해주려고 온 거야. 형도 검사를 받아봐야 해. 그의 말에 나는 동의한다는 뜻으로 고개를 끄덕였다. 알겠어. 내가 말했다. 받아볼게. 나는 크게 걱정하지 않았다. 미트코와 만난 건 이 년 전 일이었고, 그동안 내게는 주의할 만한 상황이 전혀 벌어지지 않았다. 미트코의 증상처럼 극적인 일은 확실히 없었다. 하지만 내가 몇 년 동안 아무 검사도 받지 않은 건 사실이었다. 젊은 시절 지속적으로 느꼈던 공포는 일종의 부주의에 자리를 내주었다. 일반적인 예방책은 대체로 취했지만 이런 부주의가 무책임한 건 분명했다. 하지만 그 생각은 굳이 하지 않으려면 얼마든지 피할 수 있었다. 다른 사람들은 거의 형한테 말해주지 않았을걸. 미트코가 다시 말했다. 다른 사람이라면 내가 그 자식한테 뭐 빚진 게 있다고? 씨발 혼자 알아서 하겠지, 라고 말했을 거야. 하지만 난 안 그래. 그가 말을 이었다. 형은 내 친구야. 나는 한 번도 형이 친구가 아니라고 생각해본 적 없어. 그가 말했다. 이번에는 어조를 살짝 바꾸어 좀더 친밀하게 말했다. 이 역시 다른 말투, 내가 전에는 한 번도 들어본 적이 없는 말투였다. 회고하는 듯하고, 거의 후회하는 듯한. 물론 그 말투를 완전히 믿지는 않았다. 그를 내게 되돌아오게 한 것이 그의 양심뿐은 아닐 터였다. 형 후회해? 그때 그가 말했다. 한층 더 친밀해진 말투였다. 그때 바르나에 왔던 거 후회해? 처음에 나는 대답하지 않았다. 그날 밤 내가 얼마나 겁에 질렸었는지 떠올랐다. 우리 사이의 거짓된 역사 전체가 생각나기도 했다. 너무도 자주 곱씹다보니 더욱 거짓이 되어버린 역사. 아니. 내가 말했다. 후회 안 해. 그 말은 사실이었다. 너는? 내가 말했다. 미트코는 한 차례 빠르게 움찔하며 고개를 쳐들었다. 고개를 끄덕였다고 보기는 어려웠다. 네, 네 수잘야밤. 집에 온 이후 처음으로 그가 미소 지었다. 내 기억 속의 그 열의에 찬 미소가 아니라 분위기를 가볍게 하려는 미소였다. 라드밤 세. 그가 말했다. 형이 후회 안 한다니까 좋네. 그러고는 내 무릎에 손을 얹었다. 딱히 유혹하려는 동작은 아니었다. 그의 질병이 그런 유의 생각을 전부 차단했다. 단지 관계를 다시 세우려는 손길이라고, 나는 생각했다. 앞서 그만두었던 것을 언젠가 다시 시작할 수 있을지도 모른다는 암시라고. 미트코, 할말이 있어. 내가 말했다. 지금은 나도 친구가 있어. 그리고 나는 잠시 말을 멈추었다. 어떻게 해야 내 말뜻을 정확히 전달할 수 있을지 확신이 서지 않았다. 불가리아어 단어에는 너무 많은 가능성이 있었다. 이맘 포스토야넨 프리야텔. 마침내 내가 말했다. 지속적인 친구. 어색하지만 내가 생각해낼 수 있는 것 중에는 가장 나은 표현이었다. 나는 분명히 해두고 싶었다. 확고한 선을 그어두고 싶었다. 하지만 나는 그 말을 하면서도 미트코가 다시 내 집에 찾아오리라는 사실을, 내가 거의 틀림없이 그를 들이리라는 사실을 당연하게 받아들이고 있었다. 불가리아 사람이야? 미트코가 내 말뜻을 알아듣고 물었고, 나는 아니라고 말했다. 여기에서 만나긴 했어. 내가 말했다. 하지만 그 사람은 포르투갈 사람이야. 리스본에 살아. 그런 다음 나는 더이상 말하면 안 될 것 같은 느낌에 입을 다물었다. 나는 R와의 관계를 혼자서만 간직하고 싶었다. 게다가 R를 생각하자 미트코의 경고가 새삼 시급하게 다가왔다. 내가 R를 감염시켰다면, (내가 생각하기에) R는 나를 이 세상에서 꺼내줬는데 나는 그를 이곳으로 끌어들였다면? 그랬다면 내가 나 자신을 어떻게 용서하겠는가?

야스노, 미트코가 손을 물리며 말했다. 무슨 말인지 알겠어. 그는 이 이야기를 더이상 하지 않게 된 것이 만족스러운 듯했다. 나는 그의 눈이 한 번인가 두 번쯤 아직도 가스레인지 옆에 놓여 있는 프라이팬으로 획 돌아가는 걸 보았다. 자기도 모르게 그러는 것 같았다. 나는 일어나 다시 가스레인지 불을 켜며 그에게 배가 고프냐고 물었다. 그건 사실 질문이 아니었고, 미트코는 고민하는 척하지 않았다. 음식이 데워지는 동안 그는 내 노트북을 켜서 페이스북에 접속했다. 저번 만남 때문에 기억하고 있던 불가리아의 데이트 사이트에 접속하는 게 확실해 보였다. 그런 다음 그는 노트북을 닫고 작은 탁자로 와서 나와 함께 앉았다. 나는 그런 식으로 함께, 조용히 앉아서 단둘이 식사한 기억이 전혀 떠오르지 않는다는 사실에 놀랐다. 처음에 우리는 대화를 나누지 않았다. 미트코는 음식에 달려들었고, 나는 미트코를 그 자리에 둘 수 있다는 게 얼마나 즐거운 일인지 알고 놀라며 그가 먹는 모습을 지켜보았다. 나는 이런 기쁨의 얼마만큼이 미트코 때문인지 궁금했다. 그가 함께 있기 때문일까, 아니면 내가 만든 형편없는 식사를 그가 그토록 기쁘게 먹는다는 사실 때문일까?

그리고 이런 기분 중 얼마만큼이 나 자신에 대한 만족감, 과거는 제쳐두고 기꺼이 자비를 베푸는 스스로에 대한 만족감에 달려 있는지도 궁금했다. 나는 미트코가 떠나기 전에 또 한번 내 자비를 요구하리라는 걸 알고 있었다. 이번에는 내가 아무 대가도 요구하지 않을 테니 정말로 자비다운 자비가 되겠지. 그는 눈을 들었다가, 내가 자기를 쳐다보는 것을 알아채고 미소 지었다. 나도 마주 미소 지었다. 나는 그에게 지난 이 년을 어떻게 지냈는지, 바르나에 있었는지 직장은 구했는지를 물었다. 그는 잠시 조용히 나를 보더니, 잠깐 나쁜 곳에 있었어, 라고 말한 뒤 잠시 말을 멈추었다. 어떻게 말을 이어야 할지 잘 모르겠는 것 같기도 하고 혹은 내가 자기에게서 이야기를 끌어내주기를 기다리는 것 같기도 했다. 무슨 뜻이야? 내가 물었다. 어떤 곳이었는데? 그러자 그는 포크를 내려놓았다. 그는 어린애처럼 손가락 다섯 개를 전부 써서 손바닥으로 포크 손잡이를 감아쥐고 있었다. 내가 나쁜 짓을 했거든. 그가 말했다. 그러다가 잡혔어. 그래서 사람들이 날 일 년 동안 가뒀어. 감옥에? 나는 멍청하게도 그렇게 물었다. 달리 어디 가뒀으려고. 그러자 그는 그렇다는 뜻으로 고개를 저었다. 뭘 했는데? 내가 물었다. 물론 나는 바르나에서의 우리를 떠올리고 있었다. 그가 보여준, 너무도 많은 일을 할 수 있을 것처럼 보였고 내가 지금 보는 얼굴과는 너무도 다른 얼굴을.

미트코는 모르겠다는 뜻으로 어깨를 으쓱하고 다시 포크를 집어들었다. 일이었어. 그가 말했다. 바르나에서 어떤 사람 밑에서 일했거든. 그 사람은 다른 사람들을 도와줘. 돈을 줘. 돈이 필요하면 그 사람한테 가면 돼. 하지만 남의 돈을 그냥 가져갈 수는 없지. 그는 내가 그의 말에 이의를 제기하기라도 한 것처럼 말했다. 갚아야 돼. 근데 누가 돈을 안 갚으면, 그 사람이 우리를 보내곤 했어. 그럼 네가 그 사람들을 해쳤구나. 내가 말했다. 그는 다시 어깨를 으쓱했다. 말코, 조금은. 하지만 너무 심하게 한 적은 한 번도 없었어. 그러더니 그는 모욕당하기라도 한 것처럼, 난 절대 아무도 심하게 해치지 않아, 난 그런 사람이 아니야, 그런 짓을 하는 사람들도 있지만 난 아니야, 라고 말했다. 그는 접시 쪽으로 포크를 기울이고 음식을 이리저리 조금씩 밀쳤다. 그러다가 말을 이었다. 사람들이 돈을 갚지 않으면 우리가 그 사람들 사는 곳으로 가서 모든 것을 가져갔어. 이 말을 하면서 그는 방을 손짓했다. TV도, 컴퓨터도, 가구도, 모든 것이 뜯겨나간 방을 상상하는 듯이. 전부 가져갔어. 아무것도 남겨놓지 않았어. 하지만 그건 당연한 일이야. 그가 말했다. 이번에도 자기가 한 일의 정당성을 지키려는 듯했다. 남의 돈을 가져가고 안 갚을 수는 없는 거야. 나는 이 말에 반박하지도, 동의하지도 않았다. 나는 아무 말 없이 그를 지켜보았다. 그게 다야. 그가 말했다. 난 전에도 그 사람 밑에서 일을 했다가 안 했다가 했는데, 이번에는 문제가 생겨서 떠날 수밖에 없었어. 거긴 별로였어. 나쁜 곳이었어. 형한테는 거기가 어떤 곳이었는지 말 안 할래. 하지만 이젠 끝났어. 그는 두 손을 깨끗이 씻는 시늉을 하며, 더는 안 하고 싶어, 라고 말했다.

나와서는 어떻게 됐어? 내가 물었다. 그땐 뭘 했어? 그는 다시 어깨를 으쓱했다. 잠깐은 소피아에 있었어. 그가 말했다. 여기에서 일을 구했어. 그러더니 그는 공사장에서 일했다는 얘기를 해주었다. 그는 인부가 아니라 경비원이 되어 밤마다 부지를 지켰다고 했다. 스쿠치나 라보타, 지겨운 일이야. 그가 말했다. 형한테 전화를 걸까 생각하기도 했어. 그때까지 형 번호가 있었거든. 하지만 형이 좋아할지 모르겠어서. 형이 아직 화나 있을 것 같아서. 나는 정말로 내가 화가 나 있었는지 생각하며 어깨를 으쓱했고 미트코는 말을 이었다. 거기서 몇 달 일했는데, 일이 끊겼어. 캐묻는 듯한 내 시선에 미트코는 돈이 다 떨어졌대, 라고 말했다. 늘 그래. 우린 일을 그만둘 수밖에 없어. 그는 어머니의 아파트가 있는 바르나로 돌아갔다. 여름에, 사람들이 몰려들 때는 바르나도 괜찮은 곳이야. 그가 말했다. 그때는 일거리가 있거든. 그리고 나는 미트코가 그때를, 그의 도시가 작은 유럽으로 변하고 아름답고 젊은 사람들이 싸구려 바닷가와 맥주, 발칸반도의 축제를 즐기러 서쪽에서 찾아오는 그 짧은 몇 주를 무척 좋아할 게 틀림없다고 생각했다. 어쩌면 미트코는 그런 인생이 자신의 것이었어야 한다고 생각했을지도 모른다. 하지만 지금은 거기 아무도 없어. 그가 말했다. 도시가 비어 있어서 그는 일자리를 찾으러 소피아로 돌아와야만 했다. 하지만 일자리가 하나도 없어. 그가 말했다. 뭘 어쩌겠어. 잠깐은 친구들이랑 지냈는데 여기에는 믿을 만한 녀석이 아무도 없어. 이제 그의 얼굴이 어두워졌다. 친구라고 말만 하지 친구가 아니야. 그때 이런 일이 벌어진 거야. 그가 자기 무릎 쪽을 손짓하며 말했다. 난 돈이 한 푼도 없었어. 처음에는 나더러 알약을 먹으라더니 약이 안 통하면 주사를 맞아야 한다고 했어. 그런데 알약이 40레바야. 그가 말했다. 그런 다음, 답을 뻔히 알면서 모르는 척 말했다. 내가 40레바를 어디서 구하겠어? 내가 도와줄게. 내가 말했다. 당연한 거야. 걱정하지 마. 우리는 이미 식사를 마친 뒤였다. 나는 일어나서 문 옆의 작은 선반에서 지갑을 가져와 40레바를, 그런 다음 다시 20레바를 꺼냈다. 여기, 약값이야. 슈테 세 오프라비슈. 내가 말했다. 나을 거야. 그러자 그는 돈을 받으며 내게 고맙다고 인사했다. 음식도, 도움도 고맙다며 내 손을 잡았다. 나는 그에게 어디로 갈 거냐고, 밤을 보낼 만한 곳이 있느냐고 묻고 싶었지만, 그가 내 자비심을 차마 미치지 못하는 곳까지 연장하라고 압박할지 모른다는 생각에 겁이 났다. 문간에서 그는 여전히 축축한 신발을 신으려고 무릎을 꿇었다. 그러더니 얇은 재킷을 걸치고 일어나서 문을 열었다. 등뒤의 복도는 어두웠다. 고마워, 진짜로. 그가 말했다. 그런 다음 나로서는 설령 그를 멈춰 세우고 싶어도 그럴 기회조차 없을 만큼 빠르게 두 손을 내 어깨에 얹으면서 몸을 기울여 뺨에 입을 맞췄다. 그러고는 내가 기억하는 그 무방비한 미소와 함께 내 머리를 헝클어뜨리더니 다시 뒤로 물러나 웃어 보였다. 그건 친구로서의 몸짓, 낭만적이지 않은 몸짓이었다. 입맞춤의 친밀함을 없애버리는 대신 그 친밀함에 새로운 음정을 넣어주는. 나는 그가 등뒤로 문을 닫고 나가는 순간 애정으로 가득찼다. 유혹은 없었다고, 나는 생각했다. 내가 찾은 새로운 균형, 오랜 습관에서 벗어나 여전히 신선하게 느껴지는 그 독점적 연애 관계에 혼란을 줄 위험은 없었다. 나는 자물쇠에 꽂힌 열쇠를 돌리며 문에 손을 얹고 서 있었다. 그 문을 다시 열 생각은 없었다. 그저 미트코가 복도를 따라 걸어가는 소리에 귀기울이고 싶었을 뿐. 그가 이미 아래층으로 내려간 뒤에야 스위치를 눌러 복도 불을 켜야겠다는 생각이 든 나는 이미 쓸모가 없어졌는데도 타이머를 작동시켰다.

그날 밤 나는 잠을 설쳤다. 나는 미트코가 떠나자마자 걱정하기 시작했고, 침대에 누워서 검사 결과가 양성으로 나오면 R에게 무슨 말을 해야 할지 생각했다. 이제는 양성이 나올 게 분명하다는 생각이 들었다. 나는 R에게 너무 바빠 스카이프 통화를 할 수 없다는 이메일을 보내둔 터였다. 우리는 보통 매일 밤 잠자리에 들기 전에 통화를 했으니까. 그에게 미트코가 찾아왔다는 얘기는 하지 않았다. 거짓말할 생각은 없었다. R는 이미 미트코에 대해 알고 있었다. 내 과거의 모든 것이 그렇듯 미트코는 우리를 서로에게로 이끌어준 이야기의 일부였다. 나는 과거를 그런 식으로 보는 것이야말로 사랑을 이어가는 한 가지 방법이라고 생각한다. 나는 R가 나보다 더 걱정할 테니 확실해지기 전까지는 그에게 말하지 않는 게 낫다고 생각했다. 다음날은 금요일이라 첫 두 교시가 비어 있었다. 나는 소피아에서 보낸 삼 년 동안 한 번도 아팠던 적이, 그러니까 치료를 받아야 할 만큼 아팠던 적이 없었다. 나는 병원에 가는 게 싫었다. 어렸을 때부터 그랬다. 그곳은 모욕적이었고 보호받아야 할 사생활을 침해했다. 하지만 학교 근처에 병원이 하나 있었다. 말리노프 대로에서 경찰사관학교와 아메리칸칼리지로 이어지는 사설도로 방향으로 모퉁이를 돌면 바로 오른쪽에 전면이 유리로 된 건물이 나오는데 그 안에 있는 병원이었다. 나는 매일 그곳을 지나다녔고, 다른 선생들도 그 병원을 다닌다는 사실을 알고 있었다. 그곳은 현대적이고 효율적이며 거기에서 일하는 누군가는 영어를 할 줄 알 것이었다. 그 점이 중요했다. 나는 내가 필요한 검사를 요청하거나 상황을 설명할 어휘력이 부족하다는 것을 알고 있었고, 언어를 사용할 때의 무력함이 질병의 무력함을 더욱 복잡하게 만들 거라고 생각했다. 나는 병원 문을 열고 미국 기준으로도 크게 뒤떨어지지는 않는 대기실 수준에 안심했다. 지나치게 난방이 잘된 대기실의 긴 접수대 뒤에서 여자들 몇 명이 바삐 움직이고 있었다. 내가 도착한 시간은 병원이 문을 열고 얼마 지나지 않아서였는데도 대기실이 이미 꽉 차 있었다. 나는 들어가면서 긴장했고, 긴장하는 나 자신에게 짜증이 났다. 나는 매독이 문학작품에서 아무리 끔찍하게 그려진들 쉽게 치료되는 병이라는 사실도 알고 있었다. 내게 필요한 건 그저 항생제, 어쩌면 주사 한 대뿐이었다. 창피해하는 건 멍청한 일이라고 나 자신을 타일렀다. 매독도 다른 병과 같은 감염병일 뿐이었다. 하지만 접수대로 다가가면서는 이중 어떤 생각도 내 감정을 누그러뜨리지 못했다. 그 감정은 강력하고도 뿌리깊은 수치심의 일부였다. 첫 만남부터 이런 뒤늦은 결과에 이르기까지 미트코와 나의 모든 사연도 그저 그 수치심을 한번 더 반복한 최근의 사건에 불과했고.

여자들 중 한 명이 눈을 들었다. 키보드를 누르던 그녀의 손가락이 잠시 멈추었다. 나는 지난 세월 동안 점차 익숙해져온 그런 식의 발랄한 환영인사에 긴장이 누그러졌다. 그녀는 내가 말하기를 기다리는 듯 기대감에 찬 눈으로 나를 보았다. 내가 불가리아어로 영어를 할 줄 아는지 묻자 그녀는 할 줄 모른다는 사실에 정말로 미안해하는 것처럼 보였다. 아뇨, 한마디도 못해요. 그녀는 책상에 앉아 있는 다른 여자들을 돌아보았는데, 그들 모두 비슷한 무력감을 고백했다. 잠깐만 기다리세요. 그녀가 수화기를 들며 말했다. 사람을 찾아볼게요. 나는 그 자리에 서서 대기실을 둘러보며 플라스틱 의자에 앉아 있는 여덟 명에서 열 명쯤 되는 사람들, 눈에 띄게 아프지는 않은 것 같은 그 사람들이 우리에게 아무 관심이 없다는 사실에 안도감을 느꼈다. 저기요. 접수대 뒤에서 여자가 말했다. 그녀는 일어나 몸을 앞으로 숙인 채 진료실이 늘어서 있는 복도 저편을 가리키고 있었다. 저 여자분이 도와주실 거예요. 그쪽을 보니 나이가 훨씬 더 많아 보이는 덩치 큰 여자가 우리를 향해 걸어오고 있었다. 그녀는 간호조무사나 간호사가 입는 별 특징 없는 유니폼을 입고 있었으며 숱이 없는 금발은 남성적인 스타일로 엄격하게 잘라져 있었다. 통통하고 둥글둥글한 그녀의 얼굴에도 뭔가 엄격한 면이 있었다. 꽉 다문 입술은 그녀가 그냥 까다로운 아침을 보내고 있는 게 아니라 근본적인 피로를 느끼고 있음을 암시했다. 안녕하세요. 그녀가 말했다. 영국 상류층 억양이 발칸 억양에 섞여 나왔다. 어떻게 도와드릴까요? 그녀는 영어 실력을 자랑하느라 필요 이상으로 크게 말했다. 여기 사람들은 종종 그랬다. 영어를 잘하면 일종의 위신이 생겼으니까. 나는 나도 모르게 벌써 이 여자가 싫어졌다. 네. 내가 말했다. 딱히 은밀한 것은 아니지만 훨씬 소리를 낮춰서. 종합 검사를 받고 싶은데요. 그런 다음 나는 영어로도 그 단어를 정확히 모른다는 걸 깨닫고 말을 멈췄다. 종합 검사요. STD 검사*요. 내가 결국 말했다. 그러곤 여자가 약어를 못 알아들을지도 모른다는 생각, 전체 단어를 말했어야 했는지도 모르겠다는 생

* 종합 성병 검사.

각이 들었다. 하지만 여자는 즉시 알아듣고, 네, 그럼요, 라고 말했다. 그녀는 커다란 가슴이 접수대에 닿도록 그 너머로 몸을 숙이고 손을 뻗어 종이를 잡았다. 자아. 그녀가 주머니에서 펜을 꺼내며 말했다. 어디 보자. 그러더니 그녀는 검사 목록을 읽기 시작했다. 하나씩 동그라미를 치면서, 계속 큰 소리로. 그러니까 HIV 검사를 원하시는 거죠? 그녀는 이 단어를 히프라고 단음절로 말했다. 또 임질, 클라미디아, 간염. 그녀는 펜으로 종이를 아래쪽으로 쭉 훑으며 말했다. 또 있을까요? 음, 네. 내가 말했다. 하지만 그녀는 내가 말을 잇기도 전에 종이 맨 아래에서 어떤 단어와 마주치고는 혀를 찼다. 아, 그렇지. 매독이 있네요. 그러는 내내 그녀는 똑같이 과장된 말투로 이야기했다. 이 여자는 과연 눈치가 없는 걸까, 아니면 심술궂은 걸까 하는 생각이 들었다. 이제는 몇몇 사람들이 우리를 보고 있었다. 그중에는 내 나이 또래의 아주 아름다운 남자도 한 명 있었는데, 나는 그와 눈을 마주쳤다가 재빨리 시선을 돌렸다. 여자가 동그라미 표시를 한 이름들은 두 언어에서 모두 같은 단어였으므로 그곳의 모든 사람은 굳이 영어를 몰라도 우리가 주고받은 말을 이해할 수 있었다. 나는 우리가 불러모은 호기심에 맞서 얼굴을 굳혔다. 그럼 따라오세요. 그녀는 내게 종이를 건네주며 말했다. 나는 그녀를 따라 긴 복도를 나아갔다. 톺아보는 눈길에서 벗어날 수 있어 마음이 놓이는 한편, 우리가 지나치는 진료실들의 열린 문을 들여다 보지 않으려고 애쓰면서. 우리는 복도 끝에서 왼쪽으로 돌아 라보라토리야라고 표시된 닫힌 문 앞에 멈춰 섰다. 자, 앉으세요. 그녀가 벽에 붙은 짧은 벤치를 손짓하며 말하더니 방금 내게 준 종이를 받아 문을 닫고 들어갔다. 그녀는 잠시 후 다시 문을 열고 나와 이렇게 말했다. 네, 이제 여기서 기다리세요. 조금 있으면 안에서 들어오라고 부를 거예요. 필요한 게 있으면 저한테 말씀만 하시고요. 여자는 그렇게 말하더니 내가 고맙다고 인사하자 떠나버렸다. 그녀가 떠난 뒤에야 나는 여자가 내게 이름을 말해주지 않았다는 사실을 떠올렸다.

약 이십 분이 흘렀다. 제시간에 수업에 들어갈 수 있을지 걱정되기 시작했다. 그때 문이 열리고 한 여자가 나를 안으로 안내했다. 도부르 덴. 내가 그녀에게 고개를 끄덕이며 말했다. 그녀는 구석에 있는 커다란 의자를 가리키며 내게 앉으라고 했다. 그곳은 온갖 기구와 기계로 가득했는데, 그중 많은 수가 열심히 돌아가고 있었다. 기계들의 표면은 빨간색 유리병들이 체계적으로 줄지어 정리된 트레이로 북적거렸다. 여자는 이런 트레이 중 하나를 처리하고 있었다. 그녀는 유리병을 접착식 라벨로 감싼 다음 제자리에 밀어넣었다. 세가, 자. 그녀가 말했다. 그러면서 나를 돌아보더니, 내가 받을 검사를 표시한 것으로 보이는 종이를 탁자에서 집어들었다. 그녀는 종이를 잠시 살펴본 다음 빈 유리병들을 챙겼다. 유리병은 기가 질릴 정도로 많았다. 다양한 트레이에서 가져온, 크기가 서로 다른 유리병들이었다. 그녀는 이 유리병들을 내 오른쪽 작은 탁자 위에 정리한 다음 내 옆에 있는 등받이 없는 의자에 앉았다. 자. 그녀가 처음으로 나를 보며 다시 말했다. 문제없겠죠? 내가 무슨 말인지 몰라 그녀를 보자 그녀가 말을 이었다. 피 뽑는 것 말이에요. 혹시…… 그녀는 무즈키, 남자답다는 단어를 썼다. 여기 사람들은 늘 그 단어를 썼다. 드루즈 세 무즈키, 남자답게 군다는 뜻이었다. 나는 누가 내게 그 말을 할 때마다 늘 분노했다. 내가 제대로 해내지 못할 거라고 지레짐작하고 도발하는 말인 것 같아서. 게다가 이건 내가 가장 싫어하는 의사들 특유의 장난스러운 농담이기도 했다. 불쾌한 일이 닥치기 전의 다정다감한 예고. 그녀는 아까의 안내원과 거의 비슷한 모습이었다. 나이가 많았고 얼굴이 둥글둥글했으며 키가 작고 머리숱이 적었다. 다만 이 의사의 머리카락은 소피아에서 알 수 없는 이유로 유행하는, 깜짝 놀랄 정도의 빨간색으로 염색되어 있었다. 괜찮아요. 나는 소매를 걷어 팔을 내밀고 그녀가 내 이두박근에 압박 고무줄을 감는 동안 손을 쥐었다 폈다 했다. 주삿바늘은 전혀 문제가 아니었지만, 고무줄의 압력이나 천천히 드러나 피부 위로 불거지는 정맥은 마음에 들지 않았다. 아. 여자가 감탄하며 말했다. 여기 괜찮은 녀석이 있네요. 그녀는 그 혈관 부위를 알코올로 빠르게 닦아내며 내게 주먹을 꽉 쥐라고 했다. 나는 언제나 그랬던 것처럼 고개를 돌렸다. 하늘이 살짝 보이는 작고 네모난 창문을 바라보다가 피부에 금속이 닿는 것을, 날카롭게 찌르는 느낌에 이어 혈관에 바늘이 들어가는 불안하고 둔한 통증을 느끼고 눈을 감았다. 그녀는 한 손으로 첫 번째 시험관을 제자리에 끼워넣고 다른 손으로는 고무줄을 풀면서, 동시에 내게 손에 힘을 빼라고 말했다. 일 한번 제대로 하는 사람이라고, 나는 생각했다. 당연한 일이지만 나도 이 정도는 참을 수 있었다. 다만 나는 내 팔을, 이제 힘차게 피를 펌프질 하는 본연의 임무를 수행하면서 내게 묘한 이질감을 불러일으키는 그 팔을 보다가 그녀가 이 모든 일을 장갑을 끼지 않은 채로 하고 있다는 걸 알고 좀 놀랐다. 그녀는 유리병들을 빠르게 훑으며 능숙하게 마개를 열었다 닫았다 하더니 마침내 길고 뾰족한 바늘을 빼내는 동시에 솜뭉치를 상처에 대고 눌렀다. 여기를 누르세요. 그녀가 말했다. 즈드라보, 세게. 그러더니 그녀는 유리병들을 챙겨 탁자로 갔고, 거기에 라벨을 붙여 트레이에 담았다. 처음에 나는 그녀가 뭐라고 지시하기를 기다리며 자리에서 일어나지 않았다. 그런 다음에는 끝난 건가요, 하고 물었고 그녀는 자기 일에 정신이 팔린 채 무심하게 다 다, 라고 말했다. 그녀는 나더러

점심시간 이후에 결과를 들으러 오면 될 거라고 했다.

나는 수업시간에 늦지 않게 학교에 도착하는 바람에, 잠긴 교실 문 앞에 모여 일상이 깨질지 모른다는 기대에 한껏 부풀었던 학생들을 실망하게 했다. 두번째 종이 울릴 때까지는 겨우 몇 분밖에 남아 있지 않았으므로 나는 생각을 정리할 여유가 없었다. 하지만 학생들은 착했다. 녀석들은 수다스럽고 쾌활했으며, 언제든 토론할 준비가 되어 있었다. 나는 그 순간에도 여전히 비밀을 털어놓고 있을 그 유리병들 생각이 머릿속을 떠나지 않았지만 결국 아이들과 주고받는 대화에 빠져들었다. 기계적인 수업만으로도 기본은 되는 날이라는 게 다행이었다. 그날 수업은 네 개였는데, 둘은 점심시간 전이고 둘은 점심시간 뒤였다. 나는 마지막 학생들이 교실을 나서는 것을 보자 애석한 마음이 들었다. 그때만큼은 학생들과 좀더 대화할 수 있다면 뭐든지 할 수 있겠다는 생각이 들었다. 병원에 돌아가보니 같은 여자들이 접수대에 앉아 있었다. 내가 앞서 이야기를 나누었던 여자가 나를 보더니 수화기를 집어들었다. 내가 다가가는 동안에도 그녀는 누군가와 빠르게 이야기를 나누었다. 불가리아어 약간은 하시죠? 그녀가 수화기를 다시 내려놓으며 물었고, 내 검사 결과가 아직 준비되지 않았다며 앉아서 기다리라고 했다. 오래 걸리진 않을 거예요. 그녀가 말했다. 이제 대기실은 비어 있었고 아침의 부산스러움이 가셨기에 병원이 전체적으로 조용했다. 나는 플라스틱 의자에 앉았다. 의자 옆의 길고 낮은 탁자는 다양한 팸플릿들로 뒤덮여 있었다. 눈 건강 관리와 당뇨병 안내책자, 약품, 특히 특정 상표의 윤활제를 광고하는 광택지들이 아무렇게나 뒤섞여 있었다. 나는 안내책자 하나를 힐끗 보았지만 내용은 전혀 이해할 수 없었다. 표지조차도 내가 모르는 단어들로 가득했다. 하지만 그것을 펼쳐보자 책 안의 그림만큼은 내가 가본 다른 대기실에서 익숙하게 본 것들이었다. 의학적 충고와 사람들을 안심시켜 주는 상투적인 시각언어. 이런 병원을 가능한 한 피해왔음에도 예방 및 예방에 대한 경고가 담긴 이 그림들은 오랫동안 내 가장 비밀스러운 정체성의 한 부분을 차지하고 있었다. 나는 에이즈 공포가 정점에 이른 시기에 어린 시절을 보냈다. 그때는 욕망과 질병이 서로 본질적으로 묶여 있는 것으로 여겨졌다. 둘의 관계는 관리될 수 있는 것이 아니라 절대적이고 불변하는 것으로, 결과와 그 원인으로 간주되었다. 내 고향에서 나 같은 남자들에 관한 이야기라고는 병에 대한 것뿐이었고, 그런 이야기는 내 인생을 납작하게 눌러 순결을 지키든지 유죄판결을 받을 수밖에 없는 일종의 도덕극으로 바꿔놓았다. 마침내 실제 섹스를 할 때가 왔을 때 내가 추구했던 것이 쾌감이라기보다는 굴레를 벗어버리고 겁먹지 않은 척하는 데서 오는 들뜸, 너무도 강렬해 거의 자살 충동에 가까운 해방의 전율이었던 것도 아마 그래서였을지 모른다. 그 자리에 앉아 누군가 나를 어딘가로 안내해주기를 기다리면서 안내책자들을 넘겨보며 나는 처음으로 검사를 받았던 경험을 떠올렸다. 고향을 떠난 지 이 년 만인 고등학교 마지막 학년, 미시간주의 어느 무료 진료소에서였다. 당시 나는 친구들이 병들어간다는 소식을 들었고 나 역시 분명 그 병에 노출되었을 거라는 걸 알고 있었다. 나는 엄청나게 부주의했으니까. 이 주 후, 간호사가 내 이름을 부르기를 기다리면서도 나는 그녀가 어떤 소식을 가져올지 확신하고 있었다. 나와 가장 친한 친구가 옆에 있었고, 나는 여자가 결과를 읽어주는 동안 그의 손을 잡고 있었다. 그리고 안도감이라기보다는 실망감 혹은 지금까지도 적당한 이름을 붙이지 못한, 당혹스러울 만큼 뒤섞인 무언가를 느꼈다. 어쩌면 나는 그저 세상이 어떤 의미를 띠기를 바랐던 것뿐이었는지도 모르겠다. 그리고 내가 세상에 바란 그 의미는 징벌이었다.

내가 도착하고 처음으로 병원 문이 열렸고, 그날 아침 나와 이야기를 나누었던 간호사가 들어왔다. 그녀는 두 손가락으로 커피가 담긴 얇은 플라스틱컵을 들고 천천히 걸어왔다. 컵은 열기에 부풀어 아랫부분이 처져 있었다. 안녕하세요. 그녀가 그 이상한 억양으로 말했다. 결과 들으러 오셨나요? 내가 기다린 지 꽤 됐다고, 사람들이 나를 잊어버린 것 같은 기분이 들려는 참이었다고 말하자 그녀의 얼굴이 동정심으로 어두워졌다. 음, 어디 한번 보죠. 그녀는 그렇게 말하고는 돌아서서 접수대 직원에게 빠르게 말하기 시작했다. 그녀는 나를 고스포디누트, 신사분이라고 불렀다. 나는 놀랐다. 이곳의 나이든 사람들은 보통 나를 몸체토, 소년이라고 불렀다. 나는 그 친근한 표현이 더 좋았다. 이쪽으로 오세요. 그녀가 나를 돌아보며 말했다. 나는 그녀를 따라 전에도 나를 데려갔던 방으로 들어갔다. 뱃속이 텅 빈 것 같은 이상한 기분이 들었다. 잠시 후에 올게요. 그녀가 말했다. 여기서 기다리세요. 그녀는 검사실 문을 짧게 두드리더니 대답을 기다리지 않고 문을 열었다. 그녀가 문을 열어두는 바람에 나는 그녀가 하는 대화의 일부, 최소한 그녀의 목소리를 들을 수 있었다. 다른 이의 목소리보다 더 큰 그녀의 목소리에는 꾸짖는 듯한 어조가 가미되어 있었다. 누군가 일어나면서 의자가 삐걱거리는 소리가 났고 더 조용하고 긴 대화가 이어졌다. 나는 그 대화를 거의 알아들을 수 없었지만, 이런 소리가 들린다는 사실 자체가 그들에게 무언가 의논할 거리가 있다는 뜻이라는 건 알고 있었다. 나는 뱃속 깊은 곳이 예리하게 죄어오는 느낌을 받으며 내가 놀랐다는 것을, 그렇게 불안해하면서도 내가 그 병에 걸렸다는 사실을 정말 믿지는 않았음을 깨달았다. 그리고 나는 R에 대해서 생각했다. 그에게 무슨 말을 해야 할지, 또 그가 어떻게 반응할지.

목소리들이 점점 가까워졌다. 나는 검사자가 그냥 넘겨줘요? 라고 말하는 소리를 들었다. 그리고 다른 여자, 그러니까 내 안내원은 네, 당연하죠, 저 사람 결과잖아요, 라고 말했다. 그녀는 종이를 들고 미소 지으며 혼자서 복도로 나왔다. 어쩌면 내 상상일 뿐이었는지도 모르겠지만 그녀의 미소가 달라 보였다. 좀 여쭤볼게요. 그녀가 말했다. 전에도 이런 검사에서 양성 결과가 나온 적이 있나요? 나는 아니라고, 그런 적 없다고, 언제나 음성 판정을 받았다고 말했다. 음, 그럼 검사에 문제가 있었던 건지도 몰라요. 그녀가 말했다. 그녀는 손에 쥐고 있던 종이를 들어 올려 내게 보여주었다. 여기. 그녀가 잉크로 표시한 한 줄을 가리켰다. 더하기 혹은 십자가 표시가 키릴문자를 포함한 여러 기호로 둘러싸여 있었다. 그녀는 내게 그것들을 해독할 기회를 주지 않았다. 매독 양성 판정을 받으셨어요. 그녀가 말했다. 각오했던 소식이기에 나는 별 반응을 보이지 않았다. 그녀는 그런 내 반응에 놀라거나 실망한 듯했다. 누군가의 부정행위 때문에 바라던 효과를 거두지 못한 것처럼. 아주 심각한 질병이에요. 그녀가 거의 근엄한 표정으로, 내가 자기가 가르쳐야 할 아이라도 된 것처럼 말했다. 네, 그렇군요. 나는 온순하게 말했다. 그러자 마음이 좀 누그러진 그녀가 말을 이었다. 하지만 이건 그냥 1차 검사니까요. 확진을 받으려면 다른 검사를 한번 더 받으셔야 해요. 지금 할 수 있을까요? 더 기다려야 한다는 생각에 진저리가 나서 내가 물었다. 하지만 그녀는 그 질문에 놀랐다는 듯 아아, 아뇨, 라고 말했다. 그 검사를 받으려면 다른 병원에 가셔야 해요, 여기서는 안 하거든요. 여기요. 그녀는 내 검사 결과 보고서 뒤에 들고 있던 더 작은 종이를 꺼냈다. 제가 적어뒀어요. 여기로 가시면 돼요. **XXIX종합병원**. 그녀가 적어둔 단어는 그랬다. 숫자가 대문자 로마숫자로 적혀 있고, 그 아래에는 **고트세델체프**라고, 내가 한 번도 가본 적 없는 구역의 이름이 적혀 있었다. 나는 그 종이를 받아들면서 이 도시의 낯선 구역을, 아무도 영어를 할 줄 모르는 공립병원을 찾아가는 내 모습을 상상했다. 그런 곳에 대해 들었던 모든 것이, 길게 늘어선 줄과 엉망인 시설, 의사들의 무능 혹은 불친절이 떠올랐다. 그녀도 내가 느끼는 바를 알아챈 게 틀림없었다. 그녀는 내가 불쌍한 듯 이렇게 말했다. 요 밖에 서는 버스 중 하나가 그리 갈 거예요. 아마도요. 죄송하지만 몇 번 버스인지는 모르겠어요. 자기가 할 수 있는 모든 일을 마친 그녀는 다시 접수대 쪽으로 향했고, 나는 고분고분하게 그녀를 따라갔다. 나는 이래서 내가 병원과 검사를 싫어하는 거라고 생각했다. 이런 검사가 가하는 수모란. 의사나 간호사는 환자에게 선고를 내린 뒤 자기 손을 씻어버릴 수 있었다. 사람의 인생을 어떻게 바꿔놓든 그들 자신은 변하지 않을 수 있었다. 월요일에 가셔야 할 거예요. 여자가 말했다. 주말이라 오늘은 곧 문을 닫거든요. 저기요. 출입구의 유리문에 가까워지자 내가 말했다. 2차 검사 결과를 받으면 치료는 여기서 받을 수 있을까요? 나는 이 말을 희망이 담긴 말투로, 아니면 간청하는 말투로 한 게 틀림없다. 그리고 내게 문을 열어주면서 아아, 아뇨, 그때부터는 그쪽 병원에서 다 처리하시는 게 좋을 거예요, 라고 대답하는 그녀는 기분이 좋아 보였다. 나는 밖으로 나갔고, 그런 다음 반쯤 돌아서서 작별인사로 손을 들었다. 하지만 그건 쓸모없는 몸짓이었다. 그녀는 문이 획 닫히도록 놔두고 이미 다른 업무로 넘어간 다음이었다.

일요일 밤에 미트코가 다시 나타났다. 이번에 그는 내가 답할 거라고 확신하고서 거리에서 공동현관 초인종을 눌렀다. 아니면 누군가 문을 열어줄 때까지 기다리는 일에 싫증이 난 걸지도 몰랐다. 늦은 시간이었고, 나는 이미 책을 하나 꺼내 잠자리에 든 다음이었다. 길고도 불안한 주말이었다. 나는 학과장에게 너무 아파서 출근할 수가 없다고, 다음날 병원에 가야 한다며 휴가를 내겠다고 이메일을 보냈고 이에 별다른 과장은 필요하지 않았다. 나는 말하자면 그 질병의 시학에, 그러니까 수치심의 후광 혹은 불쾌한 공기에 다시 붙들려 있었다. 더러워진 기분이었고 나 자신을 어딘가에 숨겨버리고 싶었다. 이 질병에 대해 알 만큼 알았지만 다른 사람을 만지는 것만으로도 그들을 오염시킬지 모른다는 기분이 들었다. 나는 강박적으로 손을 씻었고, 대부분 교사들이 손닿는 곳에 두고 쓰는 작은 손소독제를 집착적으로 사용했다. 할 수 있는 한 집에 머물렀으며, 나가야 할 때면 거리나 식료품점의 사람들과 부딪히거나 그들을 밀치는 일이 없도록 조심하며 어떤 접촉이든 피했다. 개인 공간에 대한 감각이 너무도 다른 이곳에서는 퍽 어려운 일이었다. 물론 전에도 아팠던 적이 있었다. 하지만 이건 질병 이상의 무언가로 느껴졌다. 수치심에 대한 신체적 확인처럼.

금요일 밤 나는 R에게 모든 것을 말해주었다. 나는 그가 접속한 것을 보자마자 스카이프로 전화를 걸었다. 그가 친구들을 만나러 나갔다가 계획보다 늦게 들어왔으므로 나는 꽤 오래 기다리던 참이었다. 그의 영상이 내 화면을 가득 채웠을 때도 그는 여전히 외출복 차림이었고, 방금 벗은 모자 때문에 머리카락이 눌려 있었다. 그의 목소리가 들렸을 때, 그는 늦어서 미안하다며 이미 무슨 문장을 말하는 중이었다. 그는 잠시 후에야 무언가 잘못되었다는 걸 알아차렸다. 왜 그래? 그가 말했다. 무슨 일이야? 나는 잠시 차마 입을 뗄 수 없었고, 그다음에는 어린애처럼 할 얘기가 있어, 미안해, 화내지 마, 라고 말했다. 뭔데. 그가 다시 말했다. 이제 조금 겁먹은 목소리였다. 그냥 말해봐. 그래서 나는 말했다. 미트코가 찾아왔다는 이야기와 병원과 병원에서

들은 얘기에 대해 전하는 내내 그의 얼굴을 바라보았다. 나는 그가 어떻게 반응할지 몰랐다. 그가 화를 낼 거라고 생각했고, 그가 우리 사이의 모든 것에 종지부를 찍을지도 모른다는 두려움마저 들었다. 하지만 그는 그냥 숨을 좀더 깊게 들이쉬더니 말했다. 알았어. 검사받아볼게. 별일도 아니잖아. 최악의 상황이라고 해봐야 주사를 맞으면 되는 거고. 진정해. 그가 말했다. 나는 고마운 마음과 안도감이 넘쳐흐르는 것을 느꼈다. 그가 이 일을 그토록 침착하게, 나보다도 침착하게 받아들였다는 사실이 놀라웠다. 보통은 내가 더 의지할 만한 사람, 나이도 많고 안정된 사람이었는데. 스카이프를 끊고 나서 나는 그의 침착함이 계속될지 궁금해졌다. 그는 그냥 내가 한 말에 놀라서, 걱정이 찾아들기 전에 일종의 멍한 상태를 경험한 것인지도 몰랐다. 내 생각이 맞았다. 다음날 아침 눈을 떠보니 그가 밤새도록 보낸 이메일로 수신함이 가득차 있었다. 모든 메일이 직전에 보낸 메일보다 불안했다. 그는 이제 막 대학을 졸업했으며 아직 일자리도 구하지 못하고 있었다. 부모님에게 전적으로 의존하는 상황이었다. 그는 부모님에게 돈을 달라고 해야 한다고 적었다. 그 말은 부모님에게 모든 사연을 털어놓아야 한다는 뜻이었다. 그는 최근에야 부모님에게 커밍아웃하는 과정에서 내 얘기를 꺼냈다. 그는 부모님에게 매독에 걸렸을지도 모른다는 말을 어떻게 하느냐고 물었다. 뭐라고 생각하시겠어. 마지막 이메일을 보낼 때쯤 그는 거의 제정신이 아니었으며, 나는 내가 저지른 짓이 끔찍하게 느껴졌다. R가 자고 일어났을 때 우리는 다시 이야기를 나눴다. 나는 그에게 돈을 보내주겠다고 말했다. 당연히 내가 모든 비용을 대겠다고, 이 모든 게 내 잘못이라고. 나는 그의 불안이 분노로, 다시 비난으로 바뀌는 상황을 각오하고 있었으나 그런 일은 벌어지지 않았다. 일요일 밤쯤에 그는 다시 결심을 다졌다. 우리는 아침이 오면 각자 병원에 가기로 합의했다. 치료를 받자. 다 금방 끝날 거야.

초인종이 울렸을 때 나는 노트북을 치워놓고, 책을 읽으려고 잠자리에 든 참이었다. 당연히 누가 왔는지 알고 있었지만 그래도 발코니로 나가서 확인했다. 저 밑에 미트코가 서 있었다. 날이 추운데 맨머리로, 나를 보려고 위를 쳐다보면서. 나를 본 그는 미소 지었고, 나는 손을 내밀어 무언가를 쓰다듬듯이 그에게 가만히 있으라는 손짓을 했다. 그런 다음에야 나는 다시 안으로 들어가 바닥에 구겨진 채로 두었던 옷을 재빨리 입었다. 우리는, R와 나는 미트코가 돌아오면 그를 내 아파트에 들이지 않기로, 바깥에서 얘기하거나 어디 다른 곳으로 가기로 했다. 그 사람이 형 아파트에 오는 거 싫어. R가 말했다. 그리고 사실 그는 내가 미트코를 완전히 잘라내야 한다고 생각했다. 왜 그 사람을 다시 보려는 거야? R는 지난 며칠 동안 내게 여러 차례 물었다. 형이 그 사람한테 무슨 빚을 진 것도 아니잖아. 형은 이미 그 사람을 도와줬어. 계속 도와주면 끝이 없을 거야. 그 사람은 받고, 받고, 계속 또 받을 거라고. 그 사람이 형한테 아무 관심 없다는 건 알잖아. 한번은 R가 우리끼리 대화를 나누던 중에 말했다. 형이랑 그 사람은 친구도 아니고 아무것도 아니야. 물론 나도 알고 있었다. 그래서 내가 느끼는 의무감을, 무슨 일이 있어도 그를 그냥 끊어낼 수는 없다는 생각을 설명할 수 없었다. 예전에도 그렇게 한 적이 있고 다시 한번 그렇게 해야 할지도 모르지만. 형은 위대한 미국인이 되고 싶은 거야. R가 마지막으로 대들 듯이 말했다. 형이 고칠 수 있다고 생각하고 있어. 그 사람을 구원하고 싶어하는 거라고. 어쩌면 조금은 그럴지도 몰랐다. 확실히 내 안에는 다른 누구도 자극하지 못하지만 미트코만이 건드리는 여린 부분이 있었다. 나는 가끔 미트코가 아무리 짐승처럼 굴어도 끝끝내 그의 말에 귀기울이지 않는 세상 속에서 그가 너무도 무력하다는 사실이 싫었다. 나는 정말로 그를 돕고 싶었다. 하지만 예전에는 그렇게 믿은 적이 있다 해도, 이제는 지금과 같은 지경에 이른 미트코의 인생에서 그를 영구적으로 끌어낼 수 있다는 생각이 들지 않았다. 나는 내가 그를 구원할 수 없다는 걸 알고 있었다. 하지만 그렇다 한들 미트코가 나타날 때마다 느껴지는 불가피한 감정을, 나와 미트코가 이미 쓰인 이야기에 함께 등장하는 것만 같다는 느낌을 R에게 어떻게 설명할 수 있겠는가? 다른 사람도 아니고 R에게?

내가 추운 바깥으로 나왔을 때 미트코는 인내심 있게 나를 기다리고 있었다. 그는 손인사를 하느라 입술에 그대로 남겨진 담배를 뻐끔거리며 문 옆에 서 있었다. 크보 이마, 무슨 일 있어? 그가 어두운 아파트를 힐끗 올려다보며 물었다. 친구가 와 있거든. 내가 말했다. R가 내게 일러준 거짓말이었다. 미트코가 고개를 끄덕였다. 야스노, 알겠어. 포르투갈에서 왔다는 그 친구구나. 그가 말했다. 뻔한 짐작이었지만 그가 R 얘기를 했다는 사실 자체에 깜짝 놀란 나는 R에 대한 생각을 허공에서 지워버리려는 듯 재빨리 고개를 저었다. 아니, 내가 말했다. 그냥 친구야. 그런 다음 나는 미트코에게 다른 질문을 던질 기회를 주지 않고 배고파? 어디 가서 뭘 좀 먹을까? 라고 말했다. 우리는 얼음 위로 천천히 걷기 시작했다. 얼음이 인도 위에 여러 겹으로 두껍게 끼어 있었다. 미트코는 지난번에 보았던 것과 똑같은 옷, 똑같은 얇은 재킷을 입고 있었으나 추위는 개의치 않는 듯했다. 전체적으로 상태가 나아 보였다. 샤워를 하고 면도도 했으며 옷도 깨끗했다. 아래를 보니 캔버스 운동화가 짧은 가죽 부츠로 바뀌어 있었다. 닳아빠졌지만 튼튼한 신발이었다. 친구가 줬어. 내가 묻자 미트코가 어깨를 으쓱하며 말했다. 그렇게 좋은 건 아니지만 쓸 만은 해. 다른 것들보다는 나아. 우리는 내 아파트를 지나서 바로 오른쪽으로 방향을 틀었다. 인적이 뜸한 만큼 눈 내린 지금은 특히 위험한 골목길이었다. 나는 부츠를 신고 있었는데도 몇 차례 미끄러졌고, 한 번은 거의 넘어질 뻔했다. 조심해. 미트코가 나를 잡아 붙들어주며 말했다. 그는 나보다 발을 단단히 디디고 있었다. 내가 균형을 되찾자 그는 내 어깨를 꽉 잡았고, 중앙 대로까지 조심조심 걸어가는 내내 잡고 있었다. 그 거리에는 이십사 시간 영업하는 맥도널드가 있었다. R가 알려준 그대로 늘 불이 환하게 밝혀져 있고 언제나 사람들이 있는 곳이었다. 미트코를 꼭 만나야 한다면 거기가 괜찮을 거야. 그가 말했다. 안전한 곳이니까.

나는 미트코가 먹을 수 있는 것보다 훨씬 많은 음식을 쟁반에 쌓을 거라고 생각했다. 내가 음식을 사줄 때면 으레 그랬으니까. 하지만 그는 샌드위치와 감자튀김만을 주문했고, 내가 고집을 부리자 추가로 밀크셰이크를 주문했다. 그는 밀크셰이크를 먹어본 적이 한 번도 없다고, 먹어봐야겠다는 생각이 든 적이 한 번도 없었다고 말했다. 미트코는 점원이 내려놓자마자 밀크셰이크를 집어들고 입술로 빨대를 가져갔다. 밀크셰이크를 맛보며 그의 눈이 즐거움으로 휘둥그레지는 것을 보니 기뻤다. 우리는 쟁반을 가지고 가장 외떨어진 구석으로, 식사중인 다른 사람들과 최대한 먼 곳으로 걸어갔다. 다른 사람들이란 다수의 친구들 무리 하나와 몇몇 커플이었다. 우리 테이블 오른쪽, 닫힌 유리문 뒤에는 아이들을 위한 파티룸이 있었다. 파티룸은 어두웠고, 미트코가 문고리를 돌리는 바람에 알게 되었는데 문도 잠겨 있었다. 하지만 우리는 밝은 색깔이 칠해진 내부를, 기어오르며 놀 수 있는 플라스틱 상자들과 플러시 천을 씌운 만화 캐릭터 모양의 의자들을 일부 알아볼 수 있었다. 그걸 보자 나는 왠지 심란해졌다. 내 생각에 그런 것들은 어린 시절과 아무런 관련이 없는, 나 자신은 한 번도 느껴본 적 없는 일종의 부주의함을 위해 만들어진 완전한 세상이었다. 미트코는 자리에 앉아 음식에 덤벼들었고, 음식이 거의 다 사라질 때까지 멈추지 않았다. 그러더니 그는 창피한 듯 눈을 들었다. 내가 그 자리에 있다는 사실을 잠깐 잊었다는 듯이. 카크 시, 그가 살짝 미소 지으며 말했고, 나는 괜찮다고 했다. 조금 피곤할지는 몰라도 괜찮다고. 시간이 늦었지? 그가 미안해하면서 말했다. 나도 형이 일찍 자러 가는 건 알아, 형 집에 불이 켜져 있는 걸 보지 않았으면 초인종을 누르지 않았을 거야. 물론 우리 둘 다 알고 있듯 그 말은 사실이 아니었다. 날 왜 만나러 온 거야? 필요한 게 있어? 라고 묻는 내 말투도 약간 퉁명스러웠을지도 모르겠다. 하지만 미트코는 이런 문제는 미뤄두고 내게 병원에 들렀는지, 검사를 받았는지 물었다.

응. 내가 말했다. 내일 2차 검사를 받으러 다시 가야 하지만, 1차 검사는 양성이었어. 나도 걸렸을 거라는 건 알고 있었고. 미트코는 조용히 나를 보더니 이렇게 말했다. 아 이런, 유감이야. 진심인 것처럼 들렸다. 그가 다시 한번 수잘야밤, 유감이야, 라고 말했을 때는 더더욱. 하지만 나는 손을 허공에서 가볍게 흔들며 그 사과를 일축했다. 난 너한테서 옮았어. 내가 말했다. 어쩌면 내 친구도 나한테서 옮았을지 몰라. 너도 다른 사람한테서 옮은 거고. 이건 전염병이야. 나는 그렇게 말했다. 잘못 같은 건 없어. 미안해할 필요도 없고. 미트코는 이 말에 놀란 것처럼 보였다. 그는 내가 어떤 이점을 포기했다고 생각하는 듯했다. 하지만 그는 어쨌든 인정한다는 뜻으로 고개를 끄덕였다. 너는? 내가 말했다. 넌 나아졌어? 약이 도움이 됐어? 하지만 그는 고개를 한차례 위에서 아래로 홱 움직였다. 문을 쾅 닫아버리는 것처럼. 여기서는 아니라는 의미였다. 아니, 도움 안 됐어. 그는 자기 사타구니를 가리키면서 지금도 같은 문제가 있어, 라고 말했다. 그는 예전에 썼던 단어, 수도꼭지가 샐 때 쓰는 그 단어를 그대로 썼다. 다시 병원에 갔었어. 그가 말했다. 주사를 맞아야 해. 약은 충분히 세지가 않대. 나한테는 위험한 일이야. 그가 말을 이었다. 약이 너무 세고 나는 이미 간에 문제가 있으니까. 형한테도 말했었지. 나는 그가 바르나의 병원에서 몇 주를 보냈다던 이야기를 떠올리며 고개를 끄덕였다. 미트코는 감옥보다도 그 병원에 관해 이야기하는 걸 더 끔찍하게 생각했었다. 그래서 위험해. 그가 말을 이었다. 하지만 이 다른 병을 없애려면 맞아야 돼. 수잘야밤. 나는 미트코가 했던 말을 써서 다시 말했다. 유감이야. 주사가 비싸. 그는 내 동정심을 최대한 이용하려는 듯 나를 올려다보며 말을 이었다. 주사가 알약보다 훨씬 더 비싸. 100레바야. 그가 말했다. 그러더니 재빨리 이렇게 덧붙였다. 근데 100레바면 주사 세 대를 다 맞을 수 있어. 그다음에는 괜찮아. 그는 내게 아무것도 요구하지 않았다. 물론 요구한 것이나 마찬가지였지만. 미트코가 그 부탁을 소리 내서 말하게 하는 것은 잔인한 일로 보였다. 도브레. 내가 말했다. 알았어, 도와줄게, 걱정할 필요 없어. 미트코가 미소 짓자 내가 미처 헤아리지 못했던 그의 마음속 어떤 긴장감이 드러나 보였다. 그제야 나는 그가 걱정하고 있었다는 것을, 자신에 대한 내 감정이 그렇게까지 뻗어나갈지 확신하지 못하고 있었다는 것을 깨달았다. 고마워. 그가 말했다. 형은 이스틴스키 프리야텔, 진짜 친구야. 나는 미트코가 한 이 말에 기쁨을 느끼고는 당황했다.

미트코는 쟁반에 놓인 남은 음식으로 관심을 돌렸다. 아무것도 낭비하지 않기로 작정한 듯했다. 잠시 그에게서 벗어나고 싶은 마음에 나는 의자를 뒤로 밀고 일어서며 곧 돌아오겠다고 말했다. 화장실은 우리가 앉은 테이블에서 멀지 않았다. 내게는 아주 희한하게도 해로워 보이는 잠긴 파티룸 바로 맞은편에 있었다. 칸막이 하나와 남성용 소변기 하나, 벽에 붙은 세면대 하나만 있는 작은 화장실이었다. 나는 소변기로 다가갔다. 당장 소변을 보고 싶은 마음은 들지 않았으나 형식적으로 물건을 꺼냈다. 나는 눈을 감고 미트코와 그가 불러일으키는 감정으로부터, 너무도 날카로운 그 쾌감으로부터 자유로워졌다는 사실에 고마워하며 심호흡했다. 나중에 나는 그 느낌 자체가 이어서 일어난 일을 일으킨 게 아닌지, 내가 미트코에게 그 느낌을 티낸 건 아닌지 궁금해졌다. 하지만 아마 그건 아니었을 것이다. 나는 문이 열리는 소리를 들었거나 문이 열리는 것을 느꼈을 때, 아마 들었다기보다는 느꼈을 때, 기압의 아주 미세한 변화를, 나 자신의 저항감처럼 무너져내리는 공기의 저항감을 느끼고 놀랐던 것 같다. 그리고 갑자기 등뒤로 다가온 미트코의 갑작스러운 온기를 느끼자 그 저항감은 쓸려나갔다. 나는 문이 열렸을 때부터 들어온 사람이 그라는 것을 알았다. 다른 사람일 수도 있다는 생각은 전혀 들지 않았다. 그에게 그만하라고 말할 생각도 들지 않았던 것 같다. 아니면 너무 약하게 떠오른 생각이라 휩쓸려오는 흥분감 속에 사라졌던 걸지도. 문에는 잠금장치가 없었고 우리는 다른 사람의 방해를 받을 수도 있었다. 미트코가 몸 전체를 내게 기대고 내 발 뒤에 자기 발을 놓고서 내 허리에 자기 상체를 붙이며 내 목으로 뜨거운 숨결을 뿜어내던 그때 그 위험이 내 쾌락을 더욱 고조시켰는지도 모르겠다. 이건 현실이라고, 나는 이상한 안도감을 느끼며 생각했다. 여기가 내가 속한 곳이라고. 그리고 나는, 그때를 회상하면 부끄럽긴 하지만 R를 생각했다. 우리가 함께 보낸 인생이, 개방적이고 햇빛 가득하며 지속적인 그 삶이 전적으로 실체 없는 것이 된 듯했다. 나는 그 인생이 사라지는 것을, 활활 불에 타는 그림자처럼 말 그대로 사라지는 것을 느꼈다. 그리고 내 일부는 그 사라짐을 반갑게 여겼다. 미트코의 입이 내 목을 눌러왔고 그의 두 손이 내 셔츠 아래에 닿았다. 그렇게 오랜 시간이 지났는데도 미트코는 내가 좋아하는 애무 방식을 기억하고 그 익숙한 방식으로 나를 애무했다. 그는 나를 앞으로 밀치며 더욱 세게 눌러왔고, 나는 그가 내 몸에 자기 몸을 문지르는 것을 느끼며 타일에 한 손을 대고 마음의 준비를 했다. 그는 자기가 단단해져 있음을, 자기도 원한다는 것을, 우리가 너무도 자주 했던 일을 다시 할 준비가 되어 있다는 사실을 내게 알리고 싶어했다. 나는 다른 손으로 자위했다. 나는 그의 첫번째 손길에, 그 애무의 첫 암시에 발기됐다. 나는 미트코의 동작 한 번, 빠르고도 무모한 그 동작 단 한 번에 앞으로 휩쓸렸다. 처음에는 내게 기댄 그의 몸무게로, 그다음에는 그의 두 손으로. 갑자기 그의 치아가 내 목에 닿았다. 나는 몇 달 동안 경험하지 못한 쾌락에, 어쩌면 R와는 한 번도 경험해본 적 없는 쾌락에 사정했다. 잠시 내 머리는 이마가 팔 옆에 닿을 정도로 수그려졌다. 나는 다른 무언가를 느낄 겨를도 없이 미트코에게 고마운 마음이 들었다. 그는 나를 품안에 더 꽉 끌어안고 나와 잠시 더 머물렀다. 내가 제자리에 있도록 붙들어주는 것처럼. 그런 다음에는 그의 입술이 내 목을 마지막으로 눌러왔고, 그는 떠났다.

나는 머리를 타일에 기댄 채 심호흡했다. 금속이 탁탁 소리를 내며 식어가듯 오르가슴이 잦아들었다. 나는 눈을 뜨지 않은 채로 레버를 올려 소변기 물을 내리고, 다시 내리고, 또 내렸다. 나는 물론 이런 순간에 죄책감을 느끼는 데 익숙해져 있었고, 가끔은 그런 죄책감이 내 쾌감의 일부라는 생각이 들기도 했다. 풍미를 더 깊게 만들어주는 쓴맛 같은 것이라고. 하지만 지금의 나는 더 강한 무언가를 느꼈다. 나는 아팠고, 병을 옮길 수 있었다. 그리고 아이들이 이곳에 왔다. 나는 변기 물을 내리고 또 내리면서 문 잠긴 그 방을 생각했다. 그런 다음 나는 칸막이 안으로 들어가 엄청나게 많은 휴지를 풀었다. 나는 세면대에서 휴지를 적셔 내가 방금 만진 레버를 닦았다. 내 몸을 지탱했던 벽도 닦았다. 그 벽에는 아무 위험 요소도 존재할 수 없었는데도. 그런 다음 나는 변기 자체를 안팎으로 닦기 시작했다. 이런 행동 모두가 과하다는 것을 알고 있었다. 내가 닦는 표면에 사람들의 손이 닿을 확률은 거의 없었지만, 나는 휴지가 손에서 녹아 흩어질 때까지 계속했다. 마침내 나는 젖은 덩어리를 변기에 버린 다음 세면대에 잠시 서 있다가 두 손을 씻었다. 그때에야 나는 거울 속의 나 자신을, 여전히 얼굴이 상기된 나 자신을 보면서 감히 R를 떠올릴 수 있었다. 그는 너를 사랑해. 나는 소리 내서 그 말을 속삭였다. 그런 다음 다시 그 말을 했다.

화장실에서 나와보니 미트코가 테이블을 치워놓았다. 밀크셰이크가 담긴 종이컵만이 남아 있었고, 미트코는 두 팔꿈치로 테이블을 단단히 짚은 채 그 컵 위로 몸을 숙이고서 아리송하다는 듯 고개를 한쪽으로 기울이고 나를 보고 있었다. 나는 그가 어린 애처럼 보인다고 생각했다. 예전에도 자주 그랬듯이. 그는 일종의 조심스러운 기대감을 품고 나를 지켜보았다. 엄밀히 말해 적절한 방식으로 행동하지 않았다는 건 알지만, 자신이 너무 매력적이었기에 여전히 보상을 기대할 수 있다고 생각하는 듯이. 미트코가 내게 괜찮냐고 물었을 때 나는 그럼, 그럼, 다 괜찮아, 라고 말했다. 말코 스메 루디츠키. 그때 그가 말했다. 그의 얼굴에 미소가, 잔뜩 충전된 진짜 미소가 피어올랐다. 우리 좀 미쳤지. 나는 대답 대신 그에게 힘없이 미소 지으며 그 말에 동의할 수밖에 없었다. 하지만 내 미소는 빠르게 흐려졌다. 나는 자리에 앉지도 않고 가야 한다고 말했다. 그래. 미트코가 대답했다. 형 친구가 기다리고 있으니까. 그 말에 나는 R를 떠올리고 아까 미트코에게 했던 변명을 생각했다. 미트코가 일어서서 컵을 집어들고 마지막으로 한번 더 빨대를 시끄럽게 빨아, 당분을 있는 대로 모아들였다. 식당의 온기를 겪고 나니 추위가 가혹하게 느껴졌지만, 나는 잠시 멈춰 미트코가 부탁한 돈을 주었다. 지갑에서 새 지폐 다섯 장을 꺼내 접어서 건네주었다. 고마워. 그가 말하더니 주먹으로 돈을 감싸쥐고 자기 가슴에 가져다댔다. 많이 고마워. 나이스티나, 진심이야. 아무것도 아닌데 뭐. 내가 말했다. 너한테 필요한 거잖아. 그런 다음 나는 집에는 어떻게 가느냐고, 지하철을 탈 건지 버스를 탈 건지 재빨리 물었다. 시간도 늦었고 일요일이었다. 게다가 우리는 둘 다 지하철이 언제까지 다니는지 몰랐다. 대로 건너편에는 미트코를 시내까지 데려다줄 버스 정류장이 있었고, 우리는 함께 그곳으로 갔다. 낮에 지나다니는 차들 때문에 질퍽하게 녹았던 눈은 이미 얼어 있었고 거리는 조용했다. 새 신발을 신은 미트코는 나보다 몇 발짝 앞장서 자신감 있게 걸었다. 이곳에 온 목적을 이미 이룬 그가 내게 더이상 신경쓰지 않는 것 같다는 생각이 어쩔 수 없이 들었다. 그는 텅 빈 거리가 실망스러운 듯 초조하게 주위를 둘러보았다. 플라스틱과 물결 모양의 양철로 만든 조잡한 구조물에서 버스를 기다리는 사람은 한 명뿐이었다. 묵직한 코트를 입은 삼십대 남자. 그는 바람을 피해 몸을 옹송그리고 손을 오그려 담배를 감싸고 있었다. 그는 우리를 힐끗 보더니 재빨리 눈을 돌렸지만, 미트코는 망설이지 않고 그에게 말을 걸었다. 그를 브라틀, 형제라고 불렀다. 처음에는 담배를 달라고 하더니 그가 담배를 건네주자 라이터를 달라고 했다. 도브레. 나는 그 거래가 끝난 뒤 말했다. 그래, 여기서 헤어지자. 난 돌아가야 해. 그러자 미트코는 입에 담배를 문 채 손을 들어서 짧은 인사를 건넸다. 그는 은신처에서 한 발짝 나와 버스가 다가올 방향으로 고개를 돌렸다. 그렇게 하면 바람에 몸이 노출될 수밖에 없는데도.

76번 버스들은 낡고 수리 상태도 좋지 않았다. 다음날 아침, 마침내 멈춰 선 버스는 다른 모든 버스처럼 네모나고 생기 없는 금속성 녹색으로 칠해진 모습이었다. 버스는 두 칸으로 이루어져 있었는데, 가운데가 거대한 경첩으로 연결되어 있고 연결부는 아코디언 모양 플라스틱으로 덮여 있었다. 상태가 나쁜 도로에서 버스 두 토막이 서로 부딪혀가며 용을 쓸 때마다 그 플라스틱이 조여졌다가 풀어졌다가 했다. 플라스틱 여기저기가 찢어져 있어서 아릴 정도로 차가운 바람이 들어왔으나, 숨이 막힐 듯한 열기를 누그러뜨리는 데는 왠지 아무 소용이 없었다. 내가 탄 정류장이 노선 시작점에 가까웠기에 나는 자리를 찾아 앉을 수 있었다. 나는 소매로 창문을 닦아 성에 속에 반원을 만들어냈다.

그러나 반원은 곧바로 다시 뿌예졌다. 정류장을 지나칠 때마다 타는 사람이 점점 많아졌고, 내린 사람은 얼마 되지 않았다. 시내로 이어지는 차리그라드스코쇼세 대로쯤에서는 버스가 만원이었다. 덩치가 크고 나이 많은 여자가 내 옆에 앉아 있었다. 공간이 더 좁아졌기에 나는 창문 닦기를 포기하고, 창문 전체에 김이 서리도록 내버려둔 뒤 버스 안으로 관심을 돌렸다. 통로에 점점 사람들이 차고 있었다. 내 자리에서 겨우 한두 줄 떨어진 승차권 펀칭기 주변 공간이나 버스 두 토막이 연결되는 더 먼 곳의 넓은 공간도 마찬가지였다. 버스 두 칸 사이의 경첩 혹은 연결부 위의 바닥에는 둥근 판이 덮여 있었다. 서 있기 어려운 곳이었다. 운전사의 기분에 따라 가끔 버스가 격렬하게 흔들리면 도움을 받을 수 있도록 난간이 설치되어 있긴 했으나 노인들은 되도록 그 자리를 피했다. 나는 그해 가을의 어느 오후를 떠올렸다. 막 학교가 파한 시간, 퇴근시간이 되기 전이었다. 그때 나는 남학생 한 무리가 번갈아가며 그 자리에 서서, 난간을 잡지 않고 있는 것을 보았다. 그들은 서핑하는 사람처럼 무릎을 구부린 채 두 팔을 쫙 펼쳤고, 균형을 잃을 때마다 웃었다. 지금은 아무도 그럴 기분이 아니었다. 남자들이 난간을 잡고 있는 모습에는 월요일 아침의 부루퉁함이 깃들어 있었다. 더 많은 사람이 타면서 버스는 점점 더워졌고, 공기에서는 내게도 익숙해진 겨울냄새가 나기 시작했다. 젖은 모직물과 담배, 이토록 이른 시간에도 나는 맥주 냄새까지.

땀을 흘리기 시작한 나는 창문 맨 위의 잠금쇠를 힐끗 바라보며 팔을 뻗어 그걸 내리고 싶다고 생각했다. 하지만 감히 그러지는 못했다. 여기 있는 모든 사람이 불쾌해할 테니까. 이곳 사람들은 찬바람 때문에 죽을 수도 있다고 믿었다. 내 바로 앞에는 한 남자가 창문에 기대서서 버스의 움직임에 따라서만이 아니라 의도적으로 조금씩 몸을 움직이고 있었다. 그는 앞으로, 그 다음에는 뒤로 몸무게를 옮겨실었고 그때마다 그의 코트가 창문에 스쳤다. 내가 그의 등뒤 유리창에 앉은 파리를 본 것은 그가 몸을 앞으로 숙이고 있을 때였다. 파리는 가만히 있었다. 어쩌면 창문의 한기에 마비됐는지도 몰랐다. 누군가의 데워진 아파트 내부에서 누군가의 데워진 옷 속을 통해 버스에 들어왔을 게 틀림없는 평범한 집파리였다. 당연히 여름 버스에는 윙윙대며 짜증을 돋우는 파리들이 흔하다. 하지만 이 녀석은 특별해 보였다. 겨울이 이토록 깊어진 지금, 녀석은 이곳까지 오기 위해 분명 온갖 확률을 뚫고 살아남았을 것이다. 버스의 떨림에도 창문에 꼭 달라붙어 있던 녀석이 마침내 위쪽으로 조금 움직였다. 유리 위쪽으로 탐험하듯 한 걸음을 떼어놓은 것이다. 남자가 몸을 뒤로 젖히자 그의 코트가 다시 파리 위로 떨어졌고, 나는 하마터면 소리를 질러 남자를 멈춰 세울 뻔했다. 나는 파리가 다시 나타나기를 기다렸다. 마지막으로 녀석을 본 자리에서 눈을 뗄 수가 없었다. 나는 그 생명체를 걱정하느라, 녀석이 아직 멀쩡하다는 걸 알고서 안도하느라 내가 타고 가는 버스의 전반적인 비참함과 숨막히는 열기를 잊어버렸다. 이어지는 몇 분 동안 나는 남자가 몸을 앞뒤로 기울이고 파리가 가려졌다가 다시 나타나는 모습을 지켜보았다. 코트가 걷힐 때마다 파리는 남자의 어깨가 유리창과 닿는 지점을 향해 또 한번 나아갔다. 그러지 마. 나는 숨죽여 말했다. 그쪽은 아니야. 그렇게까지 관심을 쏟는 것은 터무니없는 일이라는 걸 나도 알고 있었다. 녀석은 그저 파리일 뿐이었다. 뭐가 중요하겠는가? 하지만 중요했다. 최소한 내가 지켜보는 동안에는 그랬다. 관심이란 결국 그게 전부라고, 나는 생각했다. 그저 무언가를 충분히 오래 바라보는 것이라고. 관심이 왜 규모의 문제가 되어야 하는가? 처음에는 이런 생각이 희망차 보였다. 하지만 무언가를 바라본다는 것 혹은 그것들을 진정으로 바라본다는 것은 어려운 일이고, 우리는 여러 가지를 동시에 볼 수 없으며, 눈을 돌리기란 너무도 쉽다.

시내에 있는 오를로프 모스트, 일명 '독수리 다리'에 이르자 마침내 버스가 덜 붐볐다. 절반 정도의 승객들이 내리고 그보다 훨씬 적은 승객들이 탔다. 내 옆의 여자가 일어섰다. 나로서는 매우 안심되는 일이었다. 유리에 기대고 있던 남자도 떠났다. 그는 다른 사람들과 함께 버스에서 탈출했다. 나는 기대에 차서 파리를 보았고, 녀석의 흔적이 전혀 보이지 않자 새로운 승객들이 타기 전에 자리에서 일어서서 파리가 떨어졌는지 살피려고 바닥을 훑어보았다. 하지만 바닥에도 아무것도 없기는 마찬가지였다. 나는 망연자실해서 다시 앉았다. 겨우 몇 정거장을 더 가서 고트세델체프에 접어든 버스는 주거지 골목으로 방향을 틀었다. 길이 익숙하지 않았던 나는 문 근처로 이동해 몸을 밖으로 내밀고서 버스가 지나가는 모든 정류장의 이름을 읽었다. 하지만 걱정할 필요는 없었다. 종합병원에는 정류장이 따로 있었고 몇몇 사람이 거기에서 내렸다. 우리가 눈 내리는 바깥에 내려서자 버스는 거의 비었다. 건물은 사오층으로 보이는 널찍한 잿빛 콘크리트 구조물로, 학교 근처 병원보다 훨씬 컸다. 거의 대형병원 수준이었다. 입구까지 이어지는 계단은 얼음이 끼어 위험했다. 왼쪽의 사용할 수 없을 정도로 엉망인 휠체어용 경사로도 마찬가지였다. 나는 한 단에 두 발을 단단히 디딘 뒤에야 다음 단을 디디며 조심스럽게 올라갔다. 얼마나 쉽게 발을 헛디딜 수 있는지 느끼면서, 늙은이가 된 듯한 기분으로, 정말로 몸이 불편한 사람은 대체 어떻게 올라가라는 건지 궁금해하며. 건물 일층은 소리가 울리는 거대한 공간으로, 아직 완공 전인 듯 보였다.

바닥은 제대로 시공하지 않아 그냥 콘크리트나 다름없었고 벽은 회칠을 해두었을 뿐 헐벗은 채였다. 접수대나 안내대는 없고, 층별 진료과를 정리해놓은 커다란 게시판이 있을 뿐이었다. 빼서 바꿔 끼울 수 있는 기다란 플라스틱판에 의사들의 이름이 적혀 있었다. 필요한 진료과의 이름이 적힌 종이를 가지고 있긴 했지만, 병원에서 만난 여자가 빠르게 적어준 구불구불한 손글씨는 거의 알아보기 힘들었다. 게시판의 몇몇 단어는 익숙했다. 안과, 산부인과. 하지만 음역한 단어들은 어색하게만 보였다. 나는 그 단어들을 전혀 발음할 수 없었다. 아예 모르는 단어도 몇 개 있었다. 혼란스러워 주위를 둘러보다가 나는 흰 가운을 입은 여자가 커다란 중앙 계단을 내려오는 것을 보았다. 그녀는 커피가 담긴 플라스틱컵을 들고 있었으며, 이제 막 하루가 시작되기는 했지만 휴식을 취하러 가는 게 분명했다. 말씀 좀 여쭙겠습니다. 나는 가장 공손한 형태인 프로슈타바이테, 죄송합니다만, 이라는 단어를 말하며 그녀에게 종이를 내밀었다. 여기를 찾는데 좀 도와주실 수 있을까요? 그녀는 내게서 종이를 받아들었다. 그녀의 두 눈이 한 차례 위로, 종이에서 내 얼굴로 휙 움직였다. 거의 아무 표정이 없었다. 그녀는 내게 멀리 떨어진 구석을 가리켰다. 데르마톨로기야 이 베네롤로기야라는 팻말이 있었다. 나는 첫번째 단어는 알아보았지만 두번째 단어를 읽는 데는 시간이 좀 걸렸다.

당연히 영어에도 성병이라는 말이 있지만 성병과라는 말은 한 번도 들어본 적이 없었다. 미국에서도 그런 단어가 쓰이는지 궁금했다. 라틴어 어원대로라면 그 말은 사랑에 대한 학문이 되어야 할 텐데. 나는 이곳에 오는 사람들에게 그 단어가 적절한 경우가 몇 번이나 있을지, 그리고 이게 내가 처한 곤경에는 적절한 단어인지도 궁금했다.

나는 문을 열고 진료실이 늘어서 있는 길고 헐벗은 복도로 접어들었다. 벽면을 따라 벤치들이 띄엄띄엄 붙어 있었다. 복도가 거의 비어 있는 것을 보자 안도감이 들었다. 나이든 부부가 한 벤치를 차지하고 있었고, 십대 소년이 다른 벤치에 앉아 있었다. 저쪽 끝에는 밖으로 이어지는 문이 있었고 왼쪽 맨 마지막 문 위쪽에 수납과 표시가 보였다. 진료실 문은 닫혀 있었지만 내가 문을 두드리자 누군가 들어오라고 외쳤다. 중년 여자 한 명이 앞에 신문을 펼쳐놓고, 오른손은 커피잔 옆에 둔 채 앉아 있었다. 아침 일과에 몰두하고 있는 게 틀림없었다. 내가 들어가도 그녀는 눈을 들지 않고 계속 신문을 훑었다. 그녀는 내가 말을 걸고 나서야 나를 돌아보았다. 내 억양을 듣고 흥미가 생긴 듯했다. 그녀는 내게 마주 인사한 다음 기대감에 차서 나를 보았다. 내가 왜 이곳에 왔는지 설명하기를 기다리는 듯했다. 검사에서 양성 판정을 받았어요. 나는 그녀에게 다른 병원에서 받은 종이를 건네주었다. 확진을 위해 2차 검사를 받으러 왔습니다. 그렇군요. 여자는 천천히 책상에서 일어서며 말했다. 자기 커피를 두고 떠나기가 무척 싫은 듯했다. 무슨 증상이 있었나요? 그녀가 물었다. 상처가 났다거나. 그녀는 라니, 상처라는 단어를 사용했다. 나는 그런 적 없다고, 어쨌든 내가 아는 한은 그렇다고, 이런 경우 상처가 통증이 없는 작은 상처라는 걸 알고 있다고 말했다. 그러자 그녀는 애초에 왜 검사를 받았는지 물었다. 감염됐을지 모른다고 생각한 무슨 이유가 있었느냐고. 나는 이 질문을 예상하지 못했기에 잠시 뒤에야 대답했다. 어떤 친구가 저를 만나러 왔어요. 마침내 내가 말했다. 자기가 이 병에 걸렸다고 하더군요. 저한테도 검사를 받아봐야 한다고 했어요. 그녀는 이 말에 눈썹을 아주 약간 치켜뜨더니, 그러니까 그 사람하고 접촉했다는 말이군요, 라고 말했다. 두 언어에서 똑같이 발음되는 콘택트kontakt라는 단어를 써서. 그리고 나는 그녀의 눈을 똑바로 바라보며 그 단어를 다시 말했다. 네, 그와 접촉했어요. 여자는 내가 수치심을 느꼈으면 좋겠다고 생각하는 듯했지만, 나는 그 모욕을 받아들일 생각이 없었다. 그녀도 이 점을 인정한 듯 시선을 내리고 내 등뒤로 손을 뻗어 문을 열었다. 도브레. 그녀가 말했다. 그렇군요. 따라오세요. 그녀는 건너편 방에서 내 일을 처리했다. 그녀는 면봉으로 검체를 채취하고 피를 뽑으면서 한마디도 하지 않았고, 다시 한번 나는 그녀가 장갑을 끼지 않았다는 사실에 놀랐다. 그런 다음 그녀는 오후에 결과를 들으러 오면 누군가 맞아줄 거라며 나를 밖으로 안내했다.

그때까지도 똑같은 환자 혹은 예비 환자들이 기다란 복도에 놓인 헐벗은 벤치를 차지하고 있었다. 나는 그곳에서 몇 시간을 보낸다는 생각을 견딜 수 없었다. 환자들은 여전히 움직이지 않았고, 오랜 대기시간에 체념한 듯했다. 나는 걸어야 했다. 눈 속을 걷는 게 어려운 일일지라도. 그래서 나는 수납과 옆의 문으로 나가 거리로 이어지는 긴 경사로를 내려갔다. 공기가 따뜻해져 있었다. 아름다운 날 같았다. 그 계절에는 보기 드문, 햇볕이 쨍쨍하고 맑은 날이었다. 눈과 얼음은 이미 질척해져 있었다. 매끄럽고 축축한 표면이 아주 약간씩 밀렸다. 나는 미트코와 그의 새 신발에 대해서 생각했다. 예전 신발이라면 이미 완전히 젖었을 것이다. 겨울 부츠를 신은 나는 보송보송했다. 그 부츠도 얼음에는 별 도움이 되지 않았지만 말이다. 나는 천천히 경사로를 내려간 다음 건물 전체를 따라서 중앙 대로 쪽으로 나 있는 작은 거리를 가로질렀다. 고트세델체프는 기분좋은 동네였다. 번화했고 믈라도스트보다 오래됐으며, 나무도 녹지도 더 많았다. 봄이 되면 사랑스럽기까지 할지도 몰랐다. 이곳에도 아파트 단지들이, 집합적 삶에 대한 소련식 모형이 있긴 했으나 믈라도스트에서와 같은 임의성과 과잉은 없었다. 믈라도스트에서는 구체제의 몰락 이후 혼란 속에서 공간이 마구잡이로 점거되고 구조물들이 지어지거나 반쯤 지어졌다. 운율도 이유도 없이, 값싸고 무계획적으로. 여기 고트세델체프에서는 새로 지은 건물의 수가 더 적었고 동네의 원래 계획이, 그 기하학적 모형이 여전히 눈에 보였다. 내가 지나친 상점들은 믈라도스트의 선반 하나짜리 가게들, 조립식 판잣집들이 모인 작은 시장과는 달랐다. 그것들은 도시적이었으며 우아하기까지 했다. 최소한 우아함이라는 이념을 목표로 삼고 있었다. 몇몇 가게는 삽으로 가게 앞 눈을 치워 길을 뚫어놓았다. 이곳에서는 드문 일이었다. 그 추위에도, 심지어 많은 사람들이 직장에 있는 시간임에도 나는 쇼핑을 하거나 개를 산책시키는 사람들, 자기 인생에 바쁜 대학생으로 보이는 젊은이들을 지나쳤다. 그래서 내가 걸어가는 거리는 나 자신보다도 생기 있어 보였다. 하긴 나는 어디를 가든 내가 원하는 삶에 더 어울리는 곳이 어딜지 상상하곤 했다. 아마 어느 정도는 실제로도 그렇겠지만, 행복이 거리와 공원의 문제이기라도 한 듯. 나는 R와 너무 오래 떨어져 있었던 터라 나의 진짜 인생이 어느 먼 곳이나 미래의 어느 시간에 존재한다고 생각하는 데 익숙해져 있었다. 내가 존재하는 곳에서 온전히 살아가지 못하게 되는 건 아닐까 걱정스러워하며 앞날을 상상하기만 했다. 지금쯤 R가 일어났을 거라는 생각이 들었다. 틀림없이 R도 자기 병원으로 향하고 있을 것이다. 뭐든 불안이나 수치심, 회한의 감정을 느끼면서.

나는 동네의 경계를 이루는 크고 붐비는 대로로 접어들었다. 그러려면 바람을 마주봐야 했다. 바람은 건물이나 나무들에 방해받지 않고 거리를 따라 몰아쳤다. 몇 블록 앞에 공사장처럼 보이는 무언가가 보였다. 소피아 전역에 흩어져 있는 쇼핑몰이나 아파트를 짓는 공사장은 아닌 것 같았다. 거리를 따라 늘어선 게시판 위로 콘크리트 기둥 하나가 솟아 있었다. 처음에 나는 그 정체가 상상도 되지 않았다. 그 기둥에 이르자, 나는 빛바래고 모서리가 닳아버린 게시판들이 대성당 공사에 관한 정보를 보여주고 있다는 것과 완공 예정일이 이미 몇 년쯤 지났다는 것을 알게 되었다. 어느 게시판에는 대성당이 어떤 모습이 될지 보여주는 스케치가, **스베티 푸르보무체니크 스테판**이라는 성당 이름과 함께 적혀 있었다. 첫번째와 고통을 뜻하는 말의 어근, 그리고 사람을 나타내는 접미사를 맞춰보면, 아마 '첫번째 순교자 성聖 스테판' 성당이라는 뜻이었을 것이다. 성인의 이름보다 큰 글씨로 인쇄된 것은 이 프로젝트를 후원하는 기업의 이름으로, 이 나라에서 가장 큰 은행 중 하나였다. 공사장을 둘러싼 울타리에는 여기저기 찢긴 녹색 그물망이 걸려 있었다. 지금은 아무도, 아무것도 짓지 않고 있었다. 오랫동안 그 누구도 이곳에서 일한 적이 없는 것처럼 보였다. 기둥은 실제로 작업을 시작한 유일한 부분이었다. 아마 다른 부분도 토대는 깔았겠지만 눈 때문에 보이지 않았다. 이제 보니 아치도 하나 있었다. 아치는 기둥 쪽 옆면이 벗겨져 있었고, 그 옆에는 작은 단상으로 이어지는 계단이 몇 단 있었다. 거기가 입구인 모양이었다. 아직 별 진척은 없었지만 기둥은 틀림없이 종탑이 될 테지. 콘크리트 기둥 뒤로 가느다란 철심들이 벌거벗은 채 몇 미터 길이로 튀어나와 있었다. 내가 아는 한에서는 그걸로 무언가 만들려던 야심찬 계획은 완전히 폐기된 듯했다.

나는 도로를 가로질렀다. 콘크리트 중앙분리대 양쪽에 이차선 도로가 있었다. 지나가는 차량보다는 얼음이 더 위험했다. 울타리는 사실 누구도 막을 의도가 없는 것처럼 보였다. 아니, 더이상 막을 생각이 없다고 해야 할까. 쉽게 움직일 수 있는 콘크리트블록에 금속 막대들이 박혀 있었다. 이미 누가 손을 대는 바람에 사슬이 풀어져, 지나갈 만한 길이 나 있었다. 나는 그리로 슬쩍 들어갔다. 아치는 소재가 싸구려인데도 우아했다. 공사장 전체가 폐허, 아니면 무너지는 중이라기보다는 솟아나는 도중에 멈춰버린 역逆 폐허 같은 모습이었다. 땅에는 맥주병과 싸구려 플라스틱 주전자들이 여기저기 흩어진 채 눈밭에 삐죽삐죽 솟아 있었다. 그것들이 얼마나 오랫동안 그 자리에 있었는지 알 방법은 없었다. 나는 계단 몇 개를 거쳐 단상에 올라갔는데, 단상은 아치 덕분에 눈을 맞지 않고 있었다. 이곳에는 쓰레기가 더 많았다. 담배꽁초와 비닐봉지가 여기저기 천지였고, 누군가 버린 윗부분이 찢어지고 구부러진 콘돔 포장지도 있었다. 아마 서두르며 손가락으로 꽉 잡고 뜯거나 이로 물고 뜯어서 그런 것이리라는 생각이 들었다. 그렇다면 이곳이 완전히 버려진 것은 아닌 셈이었다. 나는 한 아파트에 삼대가 함께 사는 경우가 많은 이 동네에서, 집을 탈출하려면 이곳을 이용할 수밖에 없는 십대들을 떠올렸다. 나는 아치를 올려다보았다. 내 안의 무언가가 그 익숙한 형태에 반응했다. 여러 해 동안 교회에 가지 않았고, 갔다 한들 관광객으로서 갔을 뿐이지만. 나는 R를 떠올렸다. 그가 아직 검사를 받지 않은 건지, 아니면 결과를 기다리고 있을지 궁금했다. 내가 그와 함께 있지 않다는 게, 내가 아니면 R에게는 병원에 같이 가줄 사람이 아무도 없고, 그가 병원에 간 이유가 나 때문이라는 게 무척 싫었다. 그 일로 R가 나를 만난 일 자체를 후회하게 될까봐 걱정스러웠다. 어쩌면 R가 후회해야 마땅하다고 생각했는지도 모르겠다. 어쩌면 내가 이 나라에서 보낸 시간은 실수이고, 내가 걸린 병은 그저 그 사실을 확인시켜주는 것일 뿐인지도 몰랐다. 나의 뿌리 없음을 연장하는 것 말고 대체 내가 한 일이 뭐가 있을까? 나이가 들수록 변명하기가 어려워지는 일련의 거짓된 출발 말고는? 나는 새로운 나라에 가면 새로운 기분이 들기를 바랐던 것 같다. 하지만 나는 이곳에서도 새로워지지 않았다. 나의 습관적인 불안에 이유가 있다는 생각, 내가 어딘가에 적응하지 못한다면 그에 상당하는 이유가 있다는 생각이 일면 위로가 되기도 했지만 그 위로는 거짓된 위로, 진정한 치료법으로부터 도망치는 한 가지 방법일 뿐이었다. 하긴 그렇게 치면 나는 치료법이 있다는 것을 진심으로 믿지는 않았다. 나는 단상에서 내려와 눈발을 걸어 대로로 돌아가면서 그렇게 생각했다. 하지만 어떤 길을 통해서든 나를 R에게 이끌어준 선택들을 어떻게 후회할 수 있을까? 나를 미트코에게로 이끌어준 순간들, 내 기억 속에서 타오르며 결과와 상관없이 소중히 여기게 될 게 분명한 그 순간들도 후회하지 않는데.

나는 카페 하나를 찾아 책과 형편없는 커피를 곁들여 몇 시간 동안 바람을 피했다. 종합병원에 돌아갔을 때 나를 맞아준 사람은 다른 여자였다. 그녀는 첫번째 여자보다 훨씬 따뜻했다. 검사 결과가 나왔으니 의사를 만나볼 수 있다고 말할 때는 친절하기까지 했다. 그녀는 진료실 문을 두드리고 잠깐 안을 들여다보며 내가 왔다고 알리더니, 내게 진료실 옆 벤치에 앉아 있으라고 했다. 잠깐만 기다리세요. 선생님이 부르실 거예요. 그녀가 말했다. 물론 그녀가 말한 것보다 훨씬 더 오래 기다렸지만 말이다.

이제 복도는 비어 있었고, 반대편 끝에 청소부 두 명이 있을 뿐이었다. 그들은 카트와 대걸레 옆에 서서 수다를 떨고 있었다. 자신들이 누군지, 왜 거기에 와 있는지는 모르는 것 같았다. 조금만 있으면 다 끝날 거야. 나는 그렇게 생각하며 R가 했던 말을 떠올렸다. R는 내가 의사와 이야기를 나누고 주사를 맞고 나면 그와 내가 함께 꾸려온, 보다 깨끗한 삶으로 돌아오게 될 거라고 했다. 진료실 안에서 두번째인가 세번째로 고함치는 소리가 들리고 나서야 나는 이미 짜증이 섞인 어떤 목소리가 내게 들어오라고 소리치고 있다는 걸 알아차렸다. 나는 불안해하며 재빨리 일어났다. 문을 열자 한 여자가 책상 뒤에서 나를 사납게 노려보고 있었다. 나는 더욱 불안해졌다. 내가 들어가자 그녀는 일어섰지만 내게 인사하거나 손을 내밀지는 않았고 내가 도부르 덴, 이라고 중얼거리자 그냥 고개만 끄덕였다. 그녀는 그리 젊지 않은 가냘픈 여자였다. 나는 그녀의 외모에 깜짝 놀랐다. 이곳에서 흔히 보이는 동시에 조롱당하곤 하는 아름다움의 관념을, 유행에 민감한 특정 부유층과 연관된 과하게 성적인 스타일을 연상시켰다. 그녀는 공들여 화장했다. 아이섀도를 짙게 바르고 입술은 반짝거리게 칠했으며, 머리카락은 잘 매만져 거대하고 움직이지 않는 덩어리로 만들어놓았다. 의사 가운은 팽팽하게 당겨져 있었다. 그녀는 가운 밑에 애매하게 비치는 소재로 된 치마를 입고 굽이 극단적으로 높은 하이힐을 신고 있었다. 그녀의 불가리아어는 특이했는데, 아주 빠른 동시에 어쩐지 뚝뚝 끊기고 불분명했다. 자기가 말하는 단어들이 아삭아삭한 줄 알고 한입 깨물었는데 알고 보니 물컹했던 과일이라도 되는 것처럼. 2차 검사 결과가 나왔어요. 그녀가 말했다. 병에 걸렸다는 건 분명합니다. 환자분한테는 아주 심각한 일이죠. 심각하고 위험한 일이에요. 환자분한테든, 환자분과 어떤 식으로든 성관계를 맺는 사람한테든. 그녀의 말에는 이상하게 격식을 차리는 기색이 있었다. 마치 공문서를 읊는 것만 같았다. 아마 실제로도 그랬겠지만. 그러더니 그녀는 내가 앞서 받았던 질문들을 다시 던졌다. 상처나 긁힌 자리가 있느냐고 물었다. 성기도 성기지만 꼭 성기여야 하는 건 아니고, 입속, 혀 밑에 상처가 날 수도 있다고 했다. 제가 아는 한은 없어요. 내가 말했다. 평소와 다른 건 없는데요. 입속에 상처가 좀 있긴 한데 저한테는 드문 일이 아니라서요. 어렸을 때부터 났다가 없어졌다가 했어요. 이 말을 하고 나자 나는 잠시 할말을 잃었다. 여자는 아주 살짝 머리를 갸웃했다. 확실한가요? 그녀가 말했다. 말투에는 의심하는 기색이 역력했다. 나는 대학 친구들이, 의대에 다니는 녀석들이 환자들은 언제나 거짓말을 한다고 불평하는 걸 들은 적이 있었다. 그들은 지금 이 의사가 던지는 시선에서 보이는 것과 똑같은, 전문적인 지식과 짜증을 담아 그렇게 말했었다. 아마 그 친구들의 말은 대개 사실일 것이다. 여기서는 비밀을 드러내는 데 너무도 많은 치욕이 따른다. 비밀을 지키는 것이 자신을 지키는 것과 너무도 비슷하게 느껴지는 이 진료실에서는 더 그럴 테고. 네. 내가 말했다. 확실해요.

그녀는 이 말을 듣고 한숨을 쉬는 듯했다. 내 말을 인정하는 건지 답답해하는 건지는 확실히 알 수 없었다. 그런 다음, 그녀는 나로서는 전혀 알아들을 수 없는 무슨 말을 했다. 빠르고도 날카로운 명령이었다. 나는 잠시 망설였다. 가끔은 단어들을 처리하는 과정에서 마치 그 단어들을 반복해서 듣거나 종이에 그 단어들이 일일이 늘어놓인 모습을 보는 것과 비슷한 일종의 지연이 발생하곤 했다. 하지만 이번에는 아무것도, 단 한 마디도 떠오르지 않았다. 그녀는 내게 물을 겨를도 주지 않고서 자기 말을 더 큰 소리로 반복했다. 외국인에게 말할 때 사람들이 가끔 그러듯, 그게 무슨 도움이라도 될 것처럼. 죄송합니다. 내가 말했다. 나는 어린애가 된 기분이었다. 못 알아듣겠네요. 의사는 눈을 감았다. 깜빡이는 것보다 아주 조금 더 오래. 그러더니 그녀는 내 생각엔 마음을 가라앉히려는 게 분명한 심호흡을 하더니 나도 확실히 알아들을 수 있는 말을 했다. 바지 내려요. 나는 다시 망설이며 손을 허리띠로 가져갔으나 버클을 풀지는 않았다. 그녀로서는 내가 협조하지 못한다는 사실이 참아주기 힘든 모양이었다. 그녀는 짜증을 다스리지 못하고 빨리요, 물건을 좀 봐야겠어요, 라고 말했다. 물건이라니. 그렇게 천박한 건 아니지만 그렇다고 의학적인 단어도 아니었다. 나는 좀 놀랐다. 예의에 어긋난 것은 그 단어만이 아니었다. 내가 놀란 건 그녀가 사용한 대명사, 편한 사이에서나 쓰는 티ti라는 대명사 때문이기도 했다. 그때까지는 사실 그 힘을 느껴본 적이 한 번도 없었다. 다른 사람을 어떤 호칭으로 불러야 할지 파악하는 게 나한테는 언제나 힘든 일이었다. 어쨌든 지금은 영어 단어에 그런 뉘앙스를 가진 단어는 없었으니까. 하지만 나는 이제 그 단어가 일으키는 차이를 느꼈다. 그것은 온도의 변화와도 같았으며 내가 보존하고 싶어하는 존엄성을 더욱 약화시켰다. 나는 몸을 내보이면서, 그다음에는 그녀가 살펴보도록 성기를 들어올리고 그녀가 지시하는 대로 오른쪽으로, 또 왼쪽으로 잡아당겨 모든 표면을 그 여자의 시야에 노출하면서 존엄성을 완전히 잃었다. 마침내 그녀는 만족하고 내게 몸을 가리라고 손짓하더니 책상 옆의 작은 탁자 쪽으로 돌아섰다. 그 탁자에는 널따란 금속 용기와 커다란 솜뭉치가 있었다. 그녀는 솜을 좀 찢어 통에 재빨리 담근 다음 내게 젖은 솜뭉치를 건넸다. 냄새는 소독제와 비슷하고 고약했다. 손 닦아요. 그녀가 말했다. 그러더니 나를 경멸하듯이 책상 쪽으로 다시 몸을 돌렸다.

타카. 그녀가 자리에 앉자마자 말했다. 나는 여전히 옷을 주섬주섬 추스르고 있었다. 그러니까, 이 질병의 가장 좋은 치료법은 페니실린을 주사하는 거예요. 하지만 불행히도 지금은 쓸 수 있는 페니실린이 없으니 그런 치료는 불가능합니다. 잠깐만요. 내가 그녀의 말을 끊고 말했다. 어쩌면 무언가를 되찾으려는, 그녀에게 조금이나마 반항해보려는 의도였는지도 모른다. 어떻게 그럴 수가 있죠? 그렇게 기본적인 게 없다뇨? 하지만 그녀는 흔들리지 않고 한 손을 들어 나를 입다물게 만들었다. 약의 제조사가 오스트리아에 있어요. 그녀가 말했다. 그런데 그 회사에서 우리한테 약을 유통하는 걸 중단했어요. 불가리아에서는 네 달째 그 약을 구하지 못하고 있습니다. 아무데서도요? 내가 물었다. 믿어지지 않았다. 나는 다시 말했다. 어떻게 그럴 수가 있어요? 하지만 그녀는 어깨를 으쓱하고 말을 이었다. 원한다면 직접 확인해보셔도 되지만, 불가리아에 있는 사람 중 누구도 몇 달째 이 약을 받지 못했어요. 언제 다시 약을 얻을 수 있는지 말해줄 사람도 없고요. 그리스에서는 구할 수 있는 것 같더군요. 그녀가 말했다. 그리로 가서 치료를 받고 싶다면 제가 처방전을 써드릴게요. 거길 어떻게 가요? 내가 말했다. 저는 여기에 직장이 있다고요. 그리스로 갈 수는 없어요. 카크토 이 다 에, 그럼 뭐. 그녀가 말했다. 그러더니 그녀는 대안을 제시했다. 두번째로 좋은 치료법은 알약을 먹는 거예요. 최선의 선택은 아니지만, 대부분은 효과가 있어요. 그녀는 책상 모서리의 메모지로 손을 뻗었다. 이 주 동안 알약을 드시게 될 거예요. 그녀가 말했다. 삼 개월 뒤에 다시 검사받으시죠. 치료 효과가 있는지 보게요. 나는 치료법에 관해 인터넷에서 찾을 수 있는 모든 정보를 읽은 뒤였고, 알약 이 주 코스가 늘 충분한 건 아니라는 걸 알고 있었다. 감염된 지 오래된 경우에는 특히 그랬다. 그런 경우 사 주간 알약을 먹는 게 효과적일 가능성이 더 컸다. 혹시 몰라서 그러는데요. 나는 조심스럽게 말했다. 약을 더 오래 먹어야 하는 거 아닐까요? 하지만 그녀는 내가 말을 마치기도 전에 손을 들더니, 이번에는 공식적인 문건이라는 확신이 드는 문장을 되뇌기 시작했다. 이러한 권고를 함에 있어서, 그녀가 말했다. 저는 보건예방부, 즈드라베오파즈바네토의 지침을 따릅니다. 어떻게 번역하는 게 가장 좋은지는 잘 모르겠네요. 다른 치료를 받기 원하시는 경우 그 결과는 책임질 수 없습니다. 그녀는 나를 다시 비에라고 불렀다. 정중한 말투로 돌아가 있었다. 이유는 알 수 없지만 나는 이것이 더 심한 모욕이라고 느꼈다. 그녀가 메모지에 뭔가를 쓰기 시작했을 때 내가 말했다. 제가 책임을 진다면요? 그럼 사 주짜리 처방전을 써주실 건가요? 그녀는 계속 무언가를 썼고, 조금 전과 같이 정중하고 격식을 차리는 말투로 자신은 그저 정부의 규정을 따를 수밖에 없다는 말을 시작했다. 하지만 이내 말을 멈추더니 눈을 들어 말했다. 보통은 처방전을 두 번 사용하는 데 아무 문제가 없습니다. 이후 나는 그 말이 사실임을 알게 되었다. 처방전에는 날짜가 적혀 있지 않았으며, 그날 오후 늦게 약사가 약과 함께 돌려준 처방전을 보니 이미 약이 나갔다는 표시가 전혀 없었다. 나는 원하는 만큼 그 처방전을 반복해서 사용할 수 있었다. 의사는 글을 다 쓰고 나서 내게 받아가라며 종이를 내밀었다. 그녀가 계속 자리에 앉아 있어서 나는 한 발짝 나아가 커다란 책상 너머로 몸을 내밀어야 했다. 다 됐어요. 그녀가 나를 내보내며 말했다. 삼 개월 후에 돌아와 다시 검사를 받으면 됩니다.

나는 문 쪽으로 돌아섰다. 그곳을 떠나고 싶어 안달이 난 상태였다. 이 여자와의 만남에 기가 질렸다. 나는 그녀가 우자스나, 끔찍하다고 생각했다. 반은 불가리아어로, 반은 내 모국어로. 나는 좀더 단단한 땅을 디디듯 내 모국어로 돌아왔다. 하나 더요. 나는 여자가 등뒤에서 말하는 소리를 들었다. 그녀가 자리에서 일어나는 바람에 의자가 삐걱거리며 다시 내 관심을 끌었다. 나는 돌아서서 그녀가 다른 탁자 쪽으로 움직이는 것을 보았다. 그곳에는 커다란 장부가 펼쳐져 있었다. 내가 다니는 학교에서 매일 수업시간을 기록하는, 그러니까 가르치는 시간마다 서명을 남기는 장부와 비슷했다. 여자가 말했다. 이 질병의 위험성 때문에 정부에서는 모든 감염 사례를 보고하도록 합니다. 나는 갑자기 걱정스러워졌다. 이 일로 이 나라에서 체류하는 것이, 매년 갱신해야 하는 내 비자가 복잡해질지 궁금해졌다. 동시에 그게 선택을 피하는 한 가지 방법이 될 거라는 생각도 들었다. 떠날 수밖에 없는 상황이 오면 거의 안도감이 느껴질 것 같았다. 나는 장부를 내려다보았다. 빠르게 써내려간 그리 구불구불하지 않은 키릴문자로 그녀가 내 이름을 잘못 적어놓은 게 보였다. 내 이름과 중간이름은 적혀 있었으나 성은 빠진 채였다. 이걸로는 아무 일도 초래되지 않겠다는 생각이 들었다. 사람들은 나를 아예 찾을 수 없을 것이다. 잘못 적은 이름 옆의 큰 상자 안에 컴퓨터로 인쇄한 문장을 붙인 종잇조각이 있었다. 더는 위험하지 않다는 검사 결과가 나올 때까지 헌혈하지 말라는 등의 당부였다. 여자는 손가락으로, 매니큐어를 바른 기다란 손톱으로 그 아래의 빈 칸을 짚으며 나가기 전에 거기에 서명해야 한다고 말했다. 나는 그 말에 따라 전혀 읽을 수 없도록 약간 과장되게 내 이름 머리글자를 적었다. 그녀는 내가 서명을 마치자마자 장부를 덮었다. 장부를 덮으면서 긴 종이들이 흐트러지지 않도록 두 손으로 잡고 있었다. 이제 가도 되죠. 내가 말했다. 반쯤은 질문처럼. 그녀는 고개를 끄덕였다. 내가 문고리에 손을 올리자 그녀의 목소리가 다시 들려왔다. 묻고 싶은 게 있는데요. 그녀가 말했다. 여기 왔을 때 이 병에 걸려 있었나요? 여기로 병을 가지고 온 거예요? 나는 문에서 손을 떼지 않은 채 잠시 멈추었다. 나는 돌아보지 않은 채 대답했다. 당연히 아니죠. 여기서 걸린 겁니다. 그리고 나는 문을 열면서 계획에 없던 비아냥을 담아 말했다. 아름다운 당신네 나라에서 기념품을 얻었네요.

나는 문을 닫고 나가 다시 벤치에 앉았다. 당장이라도 떠나고 싶었지만, 아직 진료비를 내지 않은데다 누군가와 이야기하기 전에 혼자 있을 시간이 필요했다. 그래서 나는 자리에 앉아 딱히 무엇도 아닌 것을, 바닥을 뚫어지게 바라보았다. 당분간은 아무것도 보지 않을 작정이었다. 나는 두 손에 얼굴을 묻고 앉아 있다가 양손을 눈에 가져다댔다. 손바닥의 불룩한 아랫부분이 눈구멍에 딱 맞았다. 그건 아마 고통의 자세였을 것이다. 내가 느낀 것이 딱히 고통은 아니었지만. 내가 왜 그렇게까지 비아냥거리는 말을 내뱉었는지 이해되지 않았다. 그건 저 여자만이 아니라 이곳, 내가 선택한 이 나라를 향한 비아냥이었다. 나는 내가 그런 감정을 느꼈다는 걸 모르고 있었고, 그 감정이 얼마나 깊은지 궁금해졌다. 골치 아픈 문제는 하나 더 있었다. 잠시 앉아 있으면서 의사가 내게 해준 말이 미트코의 이야기와 모순된다는 사실을 알게 된 것이다. 마지막으로 만났을 때 미트코는 주사를 맞을 돈이 필요하다고, 알약이 통하지 않았다고 말했다. 하지만 그건 거짓말이 틀림없었다. 맞을 주사가 없었으니까. 미트코가 받을 수 있는 치료는 알약을 먹는 것뿐이었다. 잠깐 동안 나는 허공에 붙들린 기분이었다. 내가 느끼는 감정이 뭔지 확신할 수 없었다. 내가 왜 그렇게까지 놀랐는지 알 수 없었다. 미트코가 믿을 수 없는 사람이며 돈을 위해서라면 거의 무슨 짓이든 하고 무슨 말이든 내뱉으리라는 것을 알고 있었는데. 딱히 내가 화낼 만한 일도 아니었다. 애초에 내가 그에게 접근할 수 있었던 게 미트코의 그런 성격 덕분이었으니까. 하지만 나는 화가 났다. 바보 취급을 당한 것 같았다. 어쩌면 나는 우리가 이 문제를 어떤 식으로든 극복했다고, 우리가 공유하는 질병이 우리 사이에 일종의 연대를, 공동의 토대를 쌓아주었다고 상상했는지도 몰랐다. 게다가 나는 너그럽게 굴었다. 아무 대가 없이 그를 도왔다. 아니, 그건 아니지. 나는 문득 생각했다. 난 대가를 받았어. 미트코가 나를 따라 화장실로 들어와서 내가 자기를 얼마나 원하는지 확인시키며 대가를 받도록 만들었잖아. 미트코는 내가 너그러워지도록 놔두지 않았다. 그가 한 일의 의미가 그것이었다. 나는 아무것도 받지 않고 주고 싶었지만, 그에게는 그 점이, 흥정할 게 아무것도 없다는 사실이 모욕적이었던 게 틀림없었다. 이제는 내가 그의 치욕을 좋아했던 것인지, 나 자신의 너그러움에서 누린 기쁨이 바로 그것이었는지 궁금해졌다. 아무 보답도 필요없다고 주장하면서 미트코한테 필요한 것을 주는 방식으로 그를 모욕하며 즐거워했던 걸까. R가 맞았다. 미트코가 무언가를 받아가는 일에도, 나 자신의 거짓 동기에도 끝이 없을 터였다. 우리 사이에 공동의 토대는 존재할 수 없었다. 우리는 서로에게 품위 있게 굴 방법을 절대 찾지 못할 것이다. 끝내야 했다. 나는 알고 있었다. 나는 미트코가 주는 쾌락을 포기해야 했다. 뻔한 쾌락만이 아니라 친절을 베푸는 데서 오는 쾌락, 내가 친절이라고 이해했지만 이제는 다른 것일지도 몰라 두려운 무언가로부터 오는 쾌락까지도.

나는 누군가 내 쪽으로 걸어오는 소리를 듣고 두 눈에서 손바닥을 뗐다. 갑작스러운 빛에 눈이 시렸다. 수납과 직원이 벤치 옆에 서서 걱정스러운 눈으로 나를 보고 있었다. 나는 내가 스스로를 조용한 구경거리로 만들었다는 사실을 깨닫고 창피해졌다. 브시츠코 나레드 리 에? 그녀가 물었다. 괜찮아요? 아니지. 레드라는 말이 줄이나 차례를 의미하는 단어이니 그녀의 말은 오히려 모든 것이 차례대로 되어 있나요? 라는 뜻이었다. 모든 것이 제자리에 있느냐는 게 그 말의 진짜 의미였다. 나는 속으로 한 번인들 그런 적이 있겠느냐고 생각했다. 하지만 물론 나는 그렇다고 대답했다. 빠르게 연달아 두 번 다 다, 라고, 그 짧은 음절을 내뱉었다. 무슨 질문이 그래요? 어떻게 안 그럴 수가 있겠어요,

하는 식으로. 그러자 그녀는 내 말을 믿는다는 듯이 고개를 끄덕이고는 벤치의 내 옆자리에 앉았다. 나는 그녀가 갑자기 가까워져서 놀랐다. 그녀가 내게 해를 끼치기라도 할 것처럼 조금 움찔했다. 그녀는 젊지 않았지만 즈랄라 부즈라스트, 성숙한 나이라는 불가리아어 어구를 떠올리게 만드는 생기를 띠고 있었다. 불가리아에서는 사람이 정말로 늙기 전의 시기를 가리켜 그 말을 썼다. 그녀는 크고 무거운 몸이 건강함의 지표라도 되는 양 끌고 다녔다. 건강과 행복이 그녀의 체형을 둥글게 다듬어놓은 것 같았다. 문득 나는 그녀가 이 기관에서 내가 처음으로 만난, 기진맥진하거나 짜증난 것처럼 보이지 않는 사람이라는 사실을 깨달았다. 편안하게 행동하거나 그래 보이게 행동하는 건 드문 재능이었다. 나는 그런 인상이 틀릴 수도 있다는 사실을 알고 있었다. 네 세 프리테스냐바이, 걱정하지 말아요. 여자가 말했다. 네 에 파탈노, 그렇게 심각한 건 아니에요. 치료를 받으면 나아질 거예요. 머잖아 극복하겠죠. 그녀는 친절하게 말했다. 사심 없는 친절이었다. 나는 잠시 그녀를 바라본 뒤에야 고맙습니다, 라고 말했다. 그런 다음 그 말이 내가 느낀 것을 담아내기에는 부족했기에 다시 한번 말했다. 당신 친구도요. 그녀가 말했다. 나는 그녀도 내게 편한 사이에서 쓰는 표현인 티를 써서 말하고 있다는 사실을 알아챘다. 전에 나는 비에이자 고스포디누트, 그러니까 신사분이었지만 지금은 다른 자리에 놓여 있었다. 이 역시 그녀가 베푼 친절의 일부였다. 나는 내 언어에는 없는 뉘앙스의 다른 면을 느꼈다. 이 뉘앙스 때문에 존엄성은 사라졌을지 모르나 대신 온기가 생겨났다. 이제는 그 말투가 매우 소중하게 느껴졌다. 친구는 어때요? 그녀가 물었다. 친구도 병원에 갔나요? 치료를 받고 있어요? 네. 나는 그렇게 대답하며 내 말이 사실인지 아닌지 모른다는 점을 생각했다. 그에게 준 돈이 어디로 갔는지 알 수 없었다. 그녀는 고개를 끄덕였다. 중요한 일이에요. 그녀가 말했다. 치료를 꼭 끝까지 받으라고 하세요. 아니면 낫지 않을 거예요. 내가 말했다. 네, 그럴게요. 그녀는 손바닥으로 허벅지를 짚으며 일어섰다. 그럼 가죠. 그녀가 말했다. 수납과로 가서 진료비를 내고 집으로 가면 돼요.

그녀의 친절이 믈라도스트로 돌아가는 내 마음을 따뜻하게 데웠다. 퇴근시간까지 아직도 몇 시간은 남아 있었기에 버스는 거의 비어 있었다. 나는 한참 버스를 타고 가며 미트코를 생각했고, 내가 내린 결심이 맞는다고 느꼈다. 그 결심을 지키기가 어려우리라는 것도. 그날 저녁 R와 이야기를 나눴을 때, R는 자기가 아침에 검사를 받았으며 오후에 주사를 맞았다고 말했다. 나는 R가 이 문제를 극복한 것처럼 보여서 기뻤다. 그는 옷을 입고 친구들과 저녁을 먹으러 나갔다. 나도 좀 나아져 있었다. 이미 식사를 마치고, 거실에 앉아 책을 읽으면서 잠자리에 들기 전에 좀 긴장을 푸는 중이었다. 긴 하루였다. 일찍 잠자리에 들 생각이었다. 미트코를 보고 싶은 욕구는 전혀 없었다. 공동현관 초인종이 급하게 울리는 소리를 들었을 때, 나는 그 소리를 무시하고 싶은 충동을 느꼈다. 하지만 미트코는 거리에서 아파트에 불이 켜진 것을 볼 수 있었다. 그는 내가 집에 있는 것을 알고 있었다. 한편으로는 어쨌든 지금, 내가 해야 할 말에 대한 확신이 아직 남아 있을 때 일을 처리해버리는 게 나을 거라는 생각이 들었다. 나는 문을 열어주거나 통화를 하기 위해 버튼을 누르는 대신 복도 등을 켰다. 그것만으로도 알아들었다는 표시는 충분했다. 나는 서두르지 않고 부츠를 신고 코트를 입은 다음 목도리를 둘렀다. 해가 지면서 날씨는 다시 추워져 있었다. 하지만 내가 몸을 감싸는 이유는 단지 추위를 막기 위해서가 아니라는 느낌이 들었다. 나는 어떤 내면의 날씨 같은 것으로부터도 나를 지켜야 했다.

미트코가 아래에서 나를 기다리고 있었다. 그는 두 손을 주머니에 쑤셔넣고 추워서 어깨를 웅송그리고 있었다. 어쩌면 그가 덜 친절해진 것은 추위 때문이었는지도 몰랐다. 그는 나와 악수하거나 미소 짓지 않았다. 사실 내게 제대로 인사하지도 않았다. 안 내려오는 줄 알았어. 그가 시무룩하게 말했다. 평소의 매력은 전혀 없었다. 왜 그렇게 오래 걸린 거야? 친구들이 와 있어. 내가 말했다. 저녁을 먹는 중이야. 그러면서 나는 왠지 거짓말을 하는 것이 내 결심을 확인시켜준다고, 그것이 우리 사이의 돌이킬 수 없는 거짓에 대한 증거라고 느꼈다. 미트코는 어깨를 으쓱하며 말했다. 그래도 딴 데 갈 수 있잖아. 나 별로 상태가 안 좋아. 너무 추워. 말을 꺼내기가 어렵긴 했지만 나는 안 돼, 라고 말했다. 미안한데 시간이 별로 없어. 친구들한테 돌아가야 해. 미트코는 대답하지 않았다. 아마 그 말을 예상했던 것 같았다. 아니면 내 핑계가 너무 뻔한 거짓말이라 대답할 가치조차 없었든지. 나 집에 가야 해. 그가 말했다. 바르나에 가고 싶어. 여기엔 잘 곳이 없어. 돈도 없고. 그는 이 말을 하면서 나를 보지 않고 대신 땅을, 혹은 옆을 보았다. 부끄러워하는 것처럼. 그러면서 몸을 앞뒤로 움직이며 신발로 눈을 휙휙 헤집었다. 형이 도와줄래? 그가 말했다. 그는 여전히 나를 보지 않고 있었다. 버스를 타려면 40레바가 필요해. 그게 전부야. 40레바 사모, 부탁해. 그는 이제 시무룩하다기보다는 애원하는 투였다. 나는 잠시 망설인 뒤에야 입을 열었다. 그가 돈을 가지고 실제로 뭘 하든 그가 궁핍한 상황인 건 분명해 보였다. 그는 비참했고 추위에 떨고 있었으며 틀림없이 배도 고플 터였다. 그게 아니더라도 40레바가 대체 내게 무슨 의미가 있겠는가? 지금의 나는 그가 원하는 것은 무엇이든 줬어야 한다고 생각한다. 하지만 당시의 나는 미트코에게 40레바를 주지 않았다. 나는 안 돼, 미트코, 너한테 돈 주는 건 이제 끝이야, 크라이, 라고 말했다. 끝. 그가 날카롭게 나를 올려다보며 물었다. 자슈토, 왜? 그는 다시 그 말을 했다. 자슈토? 난 네가 주사를 맞지 않았다는 걸 알고 있어. 내가 말했다. 오늘 병원에 갔더니 불가리아에서는 주사를 맞을 수 없다더라. 나는 내가 들은 이야기를 확인하려고 국제병원인 토쿠다에 전화를 걸었더니 그곳에서도 같은 얘기를 했다고 말해주었다. 아니야. 그가 화가 나 목소리를 높이며 말했다. 난 주사를 맞았어. 내가 다니는 병원에 데려다줄게. 그가 말했다. 거기 사람들이 형한테 말해줄 거야. 하지만 나는 그의 말을 잘랐다. 그와는 어디도 함께 가고 싶지 않다고 말했다. 난 거짓말쟁이가 아냐. 미트코가 이제는 가만히 서서 말했다. 날 거짓말쟁이 취급하지 마. 나는 형한테 한 번도 거짓말한 적 없어. 그가 힘을 끌어모으는 게 보이는 것 같았다. 그는 여러 달 전에 내가 바르나에서 보았던 그 얼굴을 다시 뒤집어쓰고 싶은 듯했다. 하지만 미트코는 그럴 수 없었다. 이제는 그럴 힘이 없는 듯했다. 설명할 수 없는 슬픔을 느끼며, 나는 그 얼굴이 만들어지기도 전에 빛바래는 모습을 지켜보았다. 얼른. 그가 말했다. 아레 베, 돈만 주면 갈게. 더는 귀찮게 안 할게. 하지만 나는 고개를 저었다. 안 줄 거야. 내가 말했다. 부드러워진 목소리로, 이제 끝났어, 라고 말했다. 나는 그의 어깨에 손을 얹었다. 무슨 의미를 담고 싶었는지는 나도 잘 모르겠다. 그런 다음 나는 그를 등지고 안으로 들어갔고, 그곳의 갑작스러운 온기에 거의 격렬할 정도로 몸을 떨었다.

반밖에 못 알아듣는 말과 손동작, 나로서는 헤아릴 수 없는 함축적인 의미 등 이곳에서 살다보면 이해할 수 없는 것이 아주 많다. 하지만 다름 아닌 이곳에서야말로 가끔 세계가 소비하기 좋게 알아서 정리되고 의미는 이미 썰어놓은 고기처럼 전달되는 것 같은, 갑작스러운 이해로 인한 낯선 기분이 느껴지는 것도 사실이다. 얼마 전, 미트코와의 그 모든 일이 끝난 뒤에도 그랬다. 정신을 차리고 보니 나는 해변에서 출발해 소피아로 돌아가는 기차에 타고 있었다. 나는 긴 여행을 두려워했고 그 여행도 예외는 아니었다. 지루함과 답답함, 특히 늦여름의 열기가 두려웠다. 더 불안했던 건 어머니와 함께 여행하고 있었기 때문이다. 삼 년 동안 거의 남남처럼 지낸 끝에 어머니가 다시 내게 조심스레 다가온 것이었다. 우리가 딱히 인연을 끊은 것은 아니었다. 하지만 어머니는 내가 어떤 식으로든 없던 일로 만들고 싶어했던 과거, 없으면 내가 더 자유로워질 것만 같은 과거의 일부였다. 어머니가 이곳에 오면서 내가 버리고 도망쳤던 것들을 너무도 많이 가져온다는 생각에 마음이 불편했다. 손님 접대를 해야 한다는 부담도 더해졌다. 이번 여행이 어머니의 첫 유럽 여행, 아니, 아예 첫 여행이었기 때문에 더 부담스럽기도 했다. 어머니는 흥분과 불안이 뒤죽박죽 섞인 기분을 느끼고 있었고, 나는 그 기분을 만족시키고 가라앉혀야 했다. 어머니는 불가리아에서 여행 일정 중 열흘을 보내기로 했는데, 우리는 그 시간 대부분을 소피아 밖에서 보냈다. 나는 어머니에게 이 나라의 좀더 아름다운 지역을 보여주고 싶었다. 그래서 지금 우리는 내가 오랫동안 가보고 싶어했던 해안도시인 부르가스에서 돌아오는 길이었다. 우리는 둘 다 그 도시에 매혹되었다. 사람들 사이에 섞여 긴 부두와 바위투성이 해변을 걸어다닐 때는 소피아에서 한 번도 느껴본 적 없는, 여름에 취한 저녁 특유의 떨림이 느껴졌다. 신파적 상황을 피하려고 주의를 기울이느라 둘 다 지치긴 했지만, 내 예상과 다르게 우리는 그런 장면을 한 번도 연출하지 않았다. 여행은 실패가 아니었다. 걱정과 달리 나는 어머니에게 잔인하게 굴지 않았다. 나를 옥죄어오는 어머니의 소유욕, 나만의 사생활을 제한하고 엿

보려는 욕망으로부터 나를 보호할 방법이 그런 잔인함밖에 없다고 오랫동안 생각해왔는데 말이다. 삼 년 동안 나와 떨어져 지낸 어머니는 내게 부담을 주지 않으려고 신경썼고, 잠깐씩 친밀한 순간을 굳이 피하지는 않았으나 대체로 가벼운 분위기를 유지했다. 어머니는 예전과 다른 방식으로 과거에 관해 이야기했다. 아버지에 대해서, 아버지의 어린 시절이나 두 분이 함께 보낸 삶에 관해서. 어머니는 처음으로 아버지에 대해 이야기하며 되찾을 수 없는 짧은 행복을 인정했다. 나는 그런 이야기를 무척이나 듣고 싶었지만 한편으로는 조심스럽기도 했다. 그런 이야기들이 내가 두고 떠나온 것들로 나를 다시 끌고 갈 수 있음을, 그 이야기들이 너무 깊어서 내가 그 안에 빠져버릴 수도 있음을 알고 있었으니까.

어머니가 처음 도착했을 때 나는 어머니의 얼굴이 너무도 처지고 닳아 있어서, 어머니의 몸이 너무도 야위고 연약해 보여서 놀랐다. 어머니는 이제 의문의 여지 없이 늙어 있었다. 전과는 달랐다. 나는 어머니가 공항 신축 터미널의 유리문을 걸어나오는 걸 보며 찌르는 듯한 아픔을 느꼈다. 어머니와 함께 기차에 앉아 우리 사이의 주인 없는 자리에 가방을 정리할 때도 그 아픔이 다시 느껴졌다. 나는 일등칸 표를 사두었고, 그리로 가는 길에 객실을 여섯이나 일곱 칸쯤 지났다. 우리가 지나온 객실들은 편안하고 유럽적이었으며, 냉방이 지나치게 잘되어 있었다. 그리고 나는 내가 예약한 일등석이 유일하게 현대화되지 않은 객실, 사회주의의 녹슨 유물이라는 사실을 알게 되었다. 그 객실이 일등석이라는 주장의 근거는 여덟 사람이 들어가는 칸 네 개로 구획되어 있다는 점뿐이었다. 각 칸에는 닫을 수 있는 유리문이 있었지만, 지금은 공기가 덥고 정체된 탓에 전부 열어둔 상태였다. 나는 몹시 당황했다. 웃어넘기려고 했지만 이 상황이 나 자신의 실패처럼 느껴졌다. 불가리아에서만 일어나는 일이죠. 내가 어머니에게 말했다. 그리고 이제 진정한 발칸반도를 경험할 수 있을 거라는 말도 덧붙였다. 어머니는 내가 이끄는 대로 소지품을 정리하면서 전혀 불편하지 않은 척했지만 사실 불편한 것이 분명했다. 특히 작은 공간을 함께 쓰는 다른 승객들을 눈여겨보는 시선이 그랬다. 어머니는 원래 낯선 사람들을 믿지 않았다. 이런 의심 많은 성격은 때때로 어머니의 삶 전체를 지배하는 것처럼 보이는 소심함이나 두려움의 일부였다. 나 역시 그런 면을 물려받았을까봐 두려웠다. 나는 어머니의 머뭇거리는 모습에서 스스로의 힘에 대한 일종의 의심 혹은 의구심을 배웠고, 이런 의심은 내 힘이 어디까지 미칠지 알아보지 못하도록 나를 막아왔다. 어쩌면 여전히 막고 있을지도 몰랐다. 낯선 것은 무엇이든 어머니에게 경계심을 불러일으켰다. 어머니가 새로운 구경거리에 즐거워하면서도 핸드백을 꽉 쥐는 모습을 보고 그 사실을 알 수 있었다. 두려움만큼이나 예의를 중시했기에 내색하지 않을 뿐 어머니는 지금도 불편해하고 있었다. 나는 우리 칸이 완전히 차지 않았다는 걸 알고 마음이 놓였다. 어머니와 나는 그 칸의 한쪽 전체를 차지할 수 있었고, 기차가 움직이기 시작하자 다른 세 승객이 기차가 움직이는 쪽을 마주보고 자리를 잡았다. 그 셋 중에서 한 명은 턱수염을 기른 뚱뚱한 삼십대 남자로, 일행이 없었다. 그는 무릎에 두툼한 문고본을 한 권 올려놓고 있었다. 기다란 좌석의 반대쪽 끝 창가에는 나이든 여자가 앉아 있었다. 그녀는 덩치가 매우 컸고, 열기에도 불구하고 여러 겹의 옷으로 몸을 감싼 채였다. 그리고 예닐곱 살쯤으로 보이는 남자아이가 한 명 있었다. 아이는 반은 여자의 무릎에, 반은 여자의 옆자리에 몸을 뻗고 누워 잠들어 있었다. 여자는 태양을 마주보는 아이 얼굴 위로 한 손을 드리워 눈에 그림자가 지게 했다. 어머니는 아이를 보자마자 마음을 빼겼다. 그 아이는 남동생의 아이와 같은 또래였다. 하지만 나는 앞으로 보내게 될 시끄러운 시간을 생각하자 가슴이 철렁했다. 나는 녀석이 오랫동안 잠들어 있으면 좋겠다고 생각하며 책을 꺼냈다. 지금은 그게 무슨 책이었는지 기억나지 않는다. 무슨 영어책이었다. 어머니는 우리가 가는 곳마다 가지고 다니던 잡지 뭉치를 가방에서 꺼냈다. 우리는, 그러니까 어머니와 나와 자기 책을 가지고 온 남자는 각자 읽을거리를 읽으려고 자리를 잡았다. 남자는 책을 읽다가 시시때때로 소리 내 웃었다. 어머니는 열기가 견디기 힘들 만큼 심해질 때면 잡지를 옆으로 밀어두거나, 덮어서 부채처럼 썼다. 어머니는 눈을 크게 뜨고 나를 보면서 입 모양으로 너무 덥네, 라고 말했다. 입 모양으로만 말을 하는데도 남부 사투리 특유의 질질 끄는 특이한 모음 발음이 두드러졌다. 나는 어머니의 말에 그저 어깨를 으쓱할 수밖에 없었다. 기차가 너무 천천히 움직이고 너무 자주 멈추는 바람에 진짜 산들바람이라고 할 만한 것은 들어오지 못했지만 가끔이라도 바람이 들어올 수 있도록 이미 창문과 문을 열어둔 터라 상황을 더 나아지게 할 도리가 없었다. 나는 자주 책을 옆으로 밀어놓고 지나가는 풍경을, 마을들과 촌락들을 바라보았다. 그 대부분이 황폐했다. 오두막들과 작은 집들은 무너져내리고 있었다. 등짐을 지고 웅크린 사람들, 혹은 드물게 보이는 트랙터가 먼지를 피워올리며 아직 일하고 있기는 했지만, 거대한 갈색 들판은 가뭄에 갈라져 있었다. 이런 곳들을 지나가면 우리가 서로 다른 시대에 속해 있다는 생각이 들 수밖에 없었다. 이곳의 건물들과 자연은 현대의 손길을 거의 받지 못했다. 단, 창밖으로 지나가는 수많은 오두막이, 가장 황폐한 오두막조차 위성방송수신기로 장식되어 있다는 점만이 예외였다. 내가 사는 소피아 동네에서 본 적이 있었기에 그것들이 위성방송수신기라는 걸 알아볼 수 있었다. 그중 몇 개는 작고 현대적이었지만 거대한 삼각형 모양의 다른 것들은 세월에 빛이 바래 있었다.

한 시간쯤 지나자 아이가 잠에서 깜빡깜빡 깨려 했다. 녀석은 몸을 뒤집고 발길질을 하더니 여자의 무릎에서 몸을 일으키고 눈을 깜빡이며 일어나 앉았다. 이어서 여자도 잠을 깼다. 아이는 객실을 둘러보았다. 수줍어하면서도 열려 있었다. 녀석의 눈이 잠깐 나와 마주치더니 다른 데로 옮겨갔다. 다시 누워. 나는 여자가 아이에게 말하는 소리를 들었다. 그녀는 아이를 한 팔로 안고 뒤로 눕히려고 했다. 하지만 아이는 피곤하지 않다면서 두 팔을 뻗대며 저항했다. 아이는 배가 고프다고 했다. 여자는 발치에 놓아둔 커다란 가방 하나를 뒤져 랩으로 싼 샌드위치를 하나 꺼냈다. 그러고는 랩을 벗겨서 아이에게 건넸다. 아이는 샌드위치를 받아들고 좌석에서 미끄러져내려와 창가에 서서 지나가는 풍경을 지켜보았다. 녀석은 아직 반쯤 잠들어 있었고 눈은 게슴츠레했다. 그렇게 녀석은 천천히, 기계적으로, 잠을 깨려는 듯 샌드위치를 씹었다. 나는 책보다도 그 녀석을 더 자주 봤고 그건 어머니도 마찬가지였다. 어머니는 그 녀석을 보며 미소 지었고, 그 녀석이 어머니 쪽을 볼 때마다 점점 더 활짝 미소 지었다. 하지만 아이는 수줍어했다. 딱히 마주 미소 짓지 않았다. 아이는 샌드위치를 먹으면서 점점 정신이 들었는지 할머니에게서 아이란이라는, 여기 사람들이 가장 좋아하는 음료인 희석된 요거트 한 병을 받았다. 아이는 잠이 깨면서 더 진지하게 먹는 데 열중했다. 더 크게 한입씩 베어물고, 머리를 뒤로 젖힌 채 빈 병을 허공에 거꾸로 들고서 마지막 아이란 몇 방울을 혀로 받아냈다. 녀석의 할머니가 그에게서 쓰레기를 받아 갔다. 아이는 손바닥을 위로 해서 할머니 앞에 손을 내밀었다. 할머니는 포일로 싼 작은 초콜릿조각을 주었고, 아이는 재빨리, 전혀 기뻐하는 기색 없이 그걸 먹었다. 여자가 구긴 포일을 달라고 손을 내밀자 녀석은 재빨리 펄쩍 뛰더니 포일을 창밖으로 던졌다. 여자는 내가 알아듣지 못하는 무슨 말로 그 녀석을 꾸짖었다. 어쩌면 그냥 아이의 이름이었을지도 모른다. 아이는 활짝 웃으며 빙글 돌고는 우리를 한 명씩 바라보았다. 자신의 대담한 행동에 놀란 동시에 즐거워 보였다. 나는 엄격한 눈으로 녀석을 보려고, 어른으로서 녀석의 할머니와 연대감을 보여주려고 했다. 그러나 녀석의 미소 앞에 그런 생각은 물러나고 말았다. 녀석의 미소는 불가능할 정도로 환했고 자기 확신으로 가득차 있었다. 누구도 그 미소에 오랫동안 저항할 수 없으리라는 확신을 품고 있었다.

아름다운 아이였다. 날씬하고 팔다리가 길었으며, 바닷가에서 휴가를 보낸 탓에 피부는 갈색이 되어 있었다. 귀여움을 받는

데 익숙한 녀석이라는 생각이 들자 약간 분해지기도 했지만, 나 역시 녀석의 사랑스러움에 반응했다. 우리 모두가 그 매력을 느꼈다. 어머니는 즉시 녀석에게 넘어갔고, 우리 맞은편에 앉은 남자조차 책 너머로 미소 지었다. 녀석의 할머니가 아이를 다시 자리로 끌어당기며 계속 꾸짖었다. 자라고, 한참 가야 한다고 말했다. 그러다가 녀석이 거부하자 최소한 가만히 앉아 있기라도 하라고, 할머니는 피곤하다고, 좀더 쉬고 싶다고 말했다. 하지만 녀석은 아주 잠깐만 가만히 앉아 있을 뿐이었다. 머잖아 녀석은 심심풀이로 삼을 것을 찾아 이리저리 두리번거렸다. 기다란 유리판 두 개로 이루어진 녀석 옆의 창문은 위쪽 유리가 아래로 내려와 열리는 형태였는데, 그 창문을 고정시키는 빗장인지 잠금장치인지가 부러져 있었으므로 우리가 창문을 열어두느라 구석에 종잇조각을 끼워둔 상태였다. 녀석은 손을 위로 뻗어 손가락으로 창문 위쪽 모서리를 말아쥐더니, 닫힌 유리창 위로 머리가 올라오도록 좌석 위에 올라섰다. 아이는 뿌예진 유리창에 방해받지 않고 창밖으로 지나가는 들판을 바라보았다. 기차가 더욱 빠르게 달렸다. 녀석의 머리카락이 움직이는 공기 속에서 이리저리 휘날렸다. 그애는 놀이를 하기 시작했다. 어느 물체에 시선을 맞추고서는 고개를 빠르게 좌우로 돌리기를 반복하며 기차의 속도에 맞춰 그 물체를 눈으로 쫓는 놀이였다. 나도 오랫동안 차를 탈 때면 창밖을 내다보며 똑같은 놀이를 하곤 했는데. 가엾은 녀석. 나는 생각했다. 녀석에게는 할일이 아무것도 없었다. 장난감도, 책도 없었다. 아마 책을 읽기에는 너무 어린 나이였겠지만. 게다가 앞으로도 때워야 할 시간이 너무 많았다. 아이는 창문에서 눈을 돌려 뒤쪽 벽을 마주보더니, 어머니와 내가 짐을 놓아둔 금속 선반으로 손을 뻗었다. 그러고는 두 손으로 선반 모서리를 잡고 자기 몸을 끌어올렸다. 녀석의 오른쪽 다리가 디딜 곳을 찾아 창문 쪽으로 뻗었다. 이 모습에 녀석의 할머니가 잠을 깼다. 그녀는 자기와 가까운 다리를 잡고 잡아당기며 돌루, 내려와, 라고 말했다. 좌석에 내려선 녀석이 계속 서 있자 여자가 다시 그 말을 했다. 앉아. 이분들한테 방해가 되잖니. 여자가 말했다. 이분들은 책을 읽고 싶어하셔. 우리가 책 읽기를 멈춘 것은 사실이었다. 우리는 책 대신 그 두 사람을 보려고 고개를 돌리고 있었다. 하지만 나는 방해받은 기분이 아니었다. 녀석이 내 책보다 더 흥미로웠다.

심심해, 스쿠카 미 에. 아이가 말했다. 너무 오래 가잖아. 뭔가 하고 싶단 말이야. 할머니는 한숨을 쉬었다. 그렇게 오래 가는 건 아니야. 그녀가 말했다. 다른 애들은 잘만 앉아서 얌전히 가던데. 난 절대 안 앉아. 아이가 어깨를 펴며 소리지르더니, 니코가, 절대로, 라는 말을 되풀이했다. 한 음절 한 음절 끊어가며,

그 음절들이 허공에 휘두르는 작은 주먹질이라도 되는 것처럼. 나는 웃었다. 참을 수가 없었다. 내 맞은편의 남자도 웃었다. 할머니조차 미소 지었다. 웃음을 참기에는 아이의 행동이 너무 귀여웠다. 아이는 우리의 웃음에 놀란 듯했다. 우리의 존재를 잊고 있었던 것처럼 보였다. 녀석은 그 큼지막한 미소를 지으며 우리를 한 명씩 차례로 힐끗 봤다. 자기가 남긴 인상에 전율을 느끼는 듯했다. 우리 어머니만이 소외되었다. 어머니는 급히 손을 뻗어 내 팔을 잡으며 아이가 뭐라고 말했는지 물었다. 이 순간이 지나가기 전에 무슨 일이 일어난 건지 알고 싶은 듯했다. 그런 다음 어머니도 미소 지었다. 처음에는 아이를, 그다음에는 아이 할머니를 보며 두 손을 무릎에 둔 채 어머니 특유의 방식으로 좌석에 기대앉았다. 이 모든 것이 말로 표현하기에는 부족하다는 듯한 태도였다. 손주가 귀엽네요. 어머니는 그렇게 말하며 할머니를 보았다. 할머니는 그녀를 마주 보았지만, 미안하다고, 영어를 못한다고 말하며 고개를 저었다. 나는 어머니가 한 말을 옮겨주었고, 여자는 약간 놀라서 나를 보았다. 불가리아어를 하시네요. 그녀가 말했다. 거의 질문이었다. 그런 다음 내가 좌우로 고개를 흔들자 이렇게 말했다. 이 녀석, 귀엽긴 한데 고약해요. 하지만 그녀는 기뻐하고 있었다. 내가 그 말을 옮기는 동안 그녀는 우리 어머니를 바라보고 미소 지으며 고개를 조금씩 끄덕였다. 이제 우리 사이에 동지애가 생겨났다. 우리에게는 서로를 낯선 사람 이상으로 만들어주는 어떤 온기가 있었다. 내 생각에는 아이도 그걸 느낀 듯했다. 그래서 녀석이 생각하기에는, 그만의 왕국이 작은 좌석을 넘어 객실 전체를 아우를 만큼 커진 모양이었다. 기차를 타고 가는 동안 우리 맞은편에 앉은 남자는 가끔 잡지를 읽다 말고 옆에 둔 배낭에서 카메라를 꺼내 복도로 나가서 커다란 창문 너머 풍경을 카메라에 담았다. 아이는 이 모습을 관심 있게 지켜보더니, 남자가 다시 카메라를 꺼내자 그 사람 옆에 가 서서 고개를 갸우뚱했다. 어떻게 하는 건지 궁금해? 남자는 아이가 스위치와 버튼으로 둘러싸인 디지털 스크린을 볼 수 있도록 카메라를 기울이며 물었고, 아이는 여전히 수줍어하면서 고개를 끄덕이더니 남자의 옆 자리로 폴짝 뛰어올랐다. 귀찮게 하지 마. 할머니가 말했지만, 남자는 그 말을 듣고 고개를 저으며 괜찮아요, 방해 안 돼요, 라고 말했다. 그와 아이는 몇 분 동안 사진들을 스크롤하며 카메라를 살펴보다가, 할머니의 허락을 받고 창문 너머로 더 넓은 풍경을 볼 수 있는 복도로 함께 나갔다.

외손자예요. 여자가 우리에게 말했다. 내가 일주일 동안 바닷가에 데리고 갔어요. 저 녀석이 한 거라곤 뛰어다니면서 노는 것밖에 없었죠. 기차에서 잘 거라고 생각했어요. 보통 그러니까. 나는 공감하며 고개를 저었다. 긴 여행이라 아이에게는 힘들다고, 사실 녀석은 아주 얌전하게 굴고 있다고 말했다. 어머님이세요? 그때 여자가 물었고, 나는 그렇다고 말했다. 불가리아에는 처음 오신 거라고, 미국을 떠나신 것 자체가 처음이라고도 얘기했다. 어머니가 유럽에 처음 오시는데 불가리아로 모셔왔다고요? 여자가 말했다. 이런, 어머니가 유럽을 끔찍한 곳이라고 생각하시겠네요. 나는 잠시 말을 멈추고 어머니에게 통역해주었다. 어머니는 놀란 듯 숨을 들이쉬고 몸을 앞으로 숙였다. 아니, 아니에요. 어머니가 말했다. 아름다운 나라인걸요. 아주 멋진 시간을 보냈어요. 여자가 한발 물러서듯 말했다. 바다는 괜찮을지도 모르죠. 하지만 소피아는…… 그러더니 그녀는 중간에 말을 멈추며 코에 주름을 잡았다. 하긴, 어머니시니까요. 여자가 말했다. 당신과 함께 가는 곳이라면 어디서든 행복하시겠지요. 이 말을 들은 어머니는 손을 내밀어 내 팔에 얹으며 사실이라고, 정말 그렇다고 말했다. 내 마음속에서 무언가가 꿈틀거렸다. 무모한 어떤 존재를 너무 세게 쥐었을 때 느껴지는 움직임이었다. 나는 물러나고 싶은 충동에 저항해야 했다. 그런데 불가리아에 사신다고요? 여자가 물었다. 여기서 뭘 하세요? 내가 선생이라고 말하며 내가 일하는 유명한 학교의 이름을 대자 여자는 흥미로운 듯 얼굴이 밝아졌다. 브라보. 여자가 말했다. 아주 좋은 학교잖아요. 그녀는 자기 손자가 그해에 영어를 배우기 시작했다고, 영어

노래를 배웠고 이미 숫자도 셀 줄 안다고 말했다. 똑똑한 녀석이에요. 그녀가 말했다. 고약하게 굴어서 그렇지. 마지막 말은 방금 남자와 함께 돌아온 아이더러 들으라고 한 것이었다. 녀석은 카메라를 들고 기분이 좋아 보였다. 녀석은 얼굴로 카메라를 들어올리고(남자도 카메라에 손을 대고 있었다) 우리를 한 명씩 바라보았다. 아이는 한 손으로 렌즈를 이렇게 저렇게 돌려보며 우리를 크게, 또 작게 만들어보고 있었다. 여기 이분이 선생님이시래. 여자가 아이에게 말했다. 영어 선생님이야. 그녀는 아이에게 영어를 연습해보라고, 배운 것을 내게 보여주라고 부추겼다. 하지만 아이는 다시 수줍어졌다. 여전히 미소 짓기는 했지만 고개를 위아래로 움직였다. 단호한 거절이었다. 해봐. 나는 불가리아어로 말했다. 조금만 말해봐. 어떤 단어를 아니? 하지만 녀석은 그래도 거절했다. 갑자기 얌전해져버렸다. 녀석은 자기 자리로 올라가 여자의 팔에 머리를 기댔다. 부끄러워서 그래요. 여자가 말했다. 하지만 실제로는 아주 많이 안답니다. 그녀는 그해 학교에서 아이를 가르친 선생 얘기를 해주었다. 에너지가 넘치는 초임의 젊은 남자 교사였다. 그 선생은 게임을 통해 아이들이 공부한다는 생각을 할 겨를도 없이 무언가 배울 수 있게 했다. 심지어 학년말에는 학예회까지 했어요. 그녀가 말했다. 아주 멋졌죠. 모든 학생이 아주 많은 걸 배웠더군요. 아이가 다시 몸을 일으켰다. 갑자기 부끄러움이 가신 듯했다. 영어 단어 해볼래요. 아이가 말했다. 녀석은 꿈틀거리며 좌석 가장자리까지 나왔다. 신발 부리가 바닥에 겨우 닿았다. 녀석은 우리를 한 명씩 바라보았다. 우리 모두 지켜보고 있는지 확인이라도 하는 것처럼. 그러더니 두 손을 모두 허공에 들어올리고 쿵후! 라고 소리치며 좌석 쪽으로 등부터 넘어졌다. 그러면서 두번째 음절을 길게 끌어 그걸 일종의 울부짖음으로 바꿔놓았다. 여자가 혀를 찼다. 그거 말고 다른 단어들도 알잖아. 그녀가 말했지만, 나머지 우리는 다시 웃고 있었다. 이번에도 아이는 기뻐했다.

여자는 녀석에게 음식을 더 꺼내주었고, 우리는 다시 책을 읽기 시작했다. 하지만 나는 거의 한 줄도 읽지 못했다. 나 자신도 이해할 수 없을 만큼 매료되어 아이를 지켜보았다. 앉아서 샌드위치를 씹으며 창문을 내다보는 그 모습에는 사람을 열광하게 하는 무언가가 있었다. 그건 단순한 사랑스러움 이상의 매력이었다. 녀석은 음식에, 그리고 오후가 깊어지면서 더욱 강해진 열기에 진정되었는지 잠시 가만히 앉아 있었다. 하지만 금방 다시 초조해져서는 좌석에 올라갔다가 짐 선반의 금속 막대 하나를 두 손으로 꼭 붙들고 좁은 팔걸이에 올라섰다. 내려와. 할머니가 날카롭게 말했다. 할머니가 그러지 말라고 했지? 아이는 두 손을 놓았다. 항복한 게 아니라 거래를 위해서 두 손을 모두 쓰려는 것이었다. 할머니는 내가 뭘 하려는 건지 모르잖아. 아이가 반항했다. 목소리에 억울한 기색이 가득했다. 아직 아무것도 안 했는데. 조금만 기다려, 할머니. 해보게 해줘. 그런 다음에 나쁜 짓인지 보면 되잖아. 그러더니 아이는 두 손으로 어떤 몸짓을 했다. 손바닥을 위로 향한 채 손가락을 살짝 구부려서 몸 앞으로 내민 것이다. 애원하는 동작이었다. 갑자기 물리적인 충격을 느끼면서 나는 아이에게 매료된 원인을, 내가 시선을 뗄 수 없었던 이유를 깨달았다. 그건 바로 미트코가 하던 몸짓이었다. 아이의 동작 하나하나가 모두 미트코한테서 보던 동작이었다. 아이 자체, 녀석의 긴 팔다리, 그 날씬함, 특이한 피부 색깔이 미트코의 작은 복제품이라고 할 만했다. 그래서 나는 소년 미트코를, 지금 같은 모습이 되기 전의 그를 보는 듯한 기분이었다. 저 녀석들은 대체 저걸 어디서 배우는 걸까? 나는 궁금해졌다. 성인 남자가 될 때까지 살아남은 일련의 몸짓, 내게는 언제나 놀랍게 느껴지는 타고난 친절함과 매력. 자신이 환영받으리라는, 그리고 손이 닿는 것은 무엇이든 차지할 수 있다는 확신을 담은 저 동작이라니.

아이는 자기 몸을 끌어올리며 힘자랑을 했다. 녀석의 두 다리가 허공에서 버둥거리자 여자가 한쪽 다리를 잡아당겼다. 처음에 아이는 이게 놀이라고 생각하고 깔깔거렸다. 녀석은 다시 좁은 팔걸이로 내려와 벽에 등을 기대고 계속 미소 지었다. 이번에도 녀석은 두 손을 앞으로 내밀었다. 이제는 애원하는 게 아니라 봐, 별로 나쁜 짓은 아니었지? 바보같이 걱정하고, 라고 말하는 듯했다. 하지만 이번에는 여자가 녀석의 한쪽 손을 잡고 홱 끌어당겼다. 녀석을 억지로 자리에 끌어다 앉혔다. 내려오라고 했어. 여자가 말했다. 이제는 여자가 화가 나 있다는 게 확실했다. 여행하면서 처음으로 진짜로 화가 난 것이었다. 아이가 훌쩍이기 시작한 것은 여자가 아프게 해서이기도 하지만 바로 그 분노 때문이기도 한 듯했다. 처음에는 놀랐다가 자기 행운이 다할 수 있다는 사실을 믿지 못해 눈을 휘둥그렇게 뜨고 있었다. 녀석이 울음을 참으려는 것이, 무즈키하게 행동하려는 것이 보이기는 했지만 결국 아이의 눈에서는 눈물이 줄줄 흘러내렸다. 아이는 손바닥 전체로 계속 눈물을 닦아냈지만, 더 많은 눈물이 끊임없이 쏟아졌다. 녀석에게는 다른 모든 감정이 그렇듯 슬픔도 너무 큰 감정이었다. 할머니는 녀석을 보지 않으려 했고, 나는 전에도 그랬듯 부모가 된다는 게 얼마나 어려운 일인지 생각했다. 매 순간 훈육이 좋을지 인내심이 좋을지 점쳐서 나쁜 씨앗을 뽑고 좋은 씨앗은 자라도록 한다는 건 얼마나 어려운 일일까. 하긴 실제로 그 두 씨앗을 구분할 방법은 없을지도 몰랐다. 아이에게는 매력적인 특징이 남자가 된 다음에는 매력이 아니게 된다. 나는 미트코를, 내 짜증에 당황하고 나의 거절을 믿지 못해하던 그의 모습을 떠올리며 생각했다. 미트코도 바로 이런 아이였을 것이다. 나는 어머니를 힐끗 보았다. 어머니는 아이가 흐느끼는 걸 보면서 고통스러워하는 표정이었다. 어머니의 눈에도 눈물이 고였다. 그리고 나는, 예전에도 자주 그랬듯이 내가 느끼는 불만족의 근원이 어머니는 아닐지, 어머니가 무언가 했다면 지금의 나와 다른 존재가 되지 않았을지 궁금해졌다. 나는 아이를 지켜보는 어머니를 지켜보며 그런 생각을 했다. 이게 불공평한 일이라는 걸, 어머니의 사랑 방식으로 사랑받은 게 내게 행운이었다는 걸 알면서도.

아이는 울고 있고, 나는 어머니가 조심스럽게 녀석을 지켜보는 모습을 지켜보고, 우리 모두가 아이에게 그만의 사생활을 허락하려고 각자의 사생활로 물러난 바로 이때, 나는 사물들이 기이하게 정렬되는 것을 느꼈다. 사물들이 자리를 찾아가고 나 자신도 그 사이에, 그러니까 어머니와 아이와 더운 객실과 내 마음을 쥐어짤 만큼 맹렬하게 되돌아온 미트코에 대한 기억, 이렇게 여러 달이 지난 지금까지도 나를 상실감 속에 남겨둔 우리의 마지막 만남에 대한 생각 사이에서 나 자신의 자리를 찾아가는 듯한 기이한 압력을 느꼈다. 나는 가방에서 공책을 꺼냈다. 빛바래기 전에 이 순간을 포착하고 싶었다. 나는 문장이 아니라 인상을, 사물의 특정한 배열을 휘갈겨썼다. 다시 목이 트였는지 마주 비난을 퍼붓기 시작한 아이의 목소리를 들으면서도. 아이는 여자가 잡았던 팔을 붙들고 그 팔을 구부려 자기 가슴으로 당겨 안고 있었다. 스추피 미 루카타, 할머니가 내 팔 부러뜨렸어. 아이가 말했다. 아파. 그렇게 세게 당길 필요는 없었잖아. 하지만 여자는 꼼짝도 하지 않았다. 녀석의 연극에 익숙한 듯했다. 할머니가 시키는 대로 해야지. 그녀가 말했다. 할머니 기차도 아니잖아. 아이가 대답했다. 이제는 아파한다기보다는 시무룩해져 있었다. 할머니가 만든 것도 아니고, 산 것도 아니잖아. 아이는 그 논리가 자신이 몸을 숨길 수 있는 성벽이라도 되는 양 말했다. 할머니는 나한테 이래라저래라 할 수 없어. 하지만 그 모든 말은 대꾸할 가치가 없는 것이었다. 난 할일이 하나도 없단 말이야. 녀석이 전략을 바꿔 말을 이었다. 가지고 놀 게 아무것도 없어. 장난감도 없고, 할머니가 위에 올라가지도 못하게 하고. 심심해. 아이가 말했다. 스쿠카 미 에. 이번에는 좀더 탄탄한 근거를 갖춘 것 같다는 생각이 들었다. 아이의 불평에는 어느 정도 정당성이 있었지만 여자는 여전히 조용히 앉아 있었다. 내 팔. 잠시 후 아이가 기억이 떠올랐다는 듯이 말했다. 진짜로 아파. 그러더니 녀석은 여자에게 팔을 내밀었고, 여자는 다시 손으로 그 팔을 잡았다. 이번에는 걱정하는 표정을 지으면서 부드럽게. 어디 보자. 그녀가 말했다. 그러더니 그래, 정말 아프겠네, 안됐지만 잘라야겠다, 라고 말했다. 그러자 녀석이 갑자기 깔깔거리며 몸을 꼬아댔다. 할머니가 여전히 아이의 팔을 잡은 채 몸을 숙이며 다가와 녀석을 간지럽히기 시작한 것이다. 이제 녀석은 잔뜩 신이 났다. 아직 얼굴의 눈물이 마르지도 않았는데. 이런 놀이를 잠시 한 다음, 녀석은 결국 할머니의 무릎에 퍼질러앉았다. 두 팔로 할머니를 꼭 끌어안았다. 너무도 사랑스러워서 그걸 보고 있으니 마음이 아플 정도였다. 나로서는 눈을 돌릴 수밖에 없을 만큼 심한 갈망을 담아 둘을 지켜보는 어머니를 바라보는 내 마음도 아팠다. 우리도, 어머니와 나도 저런 식으로 서로에게 닿았던 시절을 기억하고 있었다. 내가 어머니의 존재를, 어머니의 손길을 찾아다녔던 시절을. 그 편안함과 솔직함이 어디로 사라져버렸는지, 왜 그것이 이처럼 딱딱한 불편함으로, 어머니의 사랑 표현에 어떤 대답도 할 수 없도록 만드는 금기 같은 느낌으로 바뀌어버렸는지 궁금했다. 어머니의 전화를 받지 않고 이메일에도 답장하지 않기 시작한 게 얼마나 잔인한 짓이었는지 실감했다. 어머니의 연락은 점점 광적으로 변해가다가 뜸해졌다. 얼마간 나는 어머니에게 존재하지 않는 사람이었고, 어머니는 내가 돌아올지 알 수 없었다. 그들은, 여자와 아이는 이렇게, 아이는 두 팔로 여자를 꼭 껴안고 여자는 두 손을 아이의 등에 얹은 채로 잠시 가만히 있었다.

그때 나는 메모를 하는 데 몰두해 있었기에 잠시 후에야 아이가 나를 지켜보고 있다는 사실을 알게 되었다. 아이는 할머니의 무릎을 짚고 일어나 똑바로 앉아 있었는데 그의 시선에는 어떤 강렬함이, 진지한 욕망이 깃들어 있었다. 나도 쓰고 싶어. 아이가 할머니에게 말했다. 할머니가 펜을 찾아 가방을 뒤지는 동안 녀석은 할머니가 못하게 할 거라고 생각했는지 조심스럽게 몸을 앞으로 숙이고 금속 통을 뒤져 어머니가 잡지에서 뜯어낸 엽서 한 장을 꺼냈다. 그런 다음 어머니가 녀석에게 고개를 끄덕이며 미소 짓자 두번째, 세번째 엽서도 꺼냈다. 아이는 다시 자리에 앉아 카드를 무릎에 두고 쓰기 시작했다. 커다란 대문자로 고객 회신용 엽서라는 세 단어를 여러 번 베껴 썼다. 나는 그애가 알파벳을 연습하는 중이라는 걸 깨달았다. 녀석의 어린 손으로 쓴 글자는 형태가 불분명했고, 키릴문자 Б가 라틴 알파벳을 종종 대신했다. 열심히 노력하는 모습, 아이가 글자를 쓰는 조용하고 성실하며 진지한 그 모습에 왜 그런 느낌이 들었는지는 모르겠지만 나는 가슴이 찢어질 듯했다. 녀석이 여자를 돌아보면서 내 쪽으로 머리를 기울이고, 다 쓰면 저 아저씨한테 읽어보라고 할 거예요, 라고 말했을 때는 더 그랬다. 어쩌면 그건 미트코 때문이었는지도 모른다. 내가 이 소년에게서 미트코를 보게 된 지금, 내가 상상할 수 있는 소년의 모든 미래는 내게 슬픔을 가져다주었다. 녀석이 공부를 못하거나 공부를 잘하더라도 취직할 만한 일자리가 없다는 것을 알게 된다면? 녀석이 할머니의 기대를 저버리고 미트코처럼 술이나 약에 기대게 된다면? 내 앞에는 밝은 아이의 잃어버린 장래가 놓여 있었다. 하지만 아이가 그 장래를 최대한 이용한다면, 다시 말해 녀석이 불가리아를 떠난다면(내가 가르치는 학생들은 끊임없이 말했다. 이곳에는 미래가 없다고, 이미 줄어든 기대의 지평은 더욱 좁아지기만 할 뿐이라고), 할머니가 기대한 것 이상으로 잘살아나간다면 어떨까? 그 경우 나는 미트코의 것이 될 수도 있었을 어떤 모습을 생각할 수밖에 없었다. 세번째 종이 엽서에 글자를 쓸 때쯤 아이의 글씨는 완전히 형태를 잃었다. 각이 없어지고 단조로워지다가 종이 전체에 구불구불한 선만 남겨놓았다. 기차는 플로브디프에 가까워지며 속도를 줄였다. 어머니와 나는 그날 밤을 플로브디프에서 보내기로 했다. 어머니가 그 아름답고 오래된 도시를, 언덕을 따라 늘어선 화려한 나무 집들을 봤으면 했다. 그때 아이가 자신이 휘갈겨쓴 마지막 카드를 내게 읽으라고 들어 보였다. 이건 내가 모르는 말인가본데. 내가 미소 지으며 말했다. 못 읽겠는걸. 그는 만족스러워하는 듯했다. 그는 툴툴대면서 토바 에 이스판스키, 스페인어예요, 라고 말했다. 이 말에 나는 다시 웃었다. 너 아주 똑똑하구나. 내가 말했다. 아이 할머니는 고개를 저었다. 그렇게 많은 언어를 알다니 좋겠네. 이제 나와 어머니는 자리에서 일어나 소지품을 챙기고, 선반에서 커다란 가방들을 내리고 있었다. 나는 아이에게 어떤 작별인사를 건네야 할지 모르겠다는 생각이 들었다. 녀석에게 공부하라고, 열심히 노력하라고, 무엇보다도 영어를 배우라고 말하고 싶었다. 영어를 모르면 모든 게 소용없어질 테니까. 그게 네가 가진 최고의 기회라고, 나는 말하고 싶었다. 하지만 그건 절대로 할 수 없는 말이었다. 그 말을 할 방법, 혹은 그 말이 아이에게 가닿게 할 방법은 아예 없었다. 대신 나는 가방의 작은 주머니를 열고 녀석에게 뭔가 주고 싶다고, 불가리아에는 없는 거라고 말했다. 그런 다음 어머니가 나한테 주려고 가져온, 드러그스토어에서 파는 박하사탕 한 팩을 아이에게 내밀었다. 내가 어렸을 때 가장 좋아하던 사탕이었다. 녀석이 비닐 포장지를 비틀어 까고 입에 사탕을 탁 집어넣으면서 즐거워하는 모습을 보니 말할 수 없을 만큼 기뻤다. 그때 기차가 멈추었다. 어머니와 나는 가방들을 들고 있는데다 이제부터는 단둘이 있게 되었다는 생각에 어색하게 복도로 나섰다. 소피아에 도착하기 전 마지막 정류장에서 내리는 사람들의 줄에 합류하면서, 나는 다시 한번 아이를 보았다. 그애를 영영 잊지 못할 것만 같았다. 어쩌면 내가 기억할 것은 정확히 그 녀석이라기보다는 내가 그애를 활용하는 방식일지도 모르겠다는 생각이 들었다.

나는 메모를 남겼다. 내가 녀석에 대한 시를 쓰게 되리라는 것도 알고 있었다. 내가 기억하는 것은 그 시가 될 것이다. 진실한 동시에 거짓된, 진짜 인상을 대체하는, 내가 만들어낸 인상. 나는 늘 시를 짓는다는 것은 무언가를 사랑하는 한 가지 방법이라고, 그것들을 보존하고 그 순간을 두 번 살아내는 방법이라고 생각해왔다. 아니, 오히려 그 순간을 더 완전하게 살아내는 방법, 경험에 더 풍부한 의미를 부여하는 방법이라고 생각해왔다. 하지만 마지막으로 한번 더 눈에 담고 싶어서 녀석을 돌아봤을 때는 그렇게 느껴지지 않았다. 시는 상실처럼 느껴졌다. 내가 그 녀석으로 구성할 수 있는 모든 것은 녀석을 작아지게 만들 것이다. 나는 무언가를 시로 바꾸어놓으면서 내가 실제로는 그것을 외면하는 게 아닌지, 세상을 보존하는 대신 세상으로부터 도피하는 게 아닌지 궁금해졌다. 문이 열리고 줄이 움직이기 시작했다. 나는 아이가 이미 우리가 떠난 좌석에 기어올라, 새로운 공간을 자기 몫으로 차지하는 모습을 보았다. 그런 다음 어머니와 나는 기차에서 내려 저녁 공기를 들이마셨다. 그 신선함이 주는 안도감에 나는 거의 헐떡거렸다.

나는 깊이 잠들었던 게 틀림없었다. 그해 봄의 어느 밤, 나는 꿈이나 어떤 종류의 생각보다도 깊이 잠들어 있었던 게 분명했다. 나는 문득 놀라서 깼다. 아주 잠깐, 나는 몇 주 전 쥐죽은듯 고요하던 그 밤에 느낀 격렬한 충격과 떨림을 느꼈다. 그날 나는 내가 이해하는 물리법칙은 물론 내가 당연하게 받아들이던 어떤 더 강한 확신까지 위배하는 움직임을 느꼈다. 세상이 한 번도 들어본 적 없는 소리를 내며 흔들리는 동안 나는 동물적인 공포를 느끼고 침대에 틀어박혔다. 깊게 우르릉거리는 천둥소리와 경고음, 동네의 모든 자동차가 비명처럼 질러대는 경보, 패턴과 음조가 있는 당혹스러운 불협화음. 다음날 아침 신문에는 그게 불가리아에 백 년 만에 닥친 가장 강력한 지진이었다고 보도되었다. 실제 강도는 그저 중간 정도였을 뿐이지만 말이다. 소피아에서는 블로코베들이 흔들렸지만 그중 무너진 건물은 한 채도 없었다. 창문이 깨지고 건물 정면 외벽에 금이 간 걸 제외하면 별다른 피해가 없었다. 지방 소도시에서도 가장 오래된 구조물만이 무너져내렸다. 기사에 따르면 사망자는 한 명으로, 그나마 지진으로 놀라 심장마비가 온 늙은 여자뿐이었다. 나로서는 처음 겪는 지진이었다. 그토록 절대적인 방향감각 상실과 무력함을 알게 된 것도, 그토록 비가역적인 방식으로 내 의지력의 미미함을 느낀 것도 그때가 처음이었다. 내 공포의 이면에 깔려 있던 것, 혹은 공포가 닥친 뒤 즉시 찾아온 것은 완전한 체념이었다. 일종의 무중력 같은 그 느낌이 불쾌하지만은 않았다. 아주 잠깐이지만 내가 그때의 공포를 다시 느낀 것은 소음 때문이었다. 그다음에야 나는 나를 깨운 소리가 재난 때문이 아니라 누군가 내 집 문의 윙윙대는 초인종을 계속해서 누르며 동시에 문을 두드려서 나는 소리임을 깨닫고 자리에서 일어났다. 그 누군가는 문을 노크하는 게 아니라 부서져라 두드리고 있었다. 빠르면서도 묵직하게. 몇 주 동안이나 거리를 두고 있었는데도 당연히 나는 그가 누군지 알고 있었다. 나는 R에게 그가 돌아와도 다시는 들이지 않겠다고 약속한 터였다. 그 사람하고 말하면 안 돼. R는 그렇게 말했다. 그 사람하고 말하면, 그 사람한테 어떤 신호라도 주면, 그 사람은 돌아올 거야. 그 사람은 더이상 형을 위해 존재하면 안 돼. 그가 말했다. 거의 이 표현 그대로 사용했다. 하지만 내가 뭘 할 수 있을까? 나는 문으로 가면서, 그만 시끄럽게 굴라고 소리치면서 생각했다. 아마 그 소리 때문에 이웃들이 이미 다 깼을 것이고 머잖아 그들이 호기심이나 분노를 느끼며 나올 터였다. 저 사람, 문 반대편에 있는 저 남자를 제어할 수 있는 것이 아무것도 없는데 내가 뭘 할 수 있을까. 내가 복도에서 소리치는데도 그는 계속해서 시끄럽게 굴었다. 어쩌면 자기가 내는 소리 때문에 내 목소리를 듣지 못했는지도 몰랐다. 내가 열쇠에 손을 얹고 나서야 그는 인내심을 발휘할 준비가 됐다는 듯 모든 소음을 동시에 멈췄다. 내가 문을 조금만 열 생각으로 묵직한 열쇠를 홈에 끼우고 문손잡이를 돌리자 반대편에서 무게가 느껴졌다. 거의 넘어질 것처럼 재빨리 뒤로 물러나면서 나는 어쩌면 그가 혼자가 아닐지도 모른다는, 결국은 그가 바르나에서 했던 협박을 실현하러 온 걸지도 모른다는 생각이 들었다.

하지만 전혀 아니었다. 미트코가 들어오는 순간 나는 그 사실을 깨달았다. 그는 걷는다기보다는 비틀거렸다. 무게중심이 어긋나 몸이 한쪽으로 쏠리는 것처럼 이상하게 비스듬한 걸음으로 나를 지나쳤다. 그는 누구에게도 위협이 되지 못했다. 바람 한 점만 불어도 쓰러질 것 같았다. 멈춰 서서 나와 악수하지도 않았고, 신발을 벗거나 말하지도 않았다. 대신 그는 비스듬하게 비틀비틀 움직이며 거실로 들어가 소파에 쓰러졌다. 나는 문을 열어둔 채로 잠시 서 있었다. 선뜻 문을 닫고 싶지 않았다. 갑자기 불어닥친 바람이 다시 불어나갈 기회가 아직 남아 있다는 듯. 미트코가 생각을 바꿔서 새로운 비밀이 폭로되고 새로운 신파극이 펼쳐지기 전에 떠날지도 모른다는 듯. 나는 이웃들에게도 귀 기울이고 있었다. 혹시 어느 집 문이 열리지는 않았는지 염려되었다. 나는 어느 문이 열리느냐에 따라 영어 혹은 불가리아어로 사과할 생각이었다. 친구가 취했다고 말할 요량이었다. 그게 사실이기도 했고. 미트코가 나를 지나칠 때 나는 강한 맥주 냄새에 충격을 받았다. 2리터짜리 병으로 파는, 싸구려 중에서도 싸구려 맥주. 하지만 복도에는 누구의 흔적도 없었다. 복도는 조용했다. 그래서 나는 문을 닫았다. 문을 닫고 들어가는 대신 나가는 선택지, 복도로 나가 이대로 떠나는 선택지가 아니라면 다른 선택지가 없었으니까. 물론 그건 아예 선택지라고도 할 수 없었다.

미트코는 소파 끝에 앉아 있었다. 푹 수그리고 있는 그 자세를 앉아 있는 거라고 하기는 어렵겠지만. 그의 몸은 기울어진 배처럼 한쪽으로 비스듬하게 처져 있었다. 그는 어깨를 움찔거려 재킷을 벗더니 구겨진 채로 등뒤에 놔두었다. 그가 보통 자기 물건을 아주 조심스럽게 다룬다는 점을 생각하면 전혀 그답지 않은 행동이었다. 그는 한쪽 무릎을 소파로 반쯤 끌어당기고 몸을 돌렸다. 나를 부르는 것 같았다. 자기 곁에 앉으라며 나를 초대하는 것 같았다. 그는 어깨와 등이 앞으로 굽어 있었고, 머리는 이상한 각도로 위를 향해 기울어 있었다. 중간 높이에 있는, 아마 개수대 위쪽 찬장에 있는 무언가를 골똘히 보는 것 같았다. 나는 그에게 다가갔지만 최대한 거리를 유지하면서 소파의 다른 쪽 끝에 앉았다. 그러자 그가 아무것도 보지 않고 있다는 걸 알 수 있었다. 눈이 소름 끼치게 움직였다. 아무 소용 없이, 더는 의지로 통제되지 않는 듯 그의 머리통 속에서 데굴거렸다. 게다가 목은 그냥 뒤로 젖혀져 있는 게 아니라 힘이 들어가 있었다. 고통스러워하는 자세라고, 나는 생각했다. 그가 취해 있는 건 분명했다. 그는 내가 본 그 어느 때보다도, 내가 봤던 그 누구보다도 심하게 취해 있었다. 하지만 나는 그가 다른 것도 먹은 게 틀림없다고 생각했다. 내가 아는 어떤 것보다도 효과가 뛰어난 어떤 물질을. 그는 끔찍해 보였다. 전보다도 깡말라 있었다. 늘 꽉 끼게 입고 다니던 옷이 몸에 헐렁하게 걸려 있었다. 그것만이 아니었다. 꼭 짚어 말하기는 어렵지만 그에게서는 경계심을 불러일으키는 어떤 모습이 보였다. 그와 거리를 좁히는 걸 어렵게 만드는, 그의 피부에 어린 어딘가 살짝 잘못된 빛깔.

나는 움츠러들지 않았다. 하지만 미트코는 내게서 움찔하려는 충동을 읽어낸 것처럼 다가와 내 한쪽 손을 잡았다. 나는 그의 두 손이 이상하게 움직인다는 것을 이미 눈치챈 터였다. 그의 손가락은 해괴한 모습으로, 가까운 곳에 이웃이 있다는 걸 알게 되어 놀란 것처럼 서로를 문지르고 있었다. 이제는 그가 두 손으로 내 손을 꽉 잡고 주물렀다. 너무 세게 잡아서 손마디가 튀어나왔다. 도브레 리 시, 너 괜찮아? 내가 그에게 말했다. 미트코가 괜찮지 않은 건 확실했지만 무슨 말이라도 해야 했다. 그는 빠르게 고개를 저었다. 대답이 아니라 내 목소리를 떨쳐버리려는 것 같았다. 나는 그가 나를 보려고 애쓰는 거라고 생각했다. 그의 눈이 잠시 데굴거리기를 멈췄다. 나를 찾는 듯했다. 하지만 곧 다시 움직이기 시작했다. 그는 잠시 내 손을 조용히 잡고 있었다. 계속 그 이상한 방식으로 주무르며, 내 손의 손마디들이 서로 짓눌리게 했다. 나는 고통을 피하기 위해 마주 힘을 주는 수밖에 없었다. 그때 그가 입을 열었다. 딱히 나나 다른 누군가에게 한 말은 아니었다. 그는 단 하나의 문구를 되풀이하기 시작했다. 짧은 문구였지만 처음에 나는 그 말을 알아듣지 못했다. 미트코의 발음이 불분명하기도 했고 너무도 이상한 문구였기 때문이다. 그건 반사실적 진술이었다. 멘 메 냐마. 그가 말했다. 그 세 단어를 계속해서 말했다. 멘 메 냐마, 멘 메 냐마. 나는 없어, 그런 뜻이었다. 나는 여기 없어. 문자 그대로 나는 없어, 라는 뜻. 나로서는 딱히 영어로 표현할 방법이 생각나지 않는 이상한 문장이었다. 잠시 나는 그가 지난여름에 유행한 대중가요인 〈딤 다 메 냐마〉를 부르는 거라고 생각했다. 번역은 불가능하지만, 대충 풀이하자면 연기가 되어 사라진다는 뜻이었다. 빠르게 쏘아져나가기 전에 바퀴를 회전시키는 자동차처럼. 혹은 만화에서 달려가는 새처럼. 그건 랩 음악이었다. 코러스가 제목을 박자에 맞춰 계속해서, 마치 구호처럼 되풀이했다. 잠시나마 미트코가 그 노래를 부르고 있다고 생각한 이유가 그래서였다. 그가 한 말이 제목과 아주 비슷하게 맞아떨어졌다. 멘 메 냐마, 멘 메 냐마. 나는 취한 미트코를 보고 거의 미소를 지을 뻔했다. 하지만 그 순간 그가 노래를 부르는 게 결코 아니라는 사실을, 이상한 움직임을 멈추지 않던 그의 눈에 눈물이 고여 있다는 걸 알아차렸다. 왜 그래? 그때서야 내가 말했다. 그게 무슨 뜻이야? 무슨 말인지 모르겠어. 이 말에 미트코는 구호를 멈추었다. 입에서 나오는 소리를 이로 끊어낸 것처럼 딱 잘랐다. 그는 거의 화를 내듯이 니슈토 네 라즈비라슈, 라고 말했다. 형은 아무것도 몰라. 그래. 내가 달래듯 말했다. 모르겠어. 말해줘. 하지만 내가 달래줄 겨를도 없이 그의 분노는, 그게 분노였다면 말이지만, 녹아내려 더욱 불안하게 내 두 손을 주무르는 행동으로 변했다. 드네스 숨 투크. 그가 말했다. 아 우트레 멘 메 냐마. 오늘은 내가 여기 있지만, 내일은 사라져. 그러더니 그 이상한 구호를 다시 시작했다. 나는 그 말이 무언가를 막으려는 주문이라고 생각했다. 아니, 이렇게 생각하는 것조차 너무 많은 의미를 부여하는 걸지도 몰랐다. 어쩌면 미트코의 말은 주문도 못 되는 것, 딱히 무슨 목적이 있어서라기보다는 감촉 때문에 손에 들고 돌리는 돌 같은 것일지도 몰랐다.

그는 구호를 멈추고 내 이름을 불렀다. 아니, 내 이름을 대충 따라하기 위해 쓰곤 하던 음절을 말했다. 내 이름은 그의 언어로 발음할 수 없는 것이었으니까. 처음에는 그도 내 이름을 말해보려 했지만 그로서는 낼 수 없는 소리에, 당황해서 고개를 젓게 만드는 그 복잡한 형태에 매번 걸려 넘어졌다. 나도 R와 있을 때 같은 느낌을 받았다. R의 영어식 이름은 얼마든지 흔한 것이었지만 포르투갈어로는 낯설게 들렸다. 나는 그 이름을 발음해보려고 끝없이 연습했다. 언어를 습득하는 능력이 뛰어난 편이기도 했다. 그러나 R는 내가 자기 이름을 말할 때마다 웃곤 했다. 그래서 나는 그 이름을 더이상 쓰지 않았다. 대신 다른 이름을, 내가 지어냈으므로 잘못 발음할 일이 없는 사적인 이름들을 썼다. 미트코가 쓴 음절도 사적인 이름이었다. 그 이름은 미트코만의 것이었다. 지금 그는 내게 집중하려는 듯 그 이름을 말했다. 두 번, 세 번. 그런 다음에는 슈테 움라, 라고 말했다. 난 죽을 거야, 내가 죽을 거래. 그리고 그 말에 그의 눈에 차올랐던 눈물이 흘러넘쳐

빰으로 주르륵 흘러내렸다. 그는 내 손을 놓고 두 손바닥으로 눈물을 닦았다. 그런 다음에는 눈 위에 두 손을 갖다댔다. 손을 움직이지 않게 되자 온몸을 앞뒤로 흔들었다. 미트코. 내가 팔을 뻗어 그의 등에 손을 얹으며 말했다. 손이 자유로워지니 그 손으로 뭘 해야 할지 알 수가 없었다. 미트코. 그게 무슨 뜻이야? 누가 그렇게 말했다는 거야? 그러자 그가 계속 몸을 흔들며 대답했다. 레카리테, 의사들이. 내 신장이랑 간이 망가졌대. 겨우 일 년밖에 못 살 거래. 미트코. 내가 다시 말했다. 미트코. 그리고 어쩌면 단 한 음절로 아, 라고 말했을지도 모르겠다. 내가 무슨 뜻을 전달하고 싶었는지 모르겠다. 하지만 어떻게 그럴 수가 있어? 나는 나도 모르게 그렇게 말했다. 뭣 때문에? 나는 매독이 원인일 리는 없다고 생각했다. 내가 준 돈으로, 두 번이나 준 돈으로 약을 사 먹지 않았다고 한들 매독으로 죽으려면 몇 년이 걸릴 테니까. 하지만 내가 그렇게 묻자 그는 날카롭게 고개를 저었다. 네, 그가 말했다. 네, 그러더니 그는 더이상 아무 말도 하지 않았다. 나는 몇 년 전 그가 병원에서 보낸 몇 달을 떠올렸다. 그의 간과 관련된 무슨 문제가 생각났다. 사실 미트코는 그 일에 대해 얘기한 적이 없었고, 과거에 관한 이야기를 피하듯 그 이야기를 피해왔다. 간염일 거라고, 나는 생각했다. 여기서는 간염이 걷잡을 수 없이 유행이었다. 나야 오래전부터 간염에 면역이 있었지만.

아니, 간염조차 아닐지도 몰랐다. 어쩌면 미트코가 끊임없이 마셔대는 술이 원인인지도 몰랐다. 그는 아직 너무도 어렸는데. 모르겠다. 나는 그가 맥도널드에서 만난 날 밤에 했던 얘기를 떠올렸다. 서로 떼어놓을 수 없을 정도로 단단히 얽힌 갈망과 흥분과 회한을 느끼며, 내가 그 이후로 너무도 자주 생각했던 그 만남. 미트코가, 우리 둘 다 먹어야 하는 약이 자기한테는 위험하다고 말했던 그때. 어쩌면 미트코는 나처럼 아무 피해 없이 이 병과 작별할 수 없었던 걸지도 몰랐다. 어쩌면 내가 반복적으로 말한 아, 라는 음절로 담고 싶었던 의미가 그것이었는지도 모르겠다. 나로서는 불평할 수 없는 운의 불공평함이 우리 사이에 엄청난 공간을 벌려놓았다. 원래 존재하던 것보다도 먼 거리를. 그래서 나는 그의 이름을 세번째로 말했다. 그 벌어진 공간 너머의 그를 소리쳐 불렀다. 그는 대답하지 않았고, 이미 닿을 수 없는 곳에서 몸을 앞뒤로 흔들 뿐이었다.

가야겠어. 그때 미트코가 말했다. 그는 소파에서 몸을 일으켰다. 잠시 비틀거리고 휘청거리더니 처음에는 한쪽 다리를, 몸이 앞으로 넘어가려 하자 다른 쪽 다리를 내뻗어 균형을 잡았다. 어쩌면 너무 빨리 일어서는 바람에 어지러웠던 걸지도 모르겠다. 그는 술에 취해 있었고 뭔지는 모르겠지만 다른 문제도 있었다. 그는 이렇게 거의 넘어질 것 같은 이상한 모습으로 거실에서 복도로 나갔다. 나도 일어섰다. 그를 막아야 할지, 이 시련이 이토록 짧게 지나갔다는 사실에 고마움을 느껴야 할지 알 수 없었다. 마침내 미트코를 떼어낼 수 있다는 걸 알게 되었거나 적어도 그렇게 될 거라는 생각이 든 지금, 나는 그가 떠나지 않았으면 했고 그가 문에서 돌아서 문 대신 복도를 따라 내 침실로 비틀비틀 걸어가는 걸 보고 거의 안도감을 느꼈다. 나는 일어나 그를 따라가며 그가 침대에 부딪혔다가 그 위로 쓰러지는 모습을 지켜보았다. 미트코는 어둠 속에서 길을 더듬어나가다가 침대에 부딪히는 바람에 놀란 것 같았다. 그는 잠시 누워 있더니 침대를 짚고 몸을 일으켰다. 비틀거리다가 반쯤 다시 넘어졌다. 그러고는 반쯤 앉고 반쯤 엎드린 자세로 가만히 있었다. 그의 두 손이 내가 덮고 자던 가벼운 이불을 쥐었다 놓았다 하며 여전히 움직이고 있는 게 보였다. 나는 문간에 서서 그 모습을 지켜보았다. 그에게 가야 할지 확신이 서지 않았다. 침대는 위험한 공간, 우리가 했던 일들에 대한 기억이 깃든 곳이었다. 하지만 그때 힘이 다했는지 미트코가 침대 위로 쓰러졌다. 두 다리를 침대 위로 끌어올렸고(그는 신발을 벗지 않고 있었고, 나는 신발의 흙이 이불에 묻는 것을 보았다), 그런 다음에는 가슴팍으로 두 무릎을 끌어당기더니 다시 흐느끼기 시작했다. 하지만 이번에는 조용했다. 눈물이 불쑥 솟구쳤고 얼굴이 일그러졌지만, 그의 입은 아무 소리도 내지 않고 벌어졌다 다물어졌다 했다. 그때에야 나는 그에게 다가갔다. 나는 침대로 가서 그의 옆에 누워 그의 어깨를 팔로 감쌌다. 껴안은 것은 아니어도 그에게 위안이 되었으면 했다. 다른 부분은 전혀 건드리지 않았지만 내가 그곳에 있다는 신호를 주고 싶었다. 그 즉시 미트코는 내 팔을 꽉 잡고 자기 가슴으로 당겼다. 조용한 흐느낌과 함께 숨을 들이쉴 때마다 그의 가슴이 오르내렸다. 미트코는 그냥 나를 당기기만 한 것이 아니었다. 내 쪽으로 굴러오기도 했다. 나는 거리를 두고 있었지만 그가 몸을 내게 기댔다. 그의 등 전체가 내 몸 앞에 닿았다. 나는 그를 꽉 끌어안고 그가 흐느끼는 내내 그렇게 있었다. 이윽고 미트코가 한쪽 다리를 내 다리 사이로 집어넣더니 나를 꽉 끌어당겼다. 내 몸을 따라 그의 몸 전부가 느껴졌다. 비록 불완전하고 위태롭고 간헐적이라 해도 내가 그를 사랑할 수밖에 없도록 했던 그의 몸. 그의 목에 얼굴을 가져다대고 그를, 땀과 알코올에 절은 그의 시큼한 향을 들이마시자 내 두 손과 입으로 너무도 상세히 알고 있는 이 형체가 녹아 없어진다는 것이, 그냥 녹아 없어져버린다는 것이 불가능한 일처럼 보였다. 내게 그토록 소중한 이 몸이 죽는다니 견딜 수 없었다. 내가 그를 더욱 꽉 끌어안았음에도 우리 사이에 벌어진 공간은 좁혀지지 않았고, 나는 나 자신이 그 공간의 너머, 건강한 쪽에 남아 있으리라는 것을 알고 있었다. 나 자신은 미트코와 함께 머물지도 않을 것이고 그가 마주한 죽음을 마주보지도 않으리라는 걸 알았다. 나는 죽음이 모든 곳에 있다는 것을, 우리가 죽음으로부터 눈을 돌리는 모든 순간이 환상임을 알고 있었다. 그러나 스스로를 속일 수만 있다면, 나는 죽음으로부터 눈을 돌리는 척할 생각이었다. 지금의 나는 사랑은 그냥 누군가를 바라보는 문제가 아니라고 생각한다. 오히려 사랑은 그 사람들과 함께 바라보는 것, 그들이 마주보는 것을 함께 마주보는 것이다. 가끔은 미트코의 곁에 버티고 서서 그와 함께 지켜보지 못한다면 과연 누구와 그렇게 할 수 있을지 궁금해진다. 가령 어머니, 혹은 R가 그런 사람이 되어줄까. 스스로를 의심하는 건 끔찍한 일이지만, 나는 의심한다.

그럼에도 나는 그의 곁에 누웠다. 내가 미트코를 안고 있는 동안 그는 내 팔을 붙들어 꼭 끌어안고 있었다. 그는 좀 진정되자 말을 하기 시작했고, 그가 흐느끼는 동안 가만히 있던 두 손은 다시 내 몸을 잡고 주물러대며 다시 그 이상한 동작을 시작했다. 오비차슈 리 메. 그가 물었다. 나 사랑해? 하지만 그건 질문이 아니었다. 그는 대답을 기다리지 않고 나는 형이 날 사랑하는 걸 알아, 라고 말했다. 난 형이 날 사랑하는 걸 알지만, 형을 사랑할 수 없어. 미안해. 형은 친구야, 그가 말했다. 프리야텔, 너무도 많은 의미를 담고 있는 동시에 거의 아무 뜻도 없는 그 단어. 형은 내 친구지만, 포베체 네 모가, 난 그 이상은 아무것도 할 수 없어. 쉿, 미트코. 내가 말했다. 괜찮아. 걱정하지 마. 나도 이해해. 하지만 그는 내 말을 듣지 않고 있었다. 그는 혼잣말하고 있었다. 나로서는 빙빙 돌아가는 그의 생각을 따라가기가 불가능했다. 고스포드 고 오비참. 그가 말했다. 잠시 나는 내가 그의 말을 잘못 알아들은 거라고 생각했다. 그는 전에 한 번도 그런 얘기를 한 적이 없었으니까. 하지만 그는 다시 똑같은 말을 했다. 나는 신을 사랑해. 노 멘 네 메 오비차, 하지만 신은 나를 사랑하지 않아. 신은 강한 자를 사랑하고 나는 강하지 않아. 그는 다시 울고 있었다. 긴장하면 튀곤 하던 그 이상하고 높은 음정으로. 그분은 강한 자를 사랑해. 그는 계속해서 그렇게 말했다. 구호를 외치듯 혹은 기도하듯 그 말을 되풀이했다. 그게 무슨 말이야. 내가 그에게 말했다. 글루포스티, 말도 안 돼. 나는 다시 그가 어린아이라도 된 것처럼 쉿 하라고 말했다. 달리 어떻게 말해야 할지 알 수 없었다. 신은 강한 자를 사랑해. 그가 다시 말했다. 그리고 난 강하지 않아. 이스캄 마이카 시. 그때 그가 말했다. 엄마가 필요해. 그러더니 또다시 하염없이 눈물을 흘렸다. 그는 내 손을 잡고 꼭 쥐었다. 형은 신을 사랑해? 다시 입을 열 수 있게 되자 그가 말했다. 교회 다녀? 이제는 나도 굳이 말하려 하지 않았다. 어떻게 대답해야 할지 알 수 없었다. 어떤 답을 하면 그가 입을 다물지 분명히 알고 있었지만, 그 말을 감히 꺼낼 수가 없었다. 대답을 하지 않는 게 불친절하게 느껴졌음에도 나는 차마 그 말을 할 수가 없었다.

그는 내 손을 더 꽉 잡고 내게 몸을 눌러오며 나를 구슬렸다. 신은 형을 사랑해. 그가 말했다. 형도 신을 사랑해야 해, 신은 형을 믿어. 형도 신을 믿어야 해. 알았어. 결국 내가 말했다. 알겠어. 나는 그가 무슨 말을 하든 동의했다. 혹은 동의한다는 소리를 냈다. 그러자 그는 잠시 조용해졌고 점점 더 고요해졌다. 그는 잠들어가고 있었다. 나는 내 곁에 있는 그의 무게가 기쁘게 느껴졌지만 그가 얼마나 그 자리에 머물지, 그를 깨워야 할지, 깨우려고 하면 깨울 수는 있을지 궁금했다. 몇시인지도 알 수 없었다. 그 방에는 시계가 없었다. 일찍 잠자리에 들긴 했지만 지금은 시간이 늦은 것 같았다. 어쩌면 학교에 출근하러 갈 준비를 할 때까지 시간이 별로 남지 않았을지도 몰랐다. 어쩌면 지금, 너무 깊이 잠들기 전에 미트코를 깨우는 게 나을지도 모른다는 생각이 들었다. 미트코를 깨우는 건 불친절한 짓이 되겠지만, 그는 이곳에서 밤을 보낼 수 없었다. 나는 미트코에게 다른 곳에서 방을 얻을 돈을 주기로 했다. 하지만 내가 그를 깨우기 전에 그가 알아서 일어났다. 네. 그가 날카롭게 말했다. 자기 싫어. 그러더니 그는 내 두 손을 놓고 다시 몸을 똑바로 일으켰다. 그는 머리를 늘어뜨린 채 양옆으로 손을 짚고 그 자리에 앉아 있었다. 그러는 동안 나는 그의 등에 손을 얹고 있었다. 그가 넘어지지 않도록 잡아준 것이기도 했고, 손길 그 자체를 위해서이기도 했다. 머잖아 그를 만질 수 없게 될 거라는 생각이 들었다. 어쩌면 다시는 그를 만지지 못할 것이다. 글라덴 숨. 그가 말했다. 배고파. 오랫동안 아무것도 못 먹었어. 그는 어색하게 일어섰다. 이번에도 일어나는 데 필요한 힘을 잘못 가늠한 듯했다. 그래서 그는 뭐랄까, 지나치게 힘을 썼다. 그 바람에 앞으로 넘어질 뻔했다. 그는 옷장 문으로 손을 뻗어 거기에 붙어 있는 거울을 손가락으로 짚고서야 균형을 잡았다. 나는 아파트를 청소해주러 오는 여자가 지우기 전까지 며칠 동안 나도 모르게 그 자국을 응시하곤 했다. 미트코는 특유의 비틀거리는 걸음걸이로 방을 나섰지만 나는 그 자리에 그대로 있었다. 반쯤 일어난 자세로 냉장고 문이 열리는 소리와 음식을 꺼내는 소음을 들었다. 몇 분 뒤 그가 나를 부를 때 쓰는 한 음절짜리 이름을 외쳤다. 나를 나 자신에게로, 아니, 그와 함께 있을 때의 나 자신에게로 불러오는 소리였다. 나는 천천히 일어나 그에게로 갔다.

이제 미트코는 술 혹은 다른 무언가의 효과가 다하면서 의식이 또렷해져 있었다. 아니, 어쩌면 몇 분이라도 눈을 붙인 뒤라 생기를 찾은 걸지도 몰랐다. 그는 소파 가장자리에 엉덩이를 걸

치고 앉아 무릎 사이로 몸을 숙이고 있었다. 그의 앞에는 바나나 한 개와 요거트 한 컵, 스푼이 있었다. 그 옆에는 우유도 한 병 있었다. 엘라 투카, 이리 와. 그가 말했다. 나는 다시 그의 곁에, 이번에는 더 가까이 앉았다. 트루그밤 시. 그가 말했다. 난 갈 거야. 방해하지 않을게. 그냥, 그전에 뭘 먹고 싶었어. 나는 그에게 걱정하지 말라고, 전혀 방해되지 않는다고 말했다. 나는 계속 기다리다가 그가 침실에서 나간 다음에야 침대 옆 탁자에서 핸드폰을 집어들고 시간을 확인했으며 아직도 이른 시간이라는 것을, 아직 자정도 되지 않았다는 것을 알고 놀란 참이었다. 깊이 잠들긴 했지만 잔 시간이 길지는 않았던 것이다. 미트코는 탁자에 놓아둔 바나나를 집어들더니 과하게 조심하며 껍질을 벗기기 시작했다. 그는 모든 동작에 엄청난 주의력이 필요하다는 듯이, 긴 껍질조각을 하나씩 천천히 잡아당겼다. 나는 그가 공간 감각을, 굳이 생각하지 않아도 우리가 가지고 있는 지식을 잃은 것 같다고 생각했다. 아무것도 으레 그렇겠거니 생각하지 못하고 모든 것을 반드시 조심스럽게 헤아려야 하는 것만 같았다. 눈은 더이상 데굴거리지 않았지만 딱히 초점이 맞는 것도 아니었다. 입술로 바나나를 가져가 그 끝을 베어무는 동안에도 그의 눈은 바나나에 있지 않았다. 그는 내게로 조금 고개를 돌리며 먹으라는 뜻으로 바나나를 내밀었다. 먹어. 그가 심각하게 영어로 말했다.

내가 먹지 않자 그는 다시 말하며 흰 과육을 내 입술에 대고 눌렀다. 안 먹고 싶은데. 나는 그렇게 말했지만, 단지 그것만은 아니었다. 나는 그가 나를 바라보는 눈길의 심각함에 불안해졌다. 바라본다고 해야 할지, 아니면 눈에 초점이 없으니 딱히 바라보지는 않았다고 해야 할지. 그리고 나는 왠지 성찬식처럼, 치르고 나면 나를 옭아맬 어떤 의식처럼 느껴지는 그 행위에 참여하고 싶지 않았다. 하지만 미트코는 내 말을 무시한 채 더 급하게 과육을 내 입술에 대고 눌렀다. 나는 고개를 돌릴 수밖에 없었다. 싫어. 내가 말했다. 하지만 그는 이 사이로 숨을 내뿜으며 내게 조용히 하라고 했다. 비즈, 봐. 그가 말했다. 그러더니 바나나를 다시 자기 입술로 가져갔다. 내가 먹어. 그가 다시 영어로 말했다. 그러더니 다시 내 얼굴로 바나나를 가져왔다. 이제 형이 먹어. 하지만 이번에도 나는 고개를 돌렸고, 바나나를 든 손은 다시 그의 입술로 향했다. 드네스 숨 투카, 그가 말했다. 자신만의 구호로 삼은 그 단어를 다시 입에 담았다. 오늘은 내가 여기 있어, 내가 먹어. 이해해? 내가 먹어. 라즈비람. 내가 말했다. 그러자 그는 다시 내게 쏘아붙였다. 니슈토 네 라즈비라슈, 형은 아무것도 몰라. 하지만 그때 그의 목소리가 전처럼 누그러졌다. 난 형을 이해해. 그가 말했다. 하지만 형은 나를 이해하지 못해. 그는 다시 나를 보았다. 그 눈길에 너무도 큰 슬픔이 담겨 있어서 나는 그가 내민 선물을 마침내 받아들고 먹었다. 거의 삼킬 수가 없었지만, 그 달콤함에 거의 욕지기가 났지만.

좋아. 그가 영어로 말했다. 좋아. 그는 조심스럽게 과육을 껍질로 다시 덮고 반쯤 먹은 바나나를 내려놓았다. 그런 다음 그는 요거트를 집어들었다. 싸구려 맛이 나는 제품이었다. 그는 조심스럽게 알루미늄 뚜껑을 반쯤 벗긴 다음(그는 이 행동에 필요한 힘을 재듯이 뚜껑을 1센티미터씩 벗겼다) 자기 입술로 컵을 가져가 크게 두 입을 먹었다. 숟가락으로 뜨지 않고 마셨다. 그는 다시 우유를 돌아보더니 한 손에는 우유를 들고 다른 손으로는 요거트를 들고서 우유를 컵에 천천히 붓기 시작했다. 쏟아지는 액체의 줄기를 최대한 가늘게 유지하려고 애쓰는 것 같았다. 그의 손이, 두 손이 다 떨리고 있었기에 이 과정은 더욱 어려워졌다. 뭔가를 마실 때 미트코의 손은 늘 떨렸다. 미테. 내가 말했다. 미트코를 부르는 나만의 이름, 그의 이름에 가장 가까운 이름이었다. 어쨌든 내가 발음할 수 있는 것 중에서는 가장 가까운 이름, 아이를 부를 때처럼 줄인 이름. 미테, 할 수 있는 일이 아무것도 없대? 치료법이 없는 거야? 집중력을 조금이라도 흩뜨리면 그 섬세한 과정에 방해라도 될 것처럼 미트코는 하던 일에서 눈을 떼지 않고 고개를 위로, 그다음에는 아래로 움직였다. 단호한 동작이었다. 네. 그가 말했다. 니슈토. 나는 이유를 알고 싶었다.

그의 병 때문인지, 아니면 그 병을 치료하기 위해 필요한 비용 때문인지. 모든 것이 훨씬 더 싼 이곳 기준으로도 치료받을 돈이 없는 건지. 그리고 나는 그 일을, 그를 구원한다는 불가능한 임무를 떠맡는 나 자신을 상상했다. 숨 한번 쉴 정도의 짧은 순간 동안 그런 상상을 했다. 그리고 이내 그 상상을 놓아버렸다.

그는 우유와 요거트를 내려놓았고 포일로 된 뚜껑을 마저 벗겨낸 뒤 그 혼합물을 숟가락으로 젓기 시작했다. 나는 그가, 불가리아 사람 모두가 좋아하는 희석된 요거트인 아이란의 일종을 만드는 중이라는 걸 깨달았다. 미테. 내가 다시 말했다. 내가 도와줄게. 바르나로 돌아갈 수 있도록 돈을 줄게. 네 이스캄 파리. 그가 말했다. 돈은 필요없어. 그러더니 전처럼 세지는 않았지만 다시 내 손을 꽉 쥐었다. 내가 여기 온 건 형이 내 친구이기 때문이야. 그가 말했다. 자기가 친구라고 말하는 사람은 많지만, 그 사람들은 친구가 아니야. 그 사람들은 함께하다가도 필요가 없어지면 사라져. 하지만 형은 진짜 친구야. 그가 말했다. 이스틴스키, 형은 나를 여러 번 도와줬어. 나는 도움과는 아무 관계도 없는 그 거래들을 떠올리고서, 하지만 내가 한 일은 널 도와준 게 아닌데, 라고 생각했다. 나는 내가 할 수 있는 유일한 방법으로 그를 차지하려 했을 뿐이었다. 하지만 이 말을 하지는 않았다. 그저 다행이라고 말하며, 너무도 진심어리게 나를 바라보면서도 나를 전혀 보지 않는 그 눈을 들여다보았다. 이번에도 돕게 해줘. 내가 말했다. 넌 바르나로 돌아가야 해. 어머니와 함께 있어야 해. 이 말에 미트코의 눈이 더욱 부드러워졌고, 나는 그 두 눈에 눈물이 고이는 것을 지켜보았다. 미트코가 고개를 끄덕였다. 그는 돈을 받을 것이다. 나는 대체 어떤 욕구를 충족시키려 그가 돈을 받지 않을 거라고 생각했던 걸까. 이스틴스키 프리야텔. 그가 다시 말하며 내 손을 놓고 음료로 시선을 돌렸다.

그런데 나도 형 친구야. 그때 그가 말했다. 컵에 우유를 더 따르면서 그의 말투가 변했다. 형은 내가 얼마나 좋은 친구였는지 알아? 다른 사람들은, 우리가 같이 있는 걸 보고는 미타카—이것도 그의 여러 이름 중 하나였다. 이곳 사람들에게는 별명이 많았고, 나는 스카이프나 데이트 사이트에서 다른 사람들이 그에게 미타카라고 하는 것을 들었지만 직접 그 이름을 부른 적은 한 번도 없었다. 내게는 미타카라는 이름이 어렵게 들렸다. 그 이름을 불렀을 때, 내가 함께 있어주기를 원하는 그 사람이 나타날 것 같은 기분은 한 번도 들지 않았다—미타카, 그 사람들은 이렇게 말했어. 그 남자하고 뭘 하는 거야? 왜 그 호모 새끼랑 어울려? 이때 미트코는 페데라스트라는 단어를 썼다. 다른 곳에서처럼 여기서도 모욕할 때 자주 쓰는 단어였다. 물론 그가 한 말에 해당하는 다른 단어들도 있었다. 하지만 페달이나 오브라텐은 페데라스트와 충격의 강도가 달랐다. 페달이나 오브라텐은 아무리 빠르게 이해한다 한들 나로서는 한번 번역을 거쳐야 하는 단어였다. 외국어 단어로는 결코 모국어 단어만큼 상처를 입힐 수 없었다. 하지만 이 단어, 페데라스트라는 단어를 들었을 때 나는 미트코에게서 조금 물러나 아주 고요해졌다. 하지만 네 네 비캄 아즈, 그가 말을 이었다. 난 그 사람은 호모가 아니야, 라고 말했어. 그 사람은 가만히 놔둬, 토이 에 헤테로, 라고 했어. 그는 이 말을 하면서 작은 컵에 담긴 요거트를 저었다. 내가 아니라 그 요거트를 보고 있었다. 두 눈에는 여전히 초점이 없었지만, 내 생각보다는 정신이 또렷해 보였다. 나는 그가 협박을 할 수 있을 만큼 정신이 또렷하다는 걸 알아챘다. 그의 말이 협박이라는 것을 알고 있었으니까. 왜 이런 말을 하는 거야, 미트코? 나는 우리만의 이름을 포기하고 그렇게 물었다. 왜 나한테 이런 말을 해? 그는 약간 어깨를 으쓱하며 계속 요거트와 우유 혼합물을 저었다. 이제는 그런 행동에 아무 의미가 없어졌는데도. 어쩌면 그 동작은 그의 구호와도 같은 것이었다. 어쩌다보니 빠져든 리듬, 그저 그 느낌 때문에 하게 된 행동. 세상엔 나쁜 사람들이 있어. 그가 말했다. 협박할 때마다 늘 그랬듯 추상적으로, 지금은 그냥 걸어뒀지만 언제든 선택할 수 있는 얼굴들과 가면들의 전시장 쪽을 손짓하면서. 형의 정체를 말할지도 모르는 나쁜 사람들이 있다고.

그가 말했다. 그 사람들은 형의 비밀을 지켜주지 않을지도 몰라. 그 사람들이 말썽을 일으킬 수도 있어. 그가 말했다. 그가 말을 할수록 내게는 더 깊은 슬픔이 덮쳐왔다. 이 말이 암시하는 배신 때문이 아니라 그 배신이 너무도 미약해서, 이것이 미트코가 할 수 있는 유일한 협박이라서, 혹은 그가 이게 조금이나마 협박이 될 거라고 생각했다는 점 때문에. 다른 세상에서는, 아마 그의 세상에서는 이게 협박이 될 수 있었겠지만 내 세상에서는 그렇지 않았다. 하지만 미트코. 나는 겁에 질려서가 아니라 가엾어서 부드럽게 말했다. 나는 숨기는 게 없는 사람이야. 나한텐 그런 비밀이 없어. 다들 내 정체를 알아. 불편한 느낌이 들기는 했지만 나는 그가 상투적으로 쓰는 말을, 토바 코에토 숨이라는 말을 썼다. 모두가? 그가 믿을 수 없다는 듯이 말했다. 학교에서도? 형 동료들이랑 학생들도? 당연하지. 나는 반대 경우는 있을 수 없다는 듯이 말했다. 첫날부터 말했는걸. 모두 알고 있어. 미트코가 다시 어깨를 으쓱하며 눈을 떨구자 나는 이상한 실망감을 느꼈다. 나의 안전이 유감스럽게 느껴졌달까. 이제는 미트코의 손이 닿지 않는 곳에 있는 그 협박이 그리웠달까.

미테. 다시 내가 가장 좋아하는 그의 이름을 불렀다. 그와 가장 가까운 이름, 혹은 내겐 가장 가깝게 느껴지는 이름이었다. 미안. 넌 이제 가봐야겠다. 이 말을 하면서 나는 내가 후회하고 있다는 것을, 이제는 그를 정말로 떼어내게 됐음을 알았다. 응. 그가 동의하며 말했다. 트루그밤 시. 하지만 그는 일어서지 않았다. 소파 가장자리에 계속 걸터앉아서 이미 비운 요거트 컵을 두 손으로 감싸고 있었다. 나는 자리에서 일어나 문 옆에 걸려 있던 코트에서 지갑을 꺼냈다. 바르나로 가는 버스 요금은 30레바였다. 아무튼 얼마 전까지는 그랬다. 그래서 나는 그 두 배가 되는 돈을 꺼내고, 좀더 꺼낸 다음 손바닥에서 지폐를 꼭꼭 접어 말았다. 여기. 내가 그것을 미트코에게 내밀며 말했다. 이거면 바르나에 갈 수 있을 거야. 음식을 살 돈도 있어. 그는 내가 내민 돈을 보았지만 그걸 받으려고 움직이지는 않았다. 지금처럼 초점 없는 시선으로는 자기가 보는 것이 무엇인지 알아볼 수 없다는 듯이. 여기. 내가 다시 말했다. 넌 바르나로 가야 해. 어머니랑 함께 있어야 해. 이 말에 미트코는 고개를 끄덕였다. 그는 두 손을 청바지에 문지른 다음 내게서 돈을 받아 일어섰다. 이제 그는 눈에 띄게 나아져 있었다. 그리 안정되어 보이지는 않았지만 비틀거리지도 않았다. 메르시. 그가 말했다. 그 이상은 한마디도 없었다. 그렇게 그는 돈을 자기 주머니에 슬쩍 집어넣었다. 그러고는 돌아서서 구겨진 재킷을 조심스럽게 집어들고 천천히 입었다. 기운을 차리려는 것만이 아니라 떠나기 싫어서 그러는 것 같았다. 그는 다시 트루그밤 시, 라고 말하면서도 문으로는 한 발짝도 움직이지 않았다. 대신 냉장고로 다가가 문을 열고 안을 들여다 보았다. 아직도 배고파. 그가 말했다. 가기 전에 달걀프라이 하나만 해 먹을게. 페트 미누티, 오 분만. 그가 말했다. 하지만 나는 다가가 그의 어깨에 손을 얹었다. 미트코. 내가 말했다. 미안, 내가 자야 해서. 다른 데 가서 뭘 먹으면 될 거야. 그럴 돈은 충분히 돼. 이번에도 나는 실제로 미안함을 느꼈다. 그에게 떠나라고 강요하는 것이 잔인하게 느껴졌다. 그에게 먹을 것을 주고 돈도 주었는데. 할 만큼 한다는 게 무슨 의미일지 궁금해졌다. 나는 전에도 이런 식으로 타인에 대한 의무를 고민한 적이 있었다. 그런 의무는 때로는 너무도 명확해 보이고 때로는 완전히 사라져버린다. 그래서 어느 순간에는 우리가 아무것도 빚지지 않은 게 되고 우리가 내주는 모든 것이 지나친 호의가 되지만 또다른 순간에는 우리가 진 빚이 도무지 헤아릴 수 없을 정도가 된다.

도브레. 그가 허리를 펴며 말했다. 그리고 한번 더, 트루그밤시, 라고 말했다. 그는 문으로 몇 발짝 걸어가더니 다시 멈춰 서 나를 돌아보았다. 난 이제 괜찮아. 그가 말했다. 처음에 나는 그가 정신이 다시 맑아졌다는 뜻으로 한 말인 줄 알았다. 이제는 술이든 그가 먹은 다른 무엇이든 효과가 가셨다고. 하지만 그때 그가 좀더 가까이 다가오더니 다시 베체 숨 도브레, 라고 말하며 내 허리에 손을 얹었다. 나는 그가 제안하는 것이 무엇인지 알았다. 나는 그가 나를 꼭 끌어안고 내가 느낄 수 있도록 내 사타구니에 성기를 대고 누르게 놔두었다. 잠시 내 반응도 가만히 놔두었다. 오직 그만이 일으킬 수 있는 흥분이 밀려오는 것을 그대로 내버려두었다. 그때 그가 내 머리 쪽으로 고개를 숙였다. 나는 그의 가슴에 손을 댔다. 딱히 밀어낸 것은 아니지만 그의 접근을 막은 것이다. 미테. 내가 말했다. 그런 다음 빠르게 네, 라고 말했다. 그러지 않으면 내가 그의 접근을 원하거나 욕망을 표현하는 것처럼 보일 테니까. 아마 실제로 그랬겠지만 말이다. 그런 다음 나는 다시 그 말을 했다. 네. 미트코는 대답 없이 나를 좀더 오래 안고 있다가 내게 자기 몸을 문질렀다. 자기가 가진 힘을 다시 확인하려는 듯 이미 확연히 단단해진 몸을 비벼댔다. 자기는 떠난다고, 미트코가 다시 말했다. 잠깐만. 그러더니 내가 반대할 겨를도 없이 냉장고로 가서 작은 컵에 담긴 요거트를 하나 더 꺼냈다. 이건 가져가도 되지? 그가 말했다. 정말로 물어보는 것은 아니었다. 나는 그럼, 당연하지, 라고 말했다. 그는 다시 문 앞에 와 있었다. 이번에 그는 손을 내밀었다. 도착했을 때는 무시했던 의례를 다시 해보는 것이었다. 우리, 다시는 못 볼 거야. 그가 말했다. 다시는. 그는 가볍게 미소 짓더니 계속 내 손을 잡은 채로, 내가 자기를 밀어내지 못하도록 막으려는 듯 몸을 숙여 내 입술에 자기 입술을 댔다. 열정적이지는 않았다. 내 입술은 그가 주는 것은 무엇이든 받을 수 있을 만큼 부드러워져 있었지만. 짧은 입맞춤이었다. 아주 잠깐이었다. 그런 다음 미트코는 돌아서서 문을 열었고, 등뒤에서 내가 문을 닫도록 놔두었다.

나는 어둠 속에, 아니면 어둠 비슷한 것 속에 있고 싶어서 불을 껐다. 믈라도스트는 정말로 어두운 적이 없었다. 거리와 이웃 건물의 창문에서 새어나온 빛으로 늘 황혼이었다. 나는 다시 거실을 가로질러 발코니로 나갔다. 상쾌한 밤이었다. 가을이나 겨울과는 너무도 다른 봄의 한기가 느껴졌다. 온도만이 아니라 공기의 질에서 느껴지는 차이였다. 그 부드러움과 연약함은 언제나 나를 반겨주는 것 같았다. 늦은 시간이긴 했지만 아주 늦은 시간은 아니었다. 하늘 한가운데에 달이 떠 있었다. 그게 블로코베 위에 걸려 있는 유일한 자연광이었다. 자동차들이 말리노프 대로를 달려가는 소리가 들렸다. 내가 사는 거리 쪽으로 다가오는 자동차가 두 대 있었다. 그중 한 대가 연석 틈새로 오더니 인도까지 올라와서 멈추고 라이트가 천천히 꺼지게 놔두었다. 나는 아래쪽 건물 문이 닫히는 소리를 들었다. 누군가 문을 밀어서 열었다가 알아서 닫히도록 내버려둘 때 나는 큰 소리, 무례한 소리였다. 그다음 미트코가 시야에 들어왔다. 그의 걸음은 빠르지는 않지만 단호했고, 안정적이지는 않지만 넘어질 위험은 없어 보였다. 그는 요거트 컵에서 나는 소리에 매료된 듯 컵을 귀 가까이에 대고 흔들고 있었다. 미트코 앞에서 자동차 문이 열렸고 젊은 부부가 내렸다. 그들은 유행하는 옷을 입고 있었으며, 내 생각에는 저녁을 먹고 돌아온 것 같았다. 여자가 자기가 내린 문을 닫은 뒤 뒷문을 열고 허리를 숙여 아이를 안아들었다. 안전띠를 풀고 베이비시트에서 아이를 들어올려 두 팔에 안고 다시 몸을 일으켰다. 내가 있는 곳에서는 아이 모습이 잘 보이지 않았지만 옷을 보니 어린 여자아이인 것 같았다. 잠든 아이의 몸이 어머니의 품안에 늘어져 있었다. 미트코는 그들에게 다가가며 발걸음을 늦추었다. 요거트를 흔드는 것은 멈췄지만 여전히 귀에 댄 채로 어린 여자아이를 관심 있게 바라보았다. 나는 그가 아이에게 조금 몸을 숙이고 무언가 말하는 것을 보았다. 물론 그가 뭐라고 말했는지는 알아들을 수 없었지만. 나는 이곳에서 비슷한 모습을 여러 번 보았다. 사람들이 어린아이들에게 자유롭게 말을 거는 모습, 지금의 미트코처럼 허리를 숙이고 아이들을 밀리츠카, 귀염둥이라고 부르는 모습을 말이다. 나는 미트코도 그렇게 하고 있을 거라고 상상했다. 여기서는 아무도 그걸 불쾌하게 여기지 않았다. 아이들이 일종의 공공재산, 공동으로 소중하게 여겨야 하는 존재라는 사실을 당연하게 받아들이는 것처럼. 그렇게 된 까닭 중 하나는 출산율의 위기였다. 몇 달에 한 번씩 신문에는 출산율이 떨어지고 있다는, 경각심을 일으키는 기사가 실렸다. 내가 사는 동네에는 아이들이 많았지만 이 나라 전체를 두고 보면 위기였다. 사람들은 아이를 낳을 여력이 없거나 아이를 기르는 데서 아무 의미를 찾지 못했고, 기회가 있는 사람은 누구든 해외로 도망쳤으므로—내 생각에는 내가 가르치는 학생들도 마찬가지였다. 그 아이들은 탈출하고 싶어 안달이었다—인구 감소와 그에 대한 경고를 다룬 신문기사는 점점 더 공격적으로 변해갔다. 국가 자체는 점점 현실성을 잃어갔고 몇몇 사람들의 걱정대로라면 아무것도 아닌 존재로 빛바래가고 있었다. 도저히 가망이 없어요. 내 학생들은 그렇게 말했다. 교실에서가 아니라 사적인 자리에서, 큰 소리로 말하면 안 된다는 듯 속삭이며, 이 나라는 죽어가고 있다고 했다. 그런 만큼 어린아이들은 공동의 기쁨이었다. 아이들의 부모는 그 기쁨을, 뺨을 쓰다듬는 손길과 밀리츠카, 라는 소리를 즐겼다. 하지만 이 어머니는 아이를 본 미트코의 기쁨을 반기지 않았다. 그녀는 미트코에게서 아주 약간, 무례하지는 않지만 고집스럽게 몸을 돌렸다. 미트코의 관심으로부터 아이를 감추려는 것 같았다. 그다음에는 아이 아버지도 다가왔다. 그가 두 사람을 자기들이 사는 건물 문 쪽으로 이끌었다. 미트코는 어리둥절하다는 듯 잠시 서 있었고, 거리에 홀로 서 있는 미트코를 본 나는 다시 그에 대한 슬픔으로 가득찼다. 그가 언제나 혼자였다는 생각이 들었다. 그는 자기 자리를 한 번도 찾지 못한 채, 이제는 그에게 거의 완벽하게 냉담한 세상을 바라보기만 했다. 그에게는 세상에 작은 파문이나마 일으킬 능력조차 없었다. 세상이 굳이 귀를 기울일 만한 소리를 낼 힘이 없었다. 문득 나는 미트코 대신 분노를 느꼈다. 미트코가 느끼고 있을 게 틀림없는 분노를, 기름칠하지 않은 기어가 긁히는 것 같은 미약한 분노를 느꼈다. 하지만 멀리서 봤을 때 미트코는 아무것도 느끼지 않는 것처럼 보였다. 이 분노도 그저 내 생각뿐이라는 것쯤은 나도 알고 있었다. 이런 생각을 한다고 해서 미트코에게, 어떤 의미에서는 사랑했으나 그를 알고 지낸 세월 내내 내게는 그저 이방인이었을 뿐인 이 남자에게 조금이나마 다가갈 수 있는 건 아니었다. 그는 한 번도 귀에서 떨어트리지 않은 요거트 컵을 흔들며 다시 길을 떠났고 나는 그가 대로 쪽으로, 그를 멀리 데려갈 버스가 있는 곳으로 방향을 틀어 시야에서 벗어날 때까지 지켜보았다. 나는 얼마간 그대로 서서 그가 사라진 모퉁이를 바라보았다. 그런 다음 안으로 들어가 방금 전까지만 해도 그가 내 옆에 앉아 있던 자리에 앉아서 두 손에 얼굴을 묻었다.

감사의 말

이 장편소설 1부의 초기 버전은 2011년에 중편소설로 출간됐다. 키스 터마, 데이나 레너드, 그리고 마이애미대학교 출판부의 모두에게 감사한다. 데이비드 슐로스에게 특히 감사한다.

애나 스타인은 이 소설에 대한 믿음의 힘만으로 세상에 이 책이 나올 공간을 만들어냈다. 앨릭스 호이트, 샐리 라일리, 니슈타 허리에게도 감사한다. 뛰어난 편집을 해준 미치 앤젤과 Farrar, Straus and Giroux 출판사의 모든 분께도 이 소설과 작가를 환영해주신 점에 대해 감사를 표한다. 특히 값을 매길 수 없을 만큼 귀한 도움을 주신 윌 울프슬로에게 감사한다.

지난 이 년을 아이오와대학교 작가 워크숍에서 보낼 수 있었던 것은 내게 특권이었다. 코니 형제, 뎁 웨스트, 잰 제니섹, 켈리 스미스에게 감사한다. 랜 서맨사 창과 너그럽고도 뛰어난 그녀의 강의, 그녀가 지도한 2013년 가을학기 장편소설 워크숍의 구성원들에게, 특히 마이커 스택, 노부요 로자 추마, D. 위스턴 오언에게 고맙다. 이 책을 쓰는 작업은 아이오와 예술 펠로십 과정과 리처드 E. 거스리 메모리얼 펠로십 과정의 지원을 받았다. 넓은 마음으로 후원해준 아이오와대학교와 거스리 가족에게 여러 차례 감사를 전한다.

조언과 격려를 해준 엘리자베스 프랭크, 카일 마이너, 피터 캐머런, 엘리자베스 코스토바, 아너 무어, 폴 휘틀래치, 마고 리버지, 로버트 보이어스, 스티븐 맥콜리에게 감사한다. 가르침과 모범으로 영감을 불어넣어준 프랭크 비더트, 케빈 브록마이어, 캐럴린 포체, 칼 필립스, 조리 그레이엄, 제임스 롱겐바흐에게 감사한다. 내게 책을 펴낼 길을 짚어준 메러디스 케펄에게 감사한다. 불가리아어를 확인해준 마리아 마나호바와 보이안 포푼키오프에게 고맙다.

초고와 최종고를 읽어준 메리 라코, 일야 커민스키, 히카르두

무치뉴 페헤이라에게 고맙다.

내가 선택한 가족인 앨런 피어슨과 맥스 프리먼이 없는 내 삶은 상상할 수도 없다. 마지막으로, 루이스 무뇨스에게 고맙다. 포르 우노 칸시온 라르가멘테 에스페라다*.

* 스페인어로 '오래 기다려온 노래에 대해'.

옮긴이의 말

한 사람의 정체성을 구성하는 것은 무엇일까?

1970년대 이후로 최근에 이르기까지 정치, 사회, 문화 각계에서는 이른바 '정체성 정치'라는 것이 큰 화두가 되어오고 있다. 어느 주류집단의 표준적인 이미지를 만들고 그것의 정상성과 평범함을 의심하지 않으며 그와는 다른 특성들을 비정상적인 것, 일탈, 열등한 것 등으로 간주하던 기존의 풍조와는 달리 성별, 인종, 종교, 성적 지향성 등 여러 가지 측면에서 소수 혹은 약자에 해당하는 집단(예컨대 성별에 있어서 여성이나 제3의 성, 인종에 있어서 코카서스계가 아닌 아시아계나 아프리카계 등, 종교에 있어서 이슬람교, 성적 지향성에 있어서 동성애자 등) 특유의 정체성을 적극적으로 수용하거나 보호함으로써 좀더 평등한 사회로 나아가자는 주장이 대체로 정체성 정치의 골자라고 할 수 있다.

『너에게 속한 것』은 언뜻 제목에서부터 이러한 정체성 정치와 깊이 맞닿아 있는 것으로 보인다. 정체성 정치의 관점에서 보면, 개인은 주류집단이든 소수집단이든 특정한 사회집단에 속한 것이기도 하지만, 그 집단에만 고유한 것으로 받아들여지는 특성을 '자신에게 속한 것', 이른바 자신의 정체성으로 소유하는 존재이기도 하기 때문이다. 이 점은 '나를 찾아 떠나는 여행'이라는 익숙한 서사가 정체성 정치와 결합할 때, 많은 수의 주인공들이 자신의 소수자성을 받아들이거나 자신이 속한 비주류 사회집단의 다른 구성원들과 화해하며 '이것 또한 내 모습'이라고 주장하는 전형적인 결말에서 잘 드러난다. 이런 주인공들은, 예컨대 아시아계 여성 양성애자 집단에 속한 주인공이라고 한다면, 자신의 '아시아인-됨', '여성-됨', '양성애자-됨'이라는 정체성을 나름의 방식으로 탐구하고 자신에게 속한 것으로 받아들이는 것, 그 정체성을 외부에서 주어진 것이 아니라 진정한 자신의 일부로 소유하는 것을 이야기의 가장 중요한 목표로 삼는다.

사실 『너에게 속한 것』의 주인공을 이름이 따로 밝혀지지 않은 서술자인 '나'로 본다면, 이 소설 또한 앞 문단에서 언급한 정체성 찾기(보통은 '정체성 찾기'라는 표현을 쓰지만, 소수집단의 정체성은 그 집단의 구성원이 굳이 찾지 않아도 외부에서 주어지기 때문에 딱히 '찾기'가 어려운 것은 아니다. 오히려 이런 이야기는 '정체성 받아들이기', '정체성 소유하기'라고 부르는 것이 더 적합할 것이다)의 서사에서 크게 벗어나지 않는다. 서술자는 수십 년 전에, 공화당을 지지하는 미국의 보수적인 지역에서 청소년기를 보낸 인물이다. 동성애 혐오자인 아버지나 서술자에게 성적 끌림을 느꼈으나 서술자를 거부함으로써 이성애자로서의 정체성을 쌓아나갔던 K에게서 받았던 상처와 이로 인한 억눌린 분노가 서술자의 정체성에서 아주 큰 부분을 차지하고 있다.

그러나 소설의 첫 장면에서, 주인공은 이미 '정체성 받아들이기'를 끝낸 상태다. 비록 혼란과 갈등으로 가득한 동성애자로서의 청소년기를 보냈지만 그 모든 일은 이미 수십 년 전에 마무리되었고, 그는 게이로서 살아가는 일상에 아무런 심적 혼란을 느끼지 않는다. 그의 정체성과 관련한 내적 혼란이나 외부와의 갈등을 다루는 장의 제목부터가 '무덤'이지 않은가? 그에게 가장 큰 갈등을 안겨주었던 아버지는 이미 임종 직전이고, 주인공은 아버지가 죽어간다는 소식을 듣고 충격을 받기는 하지만 한나절 산책한 이후 아버지를 찾아가지 않겠다고 결정할 수 있을 만큼 이미 이 문제에 대해 확고한 입장을 정리한 상태다. 현재는 서술자의 직장 동료들과 학생들도(주인공의 직업은 교사이다) 그가 게이라는 것을 알고 있으며, 아무도 그 사실을 문제삼지 않는다. 굳이 그가 더 받아들여야 할 정체성이 있다면 그건 게이로서의 정체성이라기보다 '늙은 게이'로서의 정체성일 텐데, 늙어서 덜 매력적인 성적 대상이 된다는 것이 소수집단의 고유한 속성이라기보다 지구상 모든 생명체의 보편적인 특성이고 보면 이를 지금까지 썼던 것과 같은 의미에서 '정체성'이라고 부르기는 어려울 듯하다.

하긴, 다시 제목을 살펴보면 이 소설의 제목은 '나에게 속한 것'이 아니라 '너에게 속한 것'이다. 작품이 전개되는 내내 서술자와 독자의 시선을 사로잡는 미트코가 제목의 '너'일 것이다. 그는 동성애자들이 은밀하게 모여 성매매를 하는 국립문화의전당 화장실에 살다시피 하지만, 도저히 그곳과는 어울리지 않는 천진한 웃음의 소유자다. 그는 세상 사람들에게 사랑받을 것을 전혀 의심하지 않는 구김살 없는 소년처럼 그려진다. 하지만 그는 평면적인 소년이 아니다. 한편으로 그는 천진한 소년과는 정반대라고 할 수 있는, 세파에 찌든 범죄자 같은 모습이다. 소설이 시작하는 시점에 그는 이미 술에 취해 있고, 대마를 가지고 있으며, 화장실을 찾는 다른 남자들에게 몸을 팔고 있다. 서술자가 느끼기에 미트코는 심지어 몸을 팔 때의 계약조차 대충만 지키는 녀석이다. 그는 서술자에게 충분한 만족을 주지 않고 돈만 받아 챙긴다. 물론, 이런 식으로 유예된 서술자의 욕망은 미트코에 대한 상상을 더욱 부추기고 그를 더 매력적인 존재로 만들지만 말이다.

미트코는 천진한 소년과 범죄자라는 상반된 두 모습 사이에서 어느 한쪽으로도 고정되지 않는다. 심지어 이 소설의 중심 소재를 생각해볼 때 그의 중요한 정체성을 구성하고 있어야 할 것으로 보이는 동성애자라는 특성도, 미국인인 서술자의 눈으로 보았기에 더욱 두드러지는 불가리아 국민으로서의 속성도, 심지어 범죄자로서의 성격도 미트코에게 착 달라붙어 '속하지' 못하고 계속 미끄러진다. 예컨대 미트코가 소년으로서 다른 소년을 사랑했던 경험은 서술자에게든, 독자에게든 오래된 사진 속 기억으로만 제시될 뿐이다. 그는 서술자에게 분명 성적으로 매력적인 존재이고 서술자에게 성욕을 느끼기도 하지만, 둘이 맺는 관계(심지어 미트코가 다른 남자들과 맺는 관계)의 동기가 어떤 사랑이나 성애라기보다는 금전적인 이익인 것 같다는 의심은 끝내 떨칠 수 없다. 그는 서술자에게 돈을 받아낼 목적으로 그가 동성애자라는 사실을 폭로하겠다고 협박하기까지 한다. 또한 미트코는 불가리아 사람이지만, 외국인인 주인공보다도 불가리아 문자를 읽고 쓰는 데 서툴다. 보통은 자기 아이에 대한 관심을 반기는 불가리아의 다른 사람들도 미트코가 접근하려 하자 그를 은

근히 밀어낸다. 그렇다고 미트코가 비루한 거리의 인생, 피해야 할 범죄자인 것만도 아니다. 서술자가 섬세한 애정을 담아 그려낸 미트코의 매력적인 모습은 서술자와 독자 모두의 머릿속에 지배적으로 남아 그를 인간쓰레기로 취급하는 경향을 강하게 거부하도록 만든다. 미트코 자신도 누가 그를 가엾게 여기거나 계도의 대상으로 삼는 것을 거부한다. 그러니 서술자로서는 대체 미트코 같은 아름다운 소년을 망가뜨리는 것이 무엇인지 궁금해하고 구원의 손길을 뻗으려고 하면서도, 이런 자신의 생각조차 미트코를 제대로 담아내지 못하는 건 아닌지, 그의 모습을 글로 포착하려는 시도조차 그의 모습을 앙상하게 왜곡하는 건 아닌지 혼란스러워할 수밖에 없다.

그래서, 미트코는 과연 누구일까?

미트코의 정체성을 구성하는 것은 무엇일까?

『너에게 속한 것』을 읽고 나서 내가 내린 답은, 이런 질문에 대답하기가 결코 간단하지 않다는 것뿐이었다. 하지만 역설적으로, 내게는 바로 이런 점이 이 책을 집어든 순간 처음부터 끝까지 몰입해서 읽게 만드는 가장 큰 이유가 되었다.

나는 책을 다 읽고 덮은 지금도 미트코라는 인물의 현실성과 핍진성에 감탄하게 된다. 유기적으로 짜인 탄탄한 작품 속 세계에 너무 몰입하게 된 나머지 캐릭터인 그를 서술자가 그랬듯 사랑하고 안타깝게 여긴다. 현실의 다른 위험한 사람을 상상하며 이런 선의가 내게 위협이 될지도 모른다고 경계하기까지 한다. 적어도 내게 그는 현실의 사람이 일으키는 온갖 심리적 반응을 불러일으키는 인물이었다. 많은 독자에게도 그가 잊기 어려운 매혹의 기억을 남기는 인물로, 현실의 사람들이 종종 우리에게 남기곤 하는 경험을 남기는 인물로 가닿았으면 한다.

강동혁

지은이 **가스 그린웰**
미국의 시인이자 소설가, 문학비평가. 하버드대학교에서 영미문학 석사학위를 받고 3년간 Ph. D. 과정에 있었다. <파리 리뷰> <예일 리뷰> <보스턴 리뷰> <뉴요커> <애틀랜틱> 등에 단편소설과 시, 비평을 실었다. 2016년 첫 장편소설 『너에게 속한 것』을 발표하고 그해 브리티시 북 어워드 올해의 데뷔작 상을 수상했으며 2020년 두번째 장편 『깨끗함』으로 람다문학상 게이소설 부문 최종후보에 올랐다. 2020년 구겐하임펠로십을 받았고 2021년 미국문학예술아카데미로부터 버셀 어워드를 수상했다.

옮긴이 **강동혁**
서울대학교 영문학과와 사회학과를 졸업하고 동 대학원에서 영문학 석사학위를 받았다. 옮긴 책으로 『올드 스쿨』 『이 소년의 삶』 『밤의 동물원』 『일곱 건의 살인에 대한 간략한 역사 1, 2』 『워터 댄서』 『아이 앰 필그림 1, 2』 『신비한 동물 사전 원작 시나리오』 『우리가 묻어버린 것들』 『타인의 외피』 등이 있다.

문학동네 세계문학
너에게 속한 것

초판 인쇄 2021년 5월 3일 | 초판 발행 2021년 5월 17일

지은이 가스 그린웰 | 옮긴이 강동혁

기획 및 책임편집 정혜림 | 편집 임선영 이현정
디자인 고은이 이원경 | 저작권 김지영 이영은 | 마케팅 정민호 정진아 김혜연 정유선
홍보 김희숙 김상만 함유지 김현지 이소정 이미희 박지원
제작 강신은 김동욱 임현식 | 제작처 한영문화사(인쇄) 경일제책사(제본)

펴낸곳 (주)문학동네 | 펴낸이 염현숙
출판등록 1993년 10월 22일 제406-2003-000045호
주소 10881 경기도 파주시 회동길 210
전자우편 editor@munhak.com | 대표전화 031) 955-8888 | 팩스 031) 955-8855
문의전화 031) 955-8896(마케팅) 031) 955-8861(편집)
문학동네카페 http://cafe.naver.com/mhdn | 트위터 @munhakdongne
북클럽문학동네 http://bookclubmunhak.com

ISBN 978-89-546-7957-2 03840

잘못된 책은 구입하신 서점에서 교환해드립니다.
기타 교환 문의 031) 955-2661, 3580

www.munhak.com